AF216982

Peter Swanson

Neun Leben

Roman

*Aus dem amerikanischen Englisch
von Fred Kinzel*

Oktopus

Die amerikanische Originalausgabe erschien 2022 unter dem Titel
Nine Lives im Verlag HarperCollins, New York.

Für den Blick hinter die Verlagskulissen:
www.kampaverlag.ch/newsletter

Ein Oktopus Buch bei Kampa

Copyright © 2022 by Peter Swanson
Für die deutschsprachige Ausgabe
Copyright © 2023 by Kampa Verlag AG, Zürich
www.kampaverlag.ch
www.oktopusverlag.ch
Lektorat: Nora Petroll
Satz: Tristan Walkhoefer, Leipzig
Gesetzt aus der Stempel Garamond LT /230230
Druck und Bindung: Friedrich Pustet, Regensburg
Auch als E-Book erhältlich
ISBN 978 3 311 30045 8

Für John Merrill Swanson

Gebrochene, Leidgeprüfte,
ohne ein Licht im Dunkel,
dreiundachtzig,
früher oder später,

Gerechte
recht viel, denn fünfunddreißig,

sollte es die Mühe des Verstehens kosten,
drei,

Bemitleidenswerte
neunundneunzig,

Sterbliche
hundert auf hundert.
Eine Zahl, die sich vorerst nicht ändert.

Wisława Szymborska,
»Beitrag zur Statistik«

MATTHEW BEAUMONT – von seinem komplizierten
  Familienleben gestresster Vater aus einer Wohnsiedlung
  in Dartford, Massachusetts

JAY COATES – aufstrebender Schauspieler in Los Angeles,
  Kalifornien

ETHAN DART – Singer-Songwriter aus Austin, Texas

CAROLINE GEDDES – Englischprofessorin an der University
  of Michigan, lebt mit zwei Katzen in Ann Arbor

FRANK HOPKINS – alteingesessener Bewohner von Kennewick Maine, Besitzer des Windward Resorts

ALISON HORNE – lebt zurzeit von der Großzügigkeit eines
  verheirateten Mannes in New York City

ARTHUR KRUSE – Onkologie-Krankenpfleger aus Northampton, Massachusetts, der um seinen Ehemann trauert

JACK RADEBAUGH – frisch geschiedener Geschäftsmann
  im Ruhestand, der zurück in das Haus in West Hartford,
  Connecticut gezogen ist, in dem er aufwuchs

JESSICA WINSLOW – FBI-Agentin in der Außenstelle Albany,
  New York

NEUN

Matthew Beaumont

Jay Coates

Ethan Dart

Caroline Geddes

Frank Hopkins

Alison Horne

Arthur Kruse

Jack Radebaugh

Jessica Winslow

I

Mittwoch, 14. September, 17:13 Uhr

Jonathan Grant besuchte sie immer mittwochabends, es
sei denn, er sagte vorab Bescheid, dass er es nicht schaffen
werde. Seine Frau hatte mittwochs einen stehenden »Mä-
dels-Abend« – gelegentlich in der City, aber meist in New
Jersey – also verließ Jonathan das Büro vor fünf und war spä-
testens um halb sechs in Alisons Zwei-Zimmer-Wohnung in
Gramercy Park.

Alison Horne war bereit, als der Portier ihr Bescheid gab,
dass Jonathan auf dem Weg sei.

Sie empfing ihn an der Tür, und er überreichte ihr eine Flasche Sancerre, ein Halstuch von Bulgari, das sie wahrscheinlich nie tragen würde, und die Post des Tages, die er sich vom
Portier hatte geben lassen. Sie begann, die Post durchzuse-
hen, aber er hielt sie davon ab und führte sie zum Schlafzimmer. Sie trug einen weißen Satinmorgenrock – er mochte es,
so begrüßt zu werden – und schlüpfte in ihr Bett, während
er sich auszog. Er sah großartig aus für einen Mann Anfang
siebzig, volles Haar, sehr gepflegt, aber die Muskeln an Brust
und Armen schon ein wenig schlaff. Er schlüpfte neben ihr
ins Bett, bereits erregt und mit der rotfleckigen Haut im Gesicht und am Hals, die verriet, dass er unmittelbar nach Verlassen des Büros eine erektionsfördernde Pille genommen
hatte. Manchmal nahm er sie erst nach seiner Ankunft, und
in diesem Fall tranken sie zuerst die Flasche Wein, während
die Tablette ihre Wirkung entfaltete.

Hinterher, während Jonathan döste, duschte Alison zum

zweiten Mal an diesem Tag, dann kleidete sie sich an, als würden sie später essen gehen, wenngleich das noch nicht bestätigt war. Sie öffnete den Wein und schenkte sich ein Glas ein, dann sah sie ihre Post durch. Zwei Kataloge, eine American-Express-Rechnung und ein Kuvert ohne Absender. Sie öffnete es, da sie neugierig war, zog ein einzelnes gefaltetes Blatt Papier heraus und blickte auf eine Liste mit Namen.

Matthew Beaumont
Jay Coates
Ethan Dart
Caroline Geddes
Frank Hopkins
Alison Horne
Arthur Kruse
Jack Radebaugh
Jessica Winslow

Sie runzelte die Stirn und strich das Blatt Papier auf dem Kaffeetisch glatt. Sie würde es Jonathan zeigen. Ein Schauder überlief sie, und sie schüttelte sich. Es hatte etwas unbestimmt Bedrohliches, eine Liste mit Namen ohne weitere Erklärung zu erhalten. Ihr kam der Gedanke, es könnte sehr gut etwas mit Jonathan zu tun haben, der gerade in ihrem Schlafzimmer döste. Obwohl sie relativ wenig über ihn wusste, wenn man bedachte, wie viel Zeit sie miteinander verbrachten, so wusste sie doch, dass er sehr viel Geld hatte. Und Leute, die Geld haben, haben in der Regel Feinde, und das führte sie zu der Frage, ob er irgendwelche Namen auf der Liste kannte, abgesehen von ihrem eigenen.

Er kam vollständig bekleidet aus dem Bad, ließ sich ein Glas Wein geben und sah sich dann das Blatt Papier an, das ihm Alison hinhielt. »Kannst du was damit anfangen?«, fragte sie.

Er schüttelte den Kopf. »Was ist das?«

»Ich habe es eben mit der Post bekommen.«

»War das alles?«

»Ja. Merkwürdig, oder?«

»Ja, merkwürdig.«

Er gab Alison die Liste zurück. »Gehen wir essen?«, fragte sie.

»Das würde ich gern, aber ich bin für heute Abend schon mit ein paar Hedgefonds-Typen verabredet, und das kann ich nicht absagen. Tut mir leid, Al.«

Sie zuckte mit den Achseln. Zu Beginn ihrer Beziehung vor eineinhalb Jahren hatte sie immer ein Theater gemacht, wenn er sie verlassen musste. Sie hatte es hauptsächlich seinetwegen getan, bis ihr klar geworden war, dass er solche Versicherungen nicht brauchte. Es ging ihm um den Sex und um ihre Gesellschaft, und ihr ging es um das Geld und wohl auch um den Sex, nahm sie an. Bevor er ging, gab er ihr eine Visakarte und sagte, das sei ein Geschenk zu ihrem Jubiläum, falls ihr das Halstuch nicht gefalle.

»Wie viel ist drauf?«, fragte sie. Auch das war etwas, was sie zu Beginn ihres Zusammenseins niemals gefragt hätte.

»Lass dich überraschen. Aber versuch nicht, ein Auto damit zu kaufen.«

Nachdem er gegangen war, rief Alison ihren besten Freund Doug an und fragte ihn, ob er Lust hätte, mit ihr zu Abend zu essen. Auf ihre Rechnung.

2

Es war das interessanteste Kuvert, das Arthur Kruse nach seiner Rückkehr von der Physiotherapie an diesem Morgen in der Post vorfand.

Er öffnete es, ohne etwas Bemerkenswertes zu erwarten, und entdeckte zu seiner Überraschung eine kurze Liste mit Namen, darunter sein eigener. Er kannte niemanden von den anderen Leuten auf der Liste.

Es blieben noch drei Stunden Zeit, ehe Arthur zu seiner Schicht als Pfleger in der onkologischen Abteilung des Cooley Dickinson Hospital in Northampton erwartet wurde. Er hatte gerade mit der Lektüre von *A World Lit Only by Fire* von William Manchester begonnen. Nachdem er im Sommer *Der ferne Spiegel* gelesen hatte, hatte er festgestellt, dass er das Mittelalter nicht verlassen wollte. Etwas an dem damaligen Leben, das unaufhörliche Leid, die Suche nach Gott, diente wie nichts anderes als Balsam für Arthurs Seelenzustand seit dem Autounfall vor fast einem Jahr, der das Leben seines Ehemanns Richard und ihres Cockerspaniels Misty sowie einen Großteil der Funktionsfähigkeit von Arthurs linkem Bein gefordert hatte. Er konnte nicht glauben, dass es schon ein Jahr her war. Joan, Arthurs Seelsorgerin – und seine engste Freundin –, hatte gesagt, es werde wenigstens zwei Jahre dauern, bis er etwas wie Normalität, Glück, eine Rückkehr zu seinem alten Leben empfinden würde, aber Arthur war sich nicht so sicher. Das vergangene Jahr fühlte sich an, als würde es sich von nun an einfach endlos wiederholen. Nichts half. Obwohl, das stimmte nicht ganz. Geschichte des Mittelalters half. Er ließ sich vorsichtig in seinem Lesesessel nieder und blätterte zu der Stelle, wo er in Manchesters Buch – das nicht annähernd so gut wie Tuchmans war – aufgehört hatte. Er las zwei Seiten, dann döste er weg und wachte eine Stunde, bevor er im Krankenhaus sein musste, wieder auf.

Sein Bein war nach einem Mittagsschlaf immer am schlimmsten, und er humpelte auf dem Weg in die Küche, um Wasser für eine Tasse Tee aufzusetzen. Während er darauf wartete, dass es kochte, schaute er aus dem Fenster über der Spüle und erhaschte einen Blick auf den Fuchs, den er Reynard getauft hatte und der am Rand des Grundstücks entlangstreifte. Er bewegte sich schnell, und kurz bevor er zwischen den Bäumen verschwand, wandte er den Kopf, und Arthur glaubte, etwas – eine kleine Ratte vielleicht – in seinem Maul zu erkennen. Unerklärlicherweise machte es Arthur für einen Moment glücklich. Als er Reynard das letzte Mal gesehen hatte, war er besorgt gewesen, wie mager und zerzaust er aussah.

Der Himmel war bewölkt, und die Weide unten am Bach zeigte eine erst gelbliche Färbung. Er trank den Tee an seinem Computer und dachte an die Liste, die er mit der Post erhalten hatte. Was hatte sie zu bedeuten? Ein sonderbarer automatischer Postversand, ein Computer, der irgendwo in der Mitte des Landes Mist baute und wahllos Namen verschickte? Es war eine Möglichkeit. Seit Richards Tod war er dazu übergegangen, kleinere Geldsummen an eine Vielzahl von wohltätigen Organisationen zu spenden, womit er sicherstellte, dass sein Name auf ungefähr hundert Mailinglisten stand, wahrscheinlich mit dem Vermerk »leicht zu überzeugen«. Das war in Ordnung. Es gab Schlimmeres, und Post zu bekommen war tatsächlich etwas, worauf er sich freute. Er war eins dieser Kinder gewesen, die Kataloge bestellten, einfach um sie zu erhalten, bis sein Vater dahintergekommen war und dem Ganzen ein Ende gemacht hatte.

Er trank seinen Tee aus, schrieb Joan eine E-Mail, dass er sich um den Blumenschmuck für den Sonntagsgottesdienst kümmern könne, und machte sich fertig, zur Arbeit zu fahren.

3

Ethan Dart hörte die Post durch den Schlitz in seiner Wohnungstür fallen. Er entdeckte das geheimnisvoll aussehende Kuvert sofort und öffnete es auf der Stelle, da er hoffte, es könnte eine Rückmeldung von einer Agentur sein. Er hatte kürzlich eine Phase beispielloser Produktivität gehabt und seine Demotapes an rund ein Dutzend Agenten verschickt, die Songwriter vertraten. Er wusste, es war ein Schuss ins Blaue, dachte aber, es könnte nicht schaden. Der Inhalt des Kuverts (das in New York abgestempelt war, und das war vielversprechend) bestand lediglich aus einem einzelnen Blatt Papier und einer Liste mit Namen, neun insgesamt, darunter sein eigener. Er fragte sich, ob sie ihm versehentlich zugeschickt worden war, möglicherweise, weil er es auf eine Art Shortlist von Interpreten geschafft hatte, die vertreten werden sollten.

Ethan ging mit der Liste plus seiner Kaffeetasse ins Schlafzimmer zurück und fuhr seinen Laptop hoch. Er gab den ersten Namen der Liste – Matthew Beaumont – zusammen mit »Songwriter« ein, um die Ergebnisse einzugrenzen. Nichts tauchte auf, zumindest nichts, was darauf schließen ließ, dass Matthew Beaumont ebenfalls ein Songwriter war, der eine Agentur suchte. Er probierte einige andere Namen, aber verlor bald das Interesse. Es war eindeutig keine Liste weiterer Songwriter oder Künstler. Es brachte ihn jedoch auf die Idee zu einem Song, mit einem Refrain von der Art wie: »Ich will der letzte Mann auf deiner Liste sein.« Er griff nach einem Stift, drehte das Blatt Papier um und fing an, den Text für einen Countrysong niederzuschreiben. *Sein* war ein großartiges Reimwort – so viele Möglichkeiten – und ein beschissenes zugleich, weil diese Möglichkeiten alle viel zu erwartbar waren. *Fein, dein, Sonnenschein.* Trotzdem schrieb er drei Strophen und hörte sogar schon Grundzüge der Melodie im Kopf. Er holte sich eine neue Tasse Kaffee und seine Gitarre, und nachdem er die erste Pfeife Gras des Tages geraucht hatte, begann er, sie auszuarbeiten.

Er dachte erst am Abend wieder an die Namensliste, als er an der Bar im Casino el Camino in der 6th Street in Austin hockte und nach einem originellen Gesprächsbeitrag für Hannah Scharfenberg suchte, die seit einer Stunde neben ihm saß.

»Ich habe heute eine Liste mit der Post bekommen. Acht Namen, die ich nicht kannte, plus meiner.«

»Was soll das heißen?«

Ethan trank einen schaumreichen Schluck von seiner frisch geöffneten Flasche Lone Star. »Genau das, was ich gesagt habe. Ich habe ein an mich adressiertes Kuvert bekommen. Es enthielt eine Liste mit neun getippten Namen in alphabetischer Reihenfolge. Und einer davon war meiner.«

»Getippt? Mit Schreibmaschine?«

»Nein, ich meine, nicht handgeschrieben. Sie waren ausgedruckt. Von einem Computer.«

»Seltsam.«

»Finde ich auch. Das Gute daran war, dass ich einen Song daraus gemacht habe. ›Der letzte Mann auf deiner Liste.‹ Hab das ganze Ding in ungefähr einer Stunde geschrieben. So eine Art Eric-Church-Geschichte.«

Hannah, eine Apothekerin und glühender Longhorns-Fan, war nicht allzu interessiert an Ethans Hoffnungen und Träumen von einer Songwriter-Karriere, und er sah, wie ihr Blick bei der Erwähnung seines Songs glasig wurde. Er spendierte ihr und sich einen Bourbon und überredete sie dann dazu, sie nach Hause begleiten zu dürfen. Ashley, ihre Mitbewohnerin, besuchte gerade ihre Eltern in Dallas, deshalb bat Hannah ihn herein. Sie rauchten etwas, dann schauten sie die Hälfte der *Royal Tenenbaums,* bevor sie auf der Futon-Couch vögelten.

»Wir müssen damit aufhören«, sagte Hannah, als sie mit nichts als einem ihrer alten Softball-Trikots bekleidet aus dem Bad kam.

»Warum?«

»Weil du mit Ashley zusammen bist. Und ich wohne mit ihr zusammen.«

»Unsere Beziehung ist nicht exklusiv, zumindest sagt sie das immer.«

»Nein, aber sie ist meine Mitbewohnerin, und wenn sie es herausfindet, wird das Leben hier sehr unschön werden.«

»Ich glaube, ich mag dich lieber als sie.«

»Das spielt keine Rolle.«

»Für mich schon.«

»Dinge, die für dich wichtig sind, sind es für niemanden sonst, verlass dich drauf. Das musst du erst noch lernen.«

Er überredete Hannah, ihn bei sich schlafen zu lassen. Das war, nachdem er ein Käseomelette für sie beide gemacht hatte, das sie an dem Resopal-Tisch in der Küche aßen. In Hannahs Bett, das im Grunde eine Matratze auf dem Boden war, alberten sie noch ein wenig herum, bis Hannah sagte, dass die Ambien zu wirken begann und sie schlafen musste. Sie drehte sich von ihm weg und zog die Beine an, und Ethan, die Hand noch auf ihrer Hüfte, dachte über seinen Tag nach und fragte sich, ob womöglich etwas dran war, wenn Hannah sagte, dass die Dinge, die für ihn wichtig waren, für niemanden sonst wichtig waren. Es würde vieles in seinem Leben erklären.

Bevor er schließlich selbst einschlief, dachte er wieder an

die Liste, die er mit der Post bekommen hatte. Er sagte sich sieben der Namen auf – er hatte ein nahezu fotografisches Gedächtnis –, konnte sich aber nicht an den letzten erinnern, wahrscheinlich, weil er kaum einen Blick darauf geworfen hatte. Dann sagte er sich den Text für den neuen Song auf, kam zu dem Schluss, dass er völlig beschissen war, und schlief ein.

4

Der Name, an den sich Ethan Dart nicht erinnern konnte, war der von Jessica Winslow. Am Donnerstag erhielt sie die Namensliste in einem Kuvert, das an Special Agent Winslow, FBI-Außenstelle Albany, adressiert war. In der rechten oberen Ecke des Kuverts klebte eine Forever-Briefmarke, und der Poststempel zeigte an, dass der Brief aus New York City kam, wo er zwei Tage zuvor aufgegeben worden war.

Es war ungewöhnlich, dass sie Post im Büro bekam, schon gar nicht etwas so Kryptisches. Nur eine Liste mit Namen. Sie hielt den Brief reflexartig am äußersten Rand und legte ihn vorsichtig auf den Schreibtisch. Dann rief sie ihren unmittelbaren Vorgesetzten Aaron Berlin an und bat ihn, in ihrem Büro vorbeizuschauen.

»Kennst du die anderen Namen?«, fragte er fünf Minuten später und spähte über Jessicas Schulter auf den Brief.

Obwohl sie die Namen auf der Liste mehrmals gelesen hatte, las sie sie lautlos ein weiteres Mal.

»Arthur Kruse ist der einzige Name, der mir bekannt vorkommt, aber nur, weil mein Dad gelegentlich einen Freund namens Art Kruse erwähnt hat, oder vielleicht bilde ich es mir nur ein. Ich habe allerdings immer angenommen, dass der Nachname Cruise geschrieben wird, wie Tom Cruise.«

»Du hast ihn nie getroffen?«

»Nein, mein Dad hat nur von ihm gesprochen. Immer wenn von einem Haus am See die Rede war, oder davon, an einem See zu wohnen, sagte mein Dad etwas wie: ›In meiner Collegezeit habe ich einen Sommer in Art Kruses Haus am See verbracht.‹ Wir haben ihn damit aufgezogen, und vermutlich erinnere ich mich deshalb daran.«

»Es ist ein ungewöhnlicher Name.«

»Was? Kruse? Eigentlich nicht. Nicht, wenn man Deutscher ist. Ich habe ihn bereits bei Google eingegeben und einige Arthur Kruses gefunden, aber es waren alles Deutsche. Deutsche aus Deutschland.«

»Hm.«

Jessica schwenkte in ihrem Sessel herum und sah zu Aaron hoch. Sie hatte ihn noch nie aus diesem Blickwinkel gesehen und bemerkte, wie viele dunkle Haare er in seinen Nasenlöchern hatte.

»Was denkst du?«, sagte sie.

Er zuckte mit den Achseln. »Lass es analysieren, wenn du willst. Könnte nichts sein. Könnte eine Computerpanne irgendwo sein, bei der Junkmails ausgespuckt wurden.«

»Möglich.«

Nachdem Aaron gegangen war, steckte sie das Kuvert und den Brief in getrennte Plastikbeutel und legte sie in ihren Postausgang. Dann widmete sie sich wieder dem Studium der Akte zum Mordprozess gegen William Brundy, bei dem sie in der kommenden Woche aussagen sollte. Sie wartete immer noch auf eine Nachricht der Staatsanwaltschaft, dass die Sache geregelt war, bevor sie vor Gericht ging, aber inzwischen sah es so aus, als würde das nicht passieren. William Brundy war ein Streifenpolizist, der seine Ex-Frau getötet hatte, indem er einen Einbruch in ihr Split-Level-Haus vortäuschte. Blutanalysen und Tatortfotos waren an ihr Büro weitergeleitet worden, und Jessica hatte die Ermittlung geleitet. Es machte ihr nicht besonders viel aus, vor Gericht auszusagen, aber Brundys Strafverteidiger war ein Arschloch namens Elliot Skenderian, der es immer irgendwie fertigbrachte, Jessica auf die Palme zu bringen. Hätte sie ein Dartboard besessen, würde sie ein Bild von Skenderians Gesicht darauf kleben.

Bevor sie das Büro um kurz nach fünf verließ, warf sie noch einmal einen Blick auf die mysteriöse Namensliste und tippte sie in die Notiz-App ihres Smartphones ab. Vielleicht würde sie heute Abend ein paar Folgen *Good Wife* schauen und dabei noch ein wenig googeln. Wenn es eine Verbindung zwischen ihr und diesen Leuten gab, würde sie sie finden. Das Internet gab seine Geheimnisse nur zu gern preis.

Sie war nicht überrascht, Aaron Berlin nach der Arbeit im Club Room zu sehen, was sie allerdings überraschte, war, dass er nicht allein war. Er saß an einem Tisch mit Roger Johnson, dem extrovertierten leitenden Special Agent. Roger sah sie die Bar betreten und forderte sie auf, sich zu ihnen zu setzen.

»Ich werde bei Anthony an der Bar zu Abend essen, aber vielen Dank trotzdem.«

Anthony der Barkeeper, hatte bereits ein Glas Pinot Noir für sie eingeschenkt, als sie auf dem gepolsterten Lederhocker Platz nahm. Sie überlegte kurz, ob es einen schlechten Eindruck machte, dass sie ihre Kollegen mied, um allein an der Theke zu essen, aber sie tat es mit einem Achselzucken ab. Johnson wechselte demnächst zur Außenstelle in Schenectady, und Berlin, nun, der konnte sie mal.

Sie trank langsam ihren Wein und löste das Kreuzworträtsel der *Times*, wobei ihr Anthony half, wenn er gerade nichts zu tun hatte. Sie bat um ein zweites Glas, dazu eine halbe Portion Penne alla puttanesca und einen Salat. Als sie mit dem Kreuzworträtsel fertig war – und nur bei einer Lösung unsicher –, steckte sie die gefaltete Zeitung in ihre Handtasche, zahlte und wandte sich zum Gehen.

»Bitte zwei Belvederes, Anthony. On the rocks.« Aaron nahm auf dem Hocker neben ihr Platz.

»Äh, nein danke, Anthony. Ich wollte gerade gehen.« Jessica schaute über Aarons Schulter und sah Roger zum Ausgang streben.

»Einen Drink, Jess. Bitte.«

Sie stimmte zu, und überraschenderweise stellte er mehrere Fragen darüber, wie es ihr in letzter Zeit ergangen war, ehe er auf sein Lieblingsthema kam: ihre Affäre, und warum sie zu Ende war.

»Du bist verheiratet.«

»Mehr oder weniger. Nicht wirklich. Meine Frau hat Affären. Ich weiß es.«

»Darum geht es aber nicht.«

»Worum geht es dann?«

»Ehrlich gesagt, weiß ich nicht einmal, ob ich mir eine Beziehung wünsche, aber wenn, dann mit jemandem eher in meinem Alter, mit jemandem, der ungebunden ist und keine Kinder hat, mit dem ich nicht arbeite und der kein Narzisst ist …«

»Ich traue dem Kerl jetzt schon nicht über den Weg.«

Jessica lächelte, auch wenn seine Versuche, witzig zu sein, zu den Dingen gehörten, die sie inzwischen nicht mehr mochte an ihm. Als sie sich miteinander eingelassen hatten, war es zunächst sehr intensiv gewesen. Aaron war eigentlich ein Idiot – das hatte sie immer gewusst –, aber er nahm seine Arbeit ernst, er besaß Einfühlungsvermögen, und zu Beginn hatte es eine Woche gegeben, in der sie dachte, sie könnten sich ineinander verlieben. Sie nippte mit leicht tauben Lippen an ihrem Wodka und wusste, sie hatte einen Fehler gemacht, als sie einem weiteren Drink zustimmte. Sie beschloss, das Thema zu wechseln. »Glaubst du wirklich nicht, dass an dieser Liste, die ich mit der Post bekommen habe, etwas merkwürdig ist?«

Aaron signalisierte Anthony nur mit den Augen, dass er gern noch zwei Drinks hätte. »Was? Diese Namensliste? Die beunruhigt dich?«

»Sie beunruhigt mich nicht. Sie interessiert mich nur. Es ist ungewöhnlich.«

»Ja, gut. Wenn du willst, kann ich Rick in der Datenbank nach Querverweisen suchen lassen. Vielleicht gibt es eine Verbindung. Vielleicht habt ihr alle drei kostenlose Tage in einem Timesharing-Appartement in Fort Myers gewonnen.«

»Vielleicht hast du recht. Nur eine Panne bei irgendeinem Massenversand.«

Zwei neue Wodkas trafen ein, und Jessica beäugte das Glas. Sie wusste, der Unterschied, ob sie es trank oder nicht trank, war der Unterschied zwischen einer ungestörten Nacht oder dass Aaron in ihrem Bett landete.

Sie rutschte vom Hocker und schlüpfte in ihre Jacke. »Tut mir leid, Aaron. Ich muss heute früh ins Bett.«

Er machte einen Schmollmund, sagte aber: »Okay. Lunch demnächst?«

»Sicher.«

Anthony blickte zu Jessica, und sie glaubte, eine Spur von Zustimmung in seinen Augen zu sehen. Auch wenn er es nie gesagt hatte, war Anthony kein großer Fan von Aaron. »Sie gehen schon so früh?«, fragte der Barkeeper mit einem durchtriebenen Lächeln.

»Ja, Anthony. Danke noch mal, und sagen Sie Maria, dass die Penne köstlich waren.«

Anthony griff nach dem überzähligen Wodka auf der Theke, aber Aaron hielt ihn zurück. »Schon in Ordnung, wir behalten ihn.« Er goss Jessicas Drink in seinen, während sie ihren Schal um den Hals schlang. Sie drehte sich um und ging, bevor sie es sich anders überlegte. Sie musste wirklich früh zu Bett.

Donnerstag, 15. September, 14:00 Uhr

Donnerstags hatte Caroline Geddes Sprechstunde, zwei Stunden, die sie inzwischen als ruhige Zeit zum Schreiben einkalkulierte, da nur wenige Studierende bei ihr vorbeikamen. Diesen Donnerstag war es nur eine Studentin, Elaine Cheong, die unangekündigt hereinschaute, während zwei Studenten, die einen Termin vereinbart hatten, nicht erschienen. Caroline unterrichtete bereits lange genug – zwölf Jahre inzwischen –, um zu verstehen, wie E-Mail die Schüler-Lehrer-Beziehung verändert hatte. Heutzutage taten die Studierenden alles, um sämtliche Aufgaben per E-Mail zu erledigen, oder über das Wiki, das sie für einige größere Kurse eingerichtet hatte. Sie schickten ihre verspäteten Arbeiten, ihre Ausreden und selbst ihre zum Aufpolieren der Note gedachten Komplimente per E-Mail. Einer ihrer Studenten vom letzten Jahr hatte sie möglicherweise sogar angemacht, auch wenn sie sich trotz zwanzig Jahren Textanalyse immer noch nicht sicher war, was er gemeint hatte mit: *Ich wünschte, Sie wären meine Betreuungslehrerin, wenn Sie wissen, was ich meine. jk.* Sie hatte einen halben Tag gebraucht, um dahinterzukommen, dass *jk* für »just kidding« stand.

Elaine erklärte Caroline mit Tränen in den Augen, dass sie wegen eines Problems mit einem defekten Wecker zu spät zum Kurs gekommen war und deshalb den unangekündigten Test verpasst hatte. »Es ist nicht fair, dass ich es nicht gutmachen kann«, sagte sie zum zweiten Mal.

»Der Test wird nur einen winzigen Teil Ihrer Abschlussnote ausmachen.«

»Ich brauche eine Eins in diesem Kurs.«

»Wissen Sie was, Elaine – ich lasse Sie jetzt sofort einen neuen Test machen.«

Caroline riss einen Zettel aus einem ihrer Notizhefte und schrieb rasch drei neue Fragen über eins der Gedichte von Wordsworth nieder, das sie an diesem Vormittag im Seminar zwar nicht besprochen hatten, das sie ihnen jedoch zum Lesen aufgegeben hatte. Caroline schob den Zettel zu ihrer Studentin hinüber und teilte ihr mit, dass sie zehn Minuten Zeit hatte.

»Das ist nicht derselbe Test«, sagte Elaine, und zwei ausgeprägte Falten erschienen auf ihrer ansonsten makellosen Stirn.

»Nein, es ist ein neuer.«

Caroline zog ein Buch hervor und tat, als würde sie lesen, während sie beobachtete, wie das Mädchen sich so heftig auf die Unterlippe biss, dass kleine Abdrücke von Zähnen darin zurückblieben. »Ich wusste nicht, dass wir Daten auswendig lernen sollten.«

»Geben Sie einfach Ihr Bestes, und Sie werden zumindest nicht mit null Punkten abschneiden.«

Elaine beugte sich über das Papier und schrieb einige Antworten nieder, und kurz bevor Caroline verkünden wollte, dass die Zeit um sei, schob sie das Blatt über den Tisch. »Ich finde immer noch, dass es unfair ist«, sagte sie, aber so leise, dass Caroline es kaum hören konnte.

»Wir sehen uns nächste Woche im Seminar«, sagte Caroline, und Elaine verließ verärgert ihr Büro, das Smartphone bereits in der Hand. Caroline stellte sich vor, dass sie jemandem eine Nachricht schrieb, was für ein Miststück ihre Englisch-Professorin war. Es spielte keine Rolle; von ihren beiden Bürostunden blieben noch zwanzig Minuten. Sie schaute in ihre E-Mails, und es gab nichts Dringliches zu beantworten, deshalb öffnete sie die E-Mail, die sie zwei Wochen zuvor von David Latour bekommen hatte, dem Professor von der McGill University, den Caroline kennengelernt hatte, als sie im Sommer bei einer Konferenz in Toronto ihren Vortrag über Joanna Baillie gehalten hatte.

Er hatte geschrieben, um zu sagen, wie sehr er ihre Unterhaltung genossen hatte, aber auch, um ein Gedicht zu teilen, von dem er dachte, es würde ihr gefallen. Es war von Louis MacNeice und hieß »Wölfe«. Die erste Zeile lautete »Ich will nicht mehr nachdenklich sein«, und sie hatte sich in Carolines Kopf festgesetzt, seit sie das Gedicht gelesen hatte. Sie las es jetzt wieder und hätte David beinahe geschrieben, um ihm noch einmal zu sagen, wie sehr sie es liebte, aber sie hielt sich zurück. Es genügte, dass sie ihm ein Mal geschrieben hatte, und es genügte, dass sie ihn vielleicht irgendwann in der Zukunft wiedersehen würde und es ihm persönlich sagen konnte.

Nach dem Ende ihrer Bürostunden überquerte sie den Campus, um zum Parkplatz ihres Prius' zu gelangen, dann fuhr sie zu ihrem Cottage im Water-Hill-Viertel von Ann Arbor. Sie hatte Fable, ihren abenteuerlustigen Kater, den ganzen Tag draußen gelassen und war erleichtert, ihn auf der Eingangsveranda auf sie warten zu sehen. Erleichtert auch, weil er keinen Vogel gefangen, getötet und auf ihrer Fußmatte abgelegt hatte. Er folgte ihr ins Haus, legte seine grauen Ohren zurück und sauste zur Futterschale in der Küche. Estrella, ihre scheue orangefarbene Tigerkatze, sprang auf den Esszimmertisch, um sie zu begrüßen. Caroline blätterte die Post durch, die sie bekommen hatte, und zog ein weißes Kuvert heraus, mit einem Adressaufkleber, auf den ihre Adresse im Schrifttyp Courier gedruckt war. In der rechten oberen Ecke war eine einzelne Forever-Briefmarke mit der amerikanischen Flagge. Es gab keine Absenderadresse.

Etwas an dem Kuvert wirkte persönlich, obwohl es nichts im Entferntesten Persönliches an sich hatte. Sie legte die Aufwandsteuer-Rechnung und die Bettelbriefe von sämtlichen Tierhilfsorganisationen beiseite, die sie bekommen hatte – Pet Smart hatte ihre Adresse eindeutig an eine Art Postvertrieb verkauft – und schlitzte das Kuvert mit ihrem nicht lackierten Daumennagel auf.

Darin war ein einzelnes Blatt Papier, ein Computerausdruck in Courier wie der Adressaufkleber.

Matthew Beaumont
Jay Coates
Ethan Dart
Caroline Geddes
Frank Hopkins
Alison Horne
Arthur Kruse
Jack Radebaugh
Jessica Winslow

Caroline schaute in den Umschlag, ob er noch etwas enthielt, aber da war nichts. Nur das einzelne Blatt Papier mit der Liste von Namen, die ihr alle unbekannt waren, außer ihrem eigenen natürlich.

Estrella versuchte, ihre Wange am Rand des Papiers zu reiben, und Fable miaute laut aus der Küche, weil er auf Futter wartete. Ein schrecklicher Gedanke ging Caroline durch den Kopf: Es ist eine Todesliste. Jemand hat uns zum Sterben bestimmt. Sie dachte es automatisch, so wie sie jedes Mal, wenn das Telefon läutete, automatisch dachte, man würde sie von einer unaussprechlichen Tragödie unterrichten. Sie las die Liste noch einmal, dann lachte sie innerlich über ihren morbiden Gedanken. Wenn es eine Liste lebender Menschen war, dann waren sie selbstverständlich früher oder später

alle zum Sterben bestimmt. Es war auf jeden Fall unheim-
lich und erinnerte sie an dieses Buch von Muriel Spark, *Me-*
mento Mori. Natürlich las sie zu viel hinein in eine Liste, die
wahrscheinlich keinerlei Bedeutung hatte. Aber genau das
war ihr Lebensinhalt, ihre Profession – sie las etwas in alles
hinein.

»Ich will nicht mehr nachdenklich sein«, rezitierte sie für
sich, »voll Neid auf alles Unbedachte, und es doch verschmä-
hen.« Es war etwas dran an MacNeices Worten, auch wenn
er wahrscheinlich von der politischen Lage in Deutschland
kurz vor dem Zweiten Weltkrieg gesprochen hatte und nicht
über eine Neigung zu übermäßigem Analysieren. Aber in
ihrem Leben, wenn auch nicht unbedingt in ihrem Unter-
richt, ließ sie Spielraum für persönliche Interpretationen
literarischer Werke. Wie lautete die nächste Zeile des Ge-
dichts? War es »Ich will kein tragischer, kein philosophischer
Refrain sein«? Dann kam noch etwas und noch etwas und
schließlich: »Und möge das Meer uns danach überspülen.«
Vielleicht würde sie heute Abend das ganze Gedicht auswendig lernen. Es war die eine gute Sache, die ihre Mutter ihr
beigebracht hatte: Gedichte auswendig zu lernen und auf-
zusagen.

Caroline kraulte Estrella unter dem Kinn und spürte ihr
Schnurren als Vibration in den Fingerspitzen. Dann ging sie
in die Küche, um Fable zu füttern.

6

Er sah die Liste kurz durch, dachte sich nicht viel dabei und warf sie in den Papierkorb in der Küche. Jay Coates hatte ein Vorsprechen für einen Werbespot später am Tag bekommen und war einigermaßen optimistisch, was seine Aussichten anging. Es war ein Clip für Instant-Reis, und er würde den elitären Koch spielen, der sich von dem beschissenen Fertigprodukt überzeugen ließ. Sein Termin war um drei Uhr nachmittags in Burbank, damit blieben ihm noch zwei Stunden, ehe er in den BMW steigen und losfahren musste.

Obwohl er unmittelbar nach dem Aufstehen kurz laufen gewesen war, holte er die Rudermaschine hervor und trainierte eine volle Stunde darauf, während er sich nebenbei endlich die Folge von *Navy CIS* ansah, in der seine Freundin Madison mitspielte. Die Folge war seit Wochen auf seinem DVR, und Madison hatte gefragt, ob er sie schon angesehen hatte, weil sie auf Feedback hoffte. Feedback. Lieber Himmel. Es war *Navy CIS*. Sie hatte zwei Szenen und insgesamt drei Zeilen Dialog. Sie spielte eine Personal Trainerin in einem Fitnessstudio, und der Regisseur hatte sichergestellt, dass ihre Titten – wahrscheinlich hielt er sie für echt – in beiden Szenen prominent ins Bild gerückt wurden. Nachdem Jay die ganze Folge gesehen hatte, stellte er erleichtert fest, dass es a) eine beschissene Rolle war, und dass Madison sie b) beschissen spielte. Der wahre Grund, warum er es hinausgezögert hatte, ihren großen Durchbruch anzusehen, war die Angst, sie könnte es geschafft haben und Anschlussrollen bekommen, und damit konnte er im Moment nicht umgehen.

Nachdem er den Wagen auf einem der Gästeparkplätze vor dem eingeschossigen Bürogebäude abgestellt hatte, in dem Buchman Creative untergebracht war, zog sich Jay rasch zwei Lines von dem Koks rein, das er für genau diese Gelegenheit aufgespart hatte, dann ging er bei gut dreißig Grad Hitze über den klebrigen Asphalt und hoffte, er würde nicht vor seinem Treffen zu schwitzen anfangen. Er wurde von der käsigen Empfangsangestellten, die irgendeinen Midwest-Akzent hatte, sofort durchgewunken, lehnte das Angebot einer Flasche Mineralwasser ab und bat stattdessen um ein Glas Leitungswasser. Madison hatte den Kunstgriff mit dem Leitungswasser vorgeschlagen – es ließ einen bodenständig erscheinen, hatte sie gesagt. Er betete seinen Text vor den beiden Werbeautoren herunter, schmierige Typen, die möglicherweise jünger waren als er, wenngleich er sich nicht hundertprozentig sicher war, plus Amy Buchman, der Chefin der Agentur, die vorbeischaute, weil sie sich fünf Minuten hatte freischaufeln können. Als Jay ging, bemerkte er Dan Sweden im Wartezimmer. Beide taten, als hätten sie sich nicht gesehen.

Sein Manager rief eine Stunde später an, um zu sagen, sie hätten abgelehnt, aber Amy sei beeindruckt, und falls sich wieder einmal etwas ergab etc. blabla. Der Anruf kam, als er gerade durch den Brentwood Country Mart ging und überlegte, bei James Perse ein Paar neue Wanderschuhe zu kaufen. Stattdessen holte er sich bei Barney's Burgers Zwiebelringe, setzte sich an einen Tisch und begann, innerlich kochend, nach einer guten Kandidatin Ausschau zu halten. Es dauerte zwanzig Minuten, aber als er gerade seine Fritten aufaß, sah er sie. Sie war perfekt: Ende zwanzig, Yogahose, nicht ganz so hübsch, wie man ihr einredete und mutterseelenallein. Er folgte ihr. Er wusste genau, wie er unbemerkt blieb, aber er behielt sie immer in seinem peripheren Gesichtsfeld. Er folgte ihr in eine Filiale von Christian Louboutin, wo sie vorgab, sich ein Paar Schuhe leisten zu können, und fragte die Frau an der Kasse, ob Tracy noch hier arbeitete. Sie schaute verwirrt drein und fragte schließlich: »Meinen Sie Theresa?«

»Ach ja, richtig«, sagte Jay.

»Sie arbeitet an den Wochenenden.«

»Danke«, sagte Jay und verließ den Laden gleichzeitig mit der Blondine.

Er folgte ihr zum Parkplatz, wo sie in einen silberblauen Honda Civic stieg, den ihr wahrscheinlich ihr Vater zum fünfundzwanzigsten Geburtstag gekauft hatte. »Es ist ein sehr zuverlässiges Auto«, hatte er zweifellos gesagt, und dann hatte sie ihm einen Kuss auf die Wange gedrückt und mit ihrer Kleinmädchenstimme gesagt, wie sehr sie ihren Daddy liebte.

Nachdem sie in ihren Wagen gestiegen und sofort losgefahren war, trabte Jay zu seinem BMW, und es gelang ihm, sie auf dem San Vicente Boulevard wiederzufinden, wo sie in Richtung Osten fuhr. Er folgte ihr bis nach Koreatown und prägte sich ihr Kennzeichen ein. Sie parkte vor einem zweistöckigen Stuckgebäude und betrat es durch die Glastür, mit Hilfe eines Schlüssels, der sich an derselben Kette befand wie ihr Wagenschlüssel. Hier wohnte sie. Jay fuhr in die Ladenzeile auf der anderen Straßenseite, parkte so, dass er das Gebäude im Auge behalten konnte, und zündete sich eine der beiden Parliament-Zigaretten an, die er sich pro Tag gestattete. Er ging mit seinem Handy auf Instagram, gab *#brentwoodcountrymart* ein, ohne ernsthaft mit einem Treffer zu rechnen, war aber auch nicht völlig überrascht, als das jüngste Bild, eine Nahaufnahme von einem zu einem Herz verwirbelten Schaum auf einem Milchkaffee, von einer abbybritell gepostet worden war. Ihre Bilder, hauptsächlich Selfies, bestätigten, dass es die Blondine war, die er verfolgt hatte. Sie nannte sich Schauspielerin, Autorin und Tai-Chi-Lehrerin.

Und schwupp gehörte sie ihm. Ihr Name. Ihre privaten Fotos. Er wusste, wo sie wohnte, welchen Wagen sie fuhr. Und Jay wusste mit absoluter Sicherheit, dass er sie in den nächsten vierundzwanzig Stunden ermorden konnte, ohne je erwischt zu werden. Es gab null Verbindung zwischen Jay Coates aus West Hollywood und Abby Britell aus Korea-town. Er sah die Schlagzeilen bereits vor sich. Ein hübsches weißes Mädchen, in Hollywood ermordet. Die Medien wür-den *voll* sein damit. Er fing zu phantasieren an, wie es sich weiterentwickeln würde, aber dann bremste er sich. Dafür war später Zeit, und im Augenblick genügte für einen heißen Adrenalinstoß allein die Tatsache, dass er herausgefunden hatte, wie sie hieß und wo sie wohnte. Er verließ den Park-platz und fuhr in Richtung seiner Wohnung. Er dachte, er würde sich während der ganzen Fahrt gut fühlen, aber so war es nicht. Es war viel zu einfach gewesen, diese Frau zu verfolgen, und vielleicht musste er das Spiel wirklich auf eine höhere Ebene befördern und einer dieser hochnäsigen Schlampen tatsächlich etwas antun. Und sehen, wie er sich dann fühlte.

Nachdem er an diesem Abend hundert Liegestütze ge-macht und seine Gesichtspflege absolviert hatte, rief er Ma-dison an, um ihr zu sagen, dass er *Navy CIS* gesehen hatte.

»Ah, endlich. Und?«

»Es war sehr, sehr gut. Deine Titten …«

»Ich weiß, sie haben phantastisch ausgesehen. Und ist es nicht unglaublich, dass ich drei Zeilen Text hatte?«

»Genau genommen zwei.«

»Ja, gut. Du hast recht.«

»Aber es war alles toll. Es ist eine solide Referenz, Mads, du solltest dich freuen.«

»Ja, danke, Jay.«

Er erzählte ihr nichts von seinem Vorsprechen, aber bevor sie auflegten, sagte er: »Und, Himmel, gute Make-up-Crew bei *Navy cis*, was?«

»Wie meinst du das?«

»Du hast dir doch Sorgen gemacht, weißt du noch? Du hattest diesen Ausschlag. Man konnte ihn kaum sehen. Ich meine, ich konnte ihn sehen, aber nur, weil ich darauf geachtet habe. Das Make-up hat wirklich alles verdeckt.«

»Ja«, sagte Madison. »Das haben sie gut gemacht.«

Jay hörte, wie sich die Unsicherheit in ihre Stimme schlich, und er beendete das Gespräch rasch und kroch unter die Decke. Er fragte sich, wie es wäre, wenn er den Mut aufbrächte, Abby Britell oder eine andere Möchtegern wie sie zu besuchen und die Dinge, von denen er träumte, tatsächlich zu tun. Ihr ernsthaft zu zeigen, wer der Boss war. Er langte nach unten und gestattete sich, die Hand um seinen Schwanz zu legen, der jetzt hart wie ein Stück Baustahl war, erlaubte sich aber nicht mehr, als ihn zu berühren. Er dachte noch etwas an Abby Britell, aber dann dachte er an Amy Buchman (»Amy hat dankend abgelehnt, Jay, aber sie war wirklich beeindruckt«) und wie gern er sie fesseln und an einem echten Stück Baustahl würgen lassen würde. Es war dieser Gedanke, der ihn schließlich so weit beruhigte, dass er einschlafen konnte.

7

Auf der Fahrt von seiner Arbeit nach Hause – vierzig Minuten Einsamkeit, die viel zu schnell vergingen – sagte sich Matthew Beaumont die Fakten seines Lebens auf. Es war eine tägliche Übung, ein Weg, sich an das zu erinnern, was gut war, und sich in Erinnerung zu rufen, woran noch gearbeitet werden musste.

Heute sagte er sich, dass Emma, seine älteste Tochter, eine hübsche Siebtklässlerin war, die anfing, deutliche Zeichen von Unsicherheit und Angst zu zeigen, genau wie ihre Mutter. Aber sie war so zwanghaft brav, so darauf bedacht, es allen Leuten recht zu machen, dass man sie im Chaos ihres täglichen Lebens leicht vergessen konnte. Beachte sie, sagte er sich, sorge dafür, dass sie weiß, dass am Ende alles gut wird. Alex, der demnächst acht wurde, hatte endlich und offiziell die Diagnose erhalten, nicht nur ADHS, sondern auch eine oppositionelle Verhaltensstörung zu haben, was einige der Verhaltensauffälligkeiten erklärte. Nicht alle, wie Nancy hartnäckig beteuerte. Dennoch war die Diagnose der richtige erste Schritt und würde dem Schulsystem helfen, seinen Bildungsweg zu planen. Joshua, seinem jüngsten, ging es gut bis auf die ständigen Nebenhöhleninfektionen. Er würde noch ein Gespräch über alternative Medizin mit Nancy führen müssen, die ihn einfach immer weiter mit Antibiotika zuschütten wollte. Heute Abend war wahrscheinlich nicht der richtige Zeitpunkt, aber am Wochenende vielleicht, je nach ihrer Stimmung.

Er bog in den Trail Ridge Way, die lange, spärlich besiedelte Straße, die in einer Sackgasse mit drei brandneuen Villen endete, jede in einem betont anderen Stil. Seine war die im italienischen Stil, zumindest von außen, wenngleich innen eindeutig palladianisch, wenn das das richtige Wort war. Der Gedanke an das Haus brachte ihn wieder zu Nancy. Ging es ihr in letzter Zeit besser oder schlechter? Er konnte es nicht einmal mehr sagen, allerdings hatten sich ihre zwanghaften Gedanken in den letzten Wochen mehr um Alex und die neuesten Tests zur Bestimmung seiner Störung gedreht und weniger um Matthews »Affäre« mit seiner neuen Chefassistentin. Sie lag natürlich falsch mit der Affäre; abgesehen davon, dass er sich gelegentlich eine kleine Phantasie, meist über Ellen Matthiessen, die Leiterin der Rechtsabteilung, erlaubte, war Matthew die ganzen fünfzehn Jahre seiner Ehe treu gewesen. Es stimmte, dass er im Juli mit seinem Team etwas trinken gewesen war und er am Ende Jada Washington zu ihrer Wohnung im South End begleitet hatte, ehe er zur Back Bay zurückgekehrt war, um seinen Wagen zu holen, aber Jada, die an diesem Abend hauptsächlich darüber gesprochen hatte, wie besessen sie von der Buchreihe *Chroniken der Unterwelt* war, hatte ihn mehr an seine eigene Tochter erinnert als an ein potenzielles Objekt der Begierde. Sein Fehler war gewesen, dass er Nancy von dem Abend erzählt und geglaubt hatte, es würde sie amüsieren, dass seine »Chefassistentin« so viel mit ihrer zwölfjährigen Tochter gemeinsam hatte. Sie war nicht amüsiert gewesen. Sie hatte ihn die ganze Nacht wachgehalten und der Untreue bezichtigt. Er hatte sie überzeugen können, dass nichts passiert war, und sie dann den Rest des Sommers zu überzeugen versucht, dass er auch nicht *gewollt* hatte, dass etwas passierte. Aber inzwischen hatte sie seit über einer Woche nichts mehr zu dem Thema gesagt, und vielleicht, nur vielleicht, war es überstanden.

Er fuhr seinen Lexus in die Garage, die vier Autos Platz bot, und blieb noch kurz sitzen, um seinem Foo-Fighters-Mix zu lauschen, ehe er durch den Verbindungsgang zur Küche ging, wo Nancy an der Insel lehnte und ein Blatt Papier in die Höhe hielt, damit er es beim Hereinkommen sofort sah.

»Was ist los?«, fragte er.

»Sag du es mir«, antwortete sie.

Er näherte sich zögerlich, und genau in diesem Moment kam Alex in die Küche gerast, in seinem Ninja-Outfit samt Plastik-Samuraischwert, das er sich bereits für Halloween ausgesucht hatte. Matthew wehrte Alex' wiederholte Attacken ab und nahm Nancy das Blatt aus der Hand. Es war eine Liste mit rund einem halben Dutzend Namen, darunter sein eigener. Keiner der anderen Namen auf der Liste war ihm bekannt.

»Was ist das?«, fragte er seine Frau, dann drehte er sich zu seinem Sohn um. »Alex! Das reicht!«

»Ich weiß nicht, was es ist. Es war heute in der Post für dich, und ich hätte es sicher nicht sehen sollen und wünschte, ich hätte es nicht gesehen, aber da ich es nun einmal gesehen habe, wüsste ich gern, worum es geht. Eine Art Code?«

»Ich habe keine Ahnung. *Alex, das reicht!* Such Joshie und schau, ob er spielen will. Wieso machst du dieses Gesicht, Nancy? Was soll das heißen, eine Art Code?«

»Nun, ich verstehe nicht, was es ist, das ist alles.«

»Ich verstehe es auch nicht. Es ist wahrscheinlich nichts, nur irgendein Irrtum. Was stand auf dem Kuvert?«

Nancy drehte sich um und nahm das Kuvert von dem Poststapel auf der Granitarbeitsfläche. Emma kam in die Küche und umarmte Matthew, während Alex aus der Küche raste, um seinen jüngeren Bruder zu suchen, der sich wahrscheinlich versteckte; Joshua war nämlich der einzige Sechsjährige im Land, der nicht gern Kämpfen spielte.

»Es steht nichts drauf. Das hat mich misstrauisch gemacht.«

Emma nahm ihrem Vater das Blatt Papier aus der Hand und las es.

»Ehrlich, Nance, ich habe *keine* Ahnung.«

»Es gibt eine Abby Horne in meiner Schule, aber ich glaube nicht, dass es eine Alison Horne gibt«, sagte Emma.

»Egal«, sagte Nancy und schenkte sich ein Glas Wein ein. »Es sah einfach verdächtig aus. Ich habe zu viel hineingelesen.«

»Was dachtest du denn, was es ist, Mom?« Der Ton in Emmas Stimme grenzte an Verachtung. Matthew hatte bemerkt, dass Emma mit zunehmendem Alter immer kritischer ihrer Mutter gegenüber wurde, als würde sie allmählich einige der unberechenbareren Seiten von Nancys Persönlichkeit erkennen. Es war kein tröstlicher Gedanke.

Joshua kam weinend in die Küche, eine rosa Schwiele auf der Wange. Matthew machte sich auf die Suche nach Alex. Das Samuraischwert war ein großer Fehler gewesen.

Freitag, 16. September, 7:00 Uhr

Anfang September war mit Abstand die beste Zeit des Jahres. Es war noch Sommer, der normalerweise kalte Atlantik hatte seine wärmste Temperatur erreicht, und die Touristen, zumindest die mit Gören, waren ein für alle Mal weg. Der Sandstrand, der sich vom Windward Resort zur steinernen Mole erstreckte, war praktisch menschenleer (eine einsame Gestalt kauerte nahe den Gezeitentümpeln), als Frank Hopkins eine halbe Stunde nach Sonnenaufgang seinen Morgenspaziergang machte. Der Himmel hatte die ungesunde Farbe von Fischeintopf, und Nebel hing über dem Sand. Frank trug Shorts und Bootsschuhe, aber er hatte einen alten Baumwollpullover über sein Polohemd gezogen. Wenn er sich nicht irrte, war es morgens in letzter Zeit immer ein wenig kühl gewesen. Oder vielleicht wurden seine Knochen kalt. Ich werd alt, und mir wird kalt, reimte er für sich, dann blieb er einen Moment für einen Husten- anfall stehen.

Als er sich wieder in Bewegung gesetzt hatte, wäre er bei- nahe auf das Gerippe einer Möwe getreten, das halb vom Sand verdeckt wurde. Da waren der Teil eines Flügels, frei- liegendes Rückgrat, der Schnabel, wie es aussah, leicht offen, als würde er krächzen. Frank wurde etwas flau im Magen, was wahrscheinlich mehr mit dem Glas Brandy zu tun hatte, das er gestern Abend nach Schließung der Bar in seinem Zimmer getrunken hatte. Er hatte gewusst, dass es ein Fehler war, aber er hatte nicht anders gekonnt, als er auf vier oder fünf Kissen gestützt in seinem Bett saß und sich zu erinnern versuchte, was Shelly in der Lounge zu ihm gesagt hatte, etwas darüber, dass ihr Mann nach Florida ziehen wollte. Sie war nicht glücklich darüber, so viel wusste er, aber die Musikanlage in der Lounge wurde in letzter Zeit immer lauter, und er hatte nicht alles verstanden, was sie gesagt hatte. Er hoffte, dass Shelly, die seit mehr als zehn Jahren hinter der Bar im Windward stand, nicht weggehen würde, aber es war wohl unvermeidlich. Barkeeper kamen und gingen, genau wie Ehefrauen und genau wie die Jahre. Trotzdem, Shelly zu verlieren, würde wehtun. Jeden Abend mit ihr zu verbringen – wenn auch mit einer Theke zwischen ihnen –, war das Beste an seinen Tagen.

Er blickte auf, um zu sehen, wie nahe er schon an der Mole war, wo er umkehren und zurückgehen würde. Obwohl sich die Sonne hinter einem Wolkenschleier versteckte, musste er die Augen wegen der Helligkeit des Himmels zusammenkneifen. Er stolperte leicht. Woran hatte er gerade gedacht? Dass Shelly ihn verließ? Oder hatte er an Gloria, seine zweite Frau, gedacht, und wie sie, als sie ihn verließ, eines Morgens einfach weggefahren und nie mehr wiedergekommen war? Seine Erinnerungen wurden in letzter Zeit zunehmend wirr, Ereignisse aus seiner Kindheit kamen ihm plötzlich in den Sinn, als wären sie gestern gewesen, und Dinge, die jetzt geschahen, wie die lange hinausgeschobene Renovierung der Veranda, erschienen ihm, als würden sie in einem nebelhaften früheren Leben stattfinden, an das er sich nicht mehr recht erinnern konnte.

Wie war er so schnell so alt geworden? Er musste seinen Alkoholkonsum wirklich einschränken. Heute Abend würde er zu Gloria sagen, dass er zu jedem Drink – jedem echten Drink – ein Glas Selters trinken würde. Das wäre eine gute Sache. Dann würde er vielleicht nicht mehr mitten in der Nacht aufwachen, mit so trockenem Mund, dass sich seine Zunge wie ein unbenutzter Schwamm anfühlte. Ja, von heute Abend an würde er mehr Selters trinken. Und keinen Brandy mehr, wenn er im Bett lag. Und er würde den Fisch des Tages essen statt der Cheeseburger. Das würde Gloria beeindrucken – nein, nicht Gloria, Shelly! –, und vielleicht würde sie ihn doch nicht verlassen. Er mochte es, wie sie die Stimme senkte, wenn sie mit ihm sprach – es wirkte sehr intim, auch wenn er nicht immer verstand, was sie sagte.

Er war fast an der Mole, als die Sonnenscheibe am Himmel erschien, da sie den Dunstschleier wegbrannte. Sein Blick wanderte zu dem mit Entenmuscheln besetzten Felsen, den er abergläubisch jedes Mal berührte, bevor er umkehrte. Die Form des Felsens ließ ihn an ein Kind denken, ein Mädchen, das die Beine angezogen und den Kopf zwischen den Knien hatte, sein Haar das schwarze Seegras, das in Höhe der Flutlinie an dem Felsen hing. Der Felsen war wie der Strand in Franks langem Leben buchstäblich unverändert geblieben. Überraschend war an diesem besonderen Morgen jedoch das Vorhandensein eines weißen Kuverts, das auf dem Felsen lag. Es wurde von einem vollkommen runden grauen Stein mit weißer Umrandung beschwert. Frank nahm das Kuvert und hielt es gerade so weit von seinen nachlassenden Augen entfernt, dass er den Adressaufkleber lesen konnte. Sein Name und seine Anschrift standen darauf. Ein Gefühl von Unwirklichkeit überkam ihn. Wieso lag ein Brief für ihn an der Mole? Träumte er? Wenn ja, wäre es nicht verwunderlich. Er träumte immer wieder dieselben Träume, und häufig spielten sie genau an diesem Strand, in der Nähe genau dieser Mole. Er blinzelte ein paarmal schnell, wie um sich zu beweisen, dass er sich noch in der Realität befand, dann blickte er nach unten und stellte fest, dass er das feuchte Kuvert noch in der Hand hielt. Er öffnete es mit zittrigen Fingern, zog ein einzelnes Blatt Papier heraus und faltete es auseinander. Er wusste nicht, was er erwartet hatte, aber sicher nicht die schlichte Liste von Namen, die er vor sich sah. Er ließ den Blick über die Namen wandern, bemerkte seinen eigenen und erkannte keinen der anderen auf Anhieb.

Er wollte sich gerade umdrehen und schauen, wer das Kuvert auf den Felsen gelegt haben konnte, als er den festen Griff zweier Hände um seine Knöchel spürte. Dann wurde er gewaltsam von den Beinen gerissen, sodass er mit dem Gesicht voran im nassen Sand landete. Mit dem Kopf streifte er seinen Umkehrfelsen, und er hatte plötzlich Tränen in den Augen und spürte einen heftigen, nassen Schmerz an seiner Schläfe. Sein Angreifer hob ihn am Gürtel hoch und schleifte ihn einen halben Meter über den Sand, sodass sein Gesicht in einer flachen Vertiefung voll eiskaltem Meerwasser landete. Er versuchte aufzustehen, aber seine Arme fühlten sich kraftlos an, und er schrie stattdessen um Hilfe. Die Person auf seinem Rücken drückte sein Gesicht brutal in die Wasserpfütze. Franks Nase schmerzte entsetzlich, und sein Mund füllte sich mit Sand und Wasser.

»Weißt du, warum du sterben wirst?«, drang eine Stimme an sein Ohr.

Frank hustete, und jetzt konnte er warmes salziges Blut schmecken, das sich mit dem Sand in seinem Mund vermischte. »Nein«, sagte er, obwohl ein Teil von ihm sehr wohl wusste, warum er sterben würde. Es hatte mit der Mole zu tun, nicht? Und mit den Träumen, die er immer hatte.

Die Stimme sprach wieder. Er spürte Atem auf seiner Haut, und die Worte, die sein Mörder sagte, ließen ihn erkennen, dass er richtig gelegen hatte. Genauso wie in seinen Träumen. Und für einen Augenblick empfand er etwas wie Frieden, die echte Welt verschmolz mit der Welt seiner Träume zu einem einzigen Ort, der Welt seiner Existenz, die sich rasch ihrem Ende näherte. Die kräftigen Hände drückten sein Gesicht tief in den Sand, das Wasser schwappte an seine Ohren. In der roten Dunkelheit sah er konzentrische Kreise, die wie Gezeitentümpel anwuchsen und schrumpften. Und er sah seine Mutter, damals in der alten Küche, sie trug eine Schürze über einem Kleid. Sie stand mit dem Rücken zu ihm und werkelte am Herd, und er weinte, flehte um Verständnis und sagte ihr, wie leid es ihm tat. »Es tut mir leid, Mommy, es tut mir leid.« Aber sie drehte sich nicht um. Selbst die Dunkelheit schrumpfte nun, bis es nur noch Gezeitentümpel gab, und während sich seine Mutter noch immer nicht umdrehte, wurde die Welt kleiner, da er Wasser atmete statt Luft.

ACHT

Matthew Beaumont

Jay Coates

Ethan Dart

Caroline Geddes

Frank Hopkins

Alison Horne

Arthur Kruse

Jack Radebaugh

Jessica Winslow

I

Freitag, 16. September, 8:45 Uhr

Detective Sam Hamilton stand zwei, drei Meter von der Leiche entfernt und versuchte, sich den Tatort einzuprägen. Das Opfer lag auf dem Bauch, ein Bein leicht angewinkelt, als würde es schlafen. Sein Gesicht war im nassen Sand vergraben, sodass man von seinem Kopf nur struppiges graues Haar und einen sonnenverbrannten Nacken sah.

»Ist es bestimmt Frank Hopkins?« Lisa Banks, eine von Kennewicks Streifenbeamtinnen, stand neben Hamilton.

»Jim war der Ansicht, und ich bin es ebenfalls. Es ist seine Kleidung, oder? Wer muss das noch Gesicht sehen?« Frank Hopkins war der Besitzer des Windward Resorts, das er von seinen Eltern geerbt hatte, und er gehörte wie ein Stück Inventar zu seiner eigenen Bar. Alle ganzjährigen Bewohner Kennewicks kannten ihn.

»Ja, ich denke, man sieht, dass er es ist.«

Einige weitere Angehörige der Polizei von Kennewick hielten sich in der Nähe auf, aber niemand außer Jim Robichaud, der als Erster am Schauplatz eingetroffen war, hatte sich der Leiche genähert. Die Maine State Police war verständigt, und die Spurensicherung waren unterwegs.

»Was ist das?«, fragte Lisa.

Sam blickte in die Richtung, in die sie zeigte. Es war ein Stück weißes Papier oder vielleicht ein Kuvert, das zerknüllt in Franks linker Hand steckte.

»Das habe ich mich auch schon gefragt«, sagte Sam.

»Sollen wir es holen?«

49

»Lieber nicht. Es wird sich schon nicht in Luft auflösen, und es könnte ein Beweismittel sein.«

»Beweismittel wofür? Glaubst du, dass hier ein Verbrechen vorliegt?«

»Es sieht in der Tat so aus, als hätte jemand seinen Kopf ziemlich tief in den Sand gedrückt.«

»Du glaubst nicht, er ist einfach wegen eines Herzinfarkts umgekippt, und die Flut hat den Rest erledigt? Ich weiß, du bist nicht von hier, aber du warst schon am Strand, oder? Wenn du am Rand des Wassers stehst, saugt der Sand deine Füße ein.«

»Ja, du hast recht. Es fühlt sich nur einfach so an, als wäre hier etwas anderes passiert.«

Kaum hatte er die Worte ausgesprochen, fragte sich Sam, ob er sich tatsächlich ein Verbrechen einbildete, wo es keines gegeben hatte. Frank Hopkins war kein junger Mann mehr. Und auch kein gesunder, nach der Zeit zu urteilen, die er in seiner eigenen Bar mit Trinken verbrachte. Die wahrscheinlichste Erklärung für das, was sich hier abgespielt hatte, war, dass er einen Morgenspaziergang gemacht hatte, und sein Herz hatte schlicht ausgesetzt. Sam wusste, er neigte dazu, kriminelles Handeln zu sehen, wo keines war, und vielleicht tat er es gerade wieder.

Lisa zuckte mit den Achseln, dann drehte sie sich zur Micmac Road um. Sie glaubte, ein Fahrzeug gehört zu haben, und sie hatte recht. Drei metallicblaue SUVs hielten am Straßenrand. Aus der anderen Richtung traf außerdem ein Van von einem Lokalsender ein. »Sie sind hier«, sagte sie und dehnte die Vokale dabei, und Sam lachte, weil sie dieses kleine Mädchen aus *Poltergeist* nachahmte. Dann ging er den eingetroffenen Beamten mit langen Schritten entgegen.

Erst viel später am Tag erfuhr Sam, inzwischen wieder in der Polizeistation, was man in Franks Hand gefunden hatte. Ein zerrissenes, an Frank adressiertes Kuvert. Außerdem ein

Blatt Papier, feucht vom Meer, aber noch lesbar, das zuvor mutmaßlich in dem Kuvert gesteckt hatte. Auf diesem Blatt Papier stand eine Liste mit neun Namen, darunter der von Frank. Der Brief war umgehend in die Zentrale der State Police gebracht worden, aber Sam bekam ein Foto zu sehen und hatte die Namen zweimal durchgelesen. Keinen davon glaubte er zu kennen. Es gab auch ein Foto von der Vorderseite des Kuverts. Keine Briefmarke, kein Poststempel, nur ein Adressaufkleber. Es war verwirrend, ein echtes Rätsel. Nicht dass es ohne das Kuvert kein Rätsel gewesen wäre. Der erste, inoffizielle Bericht des Coroners stellte Blutergüsse in Frank Hopkins' Nacken fest, was darauf schließen ließ, dass jemand sein Gesicht ins Wasser gedrückt hatte, bis er ertrunken war. Wer hätte Frank Hopkins bei seinem Morgenspaziergang ermorden wollen? Ein Räuber? Eine sitzengelassene Geliebte? Beides erschien höchst unwahrscheinlich.

Sam, der mittlerweile seit fünfzehn Jahren Detective bei der Polizei in Kennewick war, kannte Frank Hopkins recht gut. Er war einer der ersten Bürger gewesen, mit denen Sam in Kontakt gekommen war, als er 1999 aus Houma, Louisiana, nach Maine gezogen war. Er hatte ein Bewerbungsgespräch für den Job an einem sonnigen Oktoberwochenende geführt und war dann fünf Wochen später, Anfang Dezember, eingetroffen, um die Stelle anzutreten, da war Kennewick bereits von einer dreckigen Schicht aus verkrustetem Schnee überzogen. Seine neuen Kollegen sagten, es sei ein wenig zu früh, um sich im südlichen Maine wie in Sibirien zu fühlen, und sie seien lediglich von einem verfrühten Nordoststurm überrascht worden, gefolgt von einem langen Kälteeinbruch. Es hatte viele Witze in der Art »Willkommen im Paradies« und »Hoffentlich haben Sie die langen Unterhosen mit« gegeben, aber Sam war insgeheim begeistert darüber gewesen, dass ihn Neuengland als verschneite Schönheit begrüßte. Er hatte seine ersten fünfunddreißig Jahre in Louisiana oder auf

Jamaika verbracht, von wo seine Familie stammte, und beides hatte sich nicht wirklich wie ein Zuhause angefühlt. Er hatte sich aus Gründen, die ihm größtenteils rätselhaft waren, nach einem anderen Ort gesehnt. Und die verwitterten Häuser von Kennewick, der tief hängende graue Himmel, hatten sich richtig angefühlt.

Seine erste Amtshandlung als Kennewicks einziger Detective war ein Besuch im Windward Resort gewesen, um einem vermuteten Diebstahl nachzugehen. Er war von Frank Hopkins begrüßt worden, dessen Maine-Akzent so ausgeprägt war, dass er sich für Sams ungeübtes Ohr fast schon wieder falsch anhörte. Die Registrierkasse in der Bar des Windward war ausgeräumt worden – nicht mehr als ein paar Hundert Dollar – und Frank verdächtigte einen kürzlich entlassenen Angestellten namens Ben Gagnon, der als Hilfskellner im Speisesaal gearbeitet hatte. Ben, ein Junge aus dem Ort, hatte gehen müssen, weil er sich ein Mal zu oft krankgemeldet hatte.

»Ich habe ihn gestern gefeuert«, sagte Frank, »aber Barbara, eine der Reinigungskräfte, hat mir erzählt, dass sie ihn heute Morgen gesehen hat und er sagte, er sei gekommen, um sich seinen letzten Gehaltsscheck zu holen. Wie auch immer, das kann gar nicht sein, weil wir die Gehaltsschecks mit der Post zustellen, und Barbara, eine andere Barbara, die hinter der Theke arbeitet, sagte, dass das ganze Papiergeld aus der Kasse verschwunden ist.«

»War die Registrierkasse abgeschlossen?«

»Na ja, schon. Nur dass der Schlüssel dafür an einem Haken direkt unter der Theke hängt, man hätte also kein Genie sein müssen, um die Tat zu begehen. Hören Sie, ich bin mit Bens Mutter befreundet, und ich weiß nicht einmal, ob ich die Sache überhaupt anzeigen will. Ich mache mir nur Sorgen, dass er denkt, er könnte es ja wieder einmal versuchen, wenn er ungeschoren davonkommt. Ergibt das einen Sinn für Sie?«

»Durchaus«, sagte Sam. »Was denken Sie, wo Ben jetzt ist?«

»Wahrscheinlich bei Cooley's. Das ist eine Bar am anderen Ende des Strands. Er wird dort mein Geld ausgeben und gleichzeitig über mich lästern.«

Sam hatte eine ziemlich gute Beschreibung von Ben Gagnon bekommen, war zu Cooley's hinuntergegangen und hatte ihn zur Befragung mit auf die Polizeistation genommen, wo der Junge ein vollständiges und tränenreiches Geständnis ablegte. Frank hatte keine Anzeige erstattet, und Ben hatte das Geld zurückgegeben. Es war Sams erster Fall in Kennewick gewesen, und das war wahrscheinlich der einzige Grund, warum er sich daran erinnerte. Aber seit damals war Sam regelmäßig freitagabends auf einen Scotch mit Soda ins Windward gegangen. Und hin und wieder ging er im Lauf der Jahre auf ein Bier zu Cooley's, trotz der Tatsache, dass es der einzige Ort in seiner neuen Stadt war, wo er in irgendeiner Weise Rassismus erlebt hatte. Ein sehr betrunkener Immobilienunternehmer aus der Nachbarstadt Wells hatte irgendwann in Sams erstem Winter in Kennewick zu ihm gesagt: »Hat Ihnen schon mal jemand gesagt, dass Sie die falsche Farbe für Maine haben?«

»Wie heißen Sie, mein Sohn?«, hatte Sam geantwortet, und es war ihm bewusst, dass er bei der Frage einen Hauch seines jamaikanischen Akzents hören ließ.

»Das muss ich Ihnen nicht sagen.«

»Nein, das müssen Sie nicht. Ich werde mir Ihr Gesicht merken. Und eines schönen Tages werde ich Sie verhaften, wahrscheinlich wegen Trunkenheit und ungebührlichen Benehmens, und dann werden Sie froh sein, zu wissen, dass ich vergessen habe, was Sie da eben gesagt haben.«

Der Mann hatte verwirrt dreingeschaut. Er hatte auch verwirrt dreingeschaut, als Sam ihn zwei Jahre später tatsächlich verhaftet hatte, nachdem er – diesmal im Kennewick Harbor

Hotel – betrunken über die Teakholztheke gelangt und der Studentin, die dort arbeitete, an die Brust grabscht hatte. Wie versprochen benahm sich Detective Sam Hamilton, als wäre er dem Immobilienunternehmer Harvey Beach nie zuvor begegnet. Es war das einzige Mal gewesen, dass jemand im Staat Maine etwas Rassistisches zu ihm gesagt hatte. Tatsächlich waren die meisten Leute, denen er begegnet war, absolut freundlich gewesen, obwohl Neuengland im Ruf stand, unfreundlich zu sein. Und das galt auch für Frank Hopkins, den allgegenwärtigen Besitzer des Windward Resorts, der bei seinem Morgenspaziergang ermordet worden war.

Sam dachte zurück und war sich ziemlich sicher, dass Frank verheiratet gewesen war, als er ihn kennengelernt hatte. Eine dunkelhaarige Frau, die auf dem Postamt gearbeitet hatte. Er glaubte, ihr Name könnte Sheila gewesen sein. Sie hatte Kennewick verlassen und war nach Florida gezogen, und sie hatte Frank nicht eingeladen mitzukommen. Das war Jahre her, und Frank war jetzt eingefleischter Junggeselle und ein Mann fester Gewohnheiten – der Strandspaziergang an wirklich jedem Morgen, es sei denn, der Wind war einfach zu stark, dann höchstwahrscheinlich ein halber Tag Arbeit an der furchteinflößenden Aufgabe, das Windward Resort offen und profitabel zu halten, und danach ein langer Abend in der Lounge des Windward, wo er gemütlich eine Reihe von Bud Lights trank. Soweit Sam wusste, war in diesem Zeitplan kein Raum für Liebesgeschichten. Und nicht nur das, Frank machte sich keine Feinde. Er war ein umgänglicher Boss, freundlich zu allen. Was bedeutete, dass das, was Frank am Strand zugestoßen war, sich nach etwas völlig anderem anfühlte. Es fühlte sich in Ermangelung eines besseren Wortes *falsch* an. Wäre der Brief nicht gewesen, hätte Sam angenommen, Frank sei versehentlich ermordet worden, ein schiefgegangener Raubüberfall vielleicht, oder wer weiß, vielleicht hatte jemand nur die Erfahrung machen wollen, wie es war, einen Menschen zu töten, sein Gesicht in den Sand zu drücken. Aber was war mit dem Brief? Mit dieser Namensliste?

Sam suchte im Internet nach den anderen Namen, um zu sehen, ob welche von ihnen im Zuge einer Mordermittlung aufgetaucht waren, doch da war nichts. Aber er suchte nur über Google. Die State Police würde ihre eigene Datenbank durchsehen. Irgendetwas, irgendeine Verbindung zwischen den Namen auf der Liste würde sie ausspucken.

2

Freitag, 16. September, 12:30 Uhr

An Freitagen ging Jessica Winslow fast immer zu Cece's zum Lunch, meist mit Mary aus der Buchhaltung, aber Mary war diese Woche im Urlaub, und Jessica dachte, sie könnte diesen neuen Laden drüben auf der Congress Street ausprobieren, der die Hähnchen vom Drehspieß im Schaufenster hatte.

Alle Tische waren besetzt, aber hinten an der Theke war noch ein Platz frei. Sie bestellte Eistee, einen geräucherten Hähnchenschenkel mit Reis und Bohnen und gebratene Kochbananen als Beilage. Der alte Latino hinter der Theke sah ihr forschend ins Gesicht und stellte ihr dann eine der Fragen, die sie am wenigsten mochte. »Wo kommst du her, Chica?«

Sie hatte diese bestimmte Frage eine Weile nicht gehört, aber schon oft genug in ihrem Leben. Das und: »Was bist du?« oder das weniger unhöfliche aber genauso herablassende: »Na, wenn du nicht hübsch bist.«

»Maryland«, antwortete sie.

»Nein, ich meine ursprünglich.«

»Maryland, soviel ich weiß.«

Der alte Mann zog eine Augenbraue in die Höhe, gab es jedoch auf und ging weiter, um eine neue Bestellung aufzunehmen. Jessica war adoptiert worden, aber alles, was ihre Eltern mit Sicherheit wussten, war, dass sie aus Vietnam gekommen war. Sie sah eindeutig vietnamesisch aus, hatte aber auch afrikanische und weiße Gene in sich. Sie war sich nicht

sicher, aber sie nahm an, dass sie das Produkt einer Viet-
namesin und eines afroamerikanischen Soldaten war. Und
in diesem Fall war ihre Mutter möglicherweise eine Pros-
tituierte gewesen. Es interessierte sie nicht allzu sehr, wenn
sie ehrlich war. Sie dachte nie daran, bis irgendein Fremder
beschloss, er würde gern alles über ihre Herkunft erfahren,
als ginge es ihn verdammt noch mal etwas an. Sie spürte die
Wut in sich aufsteigen und erstickte sie. Der alte Kerl war
wahrscheinlich harmlos und wollte nur herausfinden, ob sie
Spanisch sprach. Viele Leute nahmen nach einem Blick auf
sie an, dass sie es tat.

Der alte Knacker brachte ihr den Hühnerschenkel, und
er war noch viel besser, als man ihr erzählt hatte. Als sie
halb aufgegessen hatte, läutete zweimal ihr Handy, das
umgedreht auf der Theke lag, und Jessica ignorierte es, zum
einen, weil ihre Finger fettig waren, aber hauptsächlich,
weil sie den Rest ihrer Mahlzeit genießen wollte. Aber als
ihr Telefon ein drittes Mal läutete, legte sie das Hühner-
bein beiseite, wischte sich die Finger an der Serviette ab
und schaute auf den Schirm. Zwei der Anrufe waren von
Aaron und einer von Stephanie, die am Empfang arbeitete.
Außerdem hatte sie eine Nachricht von Aaron bekommen.
Wo bist du?

Sie war im Begriff zurückzuschreiben, aber dann rief sie
ihn stattdessen an. Er meldete sich auf der Stelle.

»Wo bist du?«, fragte er und klang leicht verärgert.

»Beim Lunch. Es ist Mittag.«

»Du erinnerst dich an diese Liste?«

»Die, die ich gestern mit der Post bekommen habe?«

»Ja. Einer der Namen war Frank Hopkins.«

»Ja, weiß ich noch.«

»Ein Frank Hopkins wurde heute Morgen in Kennewick,
Maine ermordet.«

»Im Ernst?«

»Ja, im Ernst. Komm so schnell du kannst ins Büro zurück.«

»Mach ich. Bin schon unterwegs.«

Sie überlegte, sich den Rest ihrer Mahlzeit einpacken zu lassen, entschied sich aber dagegen. Sie zahlte und ging.

In der Dienststelle fing Aaron sie auf halbem Weg zwischen dem Empfang und ihrem Schreibtisch ab. Sie fand, er sah ziemlich mitgenommen aus und fragte sich, wie lange er gestern Abend noch im Club Room gewesen war.

»Erzähl mal«, forderte sie ihn auf.

»Ich habe die Liste zur Analyseabteilung geschickt, und offenbar hatte ein Typ dort tatsächlich gelesen, dass heute ein Frank Hopkins in Kennewick ermordet wurde. Ich meine, sie wären so oder so darauf gestoßen, aber trotzdem.«

»Was ist mit ihm passiert?«

»Mit dem Analysetypen?«

»Nein, mit Frank Hopkins. Wie geht es dir heute Morgen, Aaron?«

»Sorry, ich bin gestern Abend ein bisschen zu lange bei Anthony hängen geblieben.«

»Schon gut. Wie ist dieser Mann in Maine gestorben?«

»Er ist am Strand spazieren gegangen, nicht weit von dort, wo er wohnt. Offenbar wurde er ertränkt, sein Kopf wurde in einen Gezeitentümpel gedrückt oder so etwas.«

»Wer war er?«

»Ich weiß es nicht. Niemand. Ich weiß, dass du gestern sagtest, dass du den Namen nicht kennst, aber hast du noch weiter über diese Liste nachgedacht? Gibt es eine Verbindung zwischen dir und diesem Mann?«

»Nein.«

»Die Sache ist nämlich die …«

»Es ist ein verdammt gewöhnlicher Name.«

»Frank Hopkins?«

»Ja. Ich meine …«

»Die Sache ist nämlich die: Am Tatort wurde ein Kuvert gefunden, das an diesen Frank adressiert war.«

»Er hatte die Liste?«

»Haargenau die gleiche Liste. Mit deinem Namen darauf.«

»Scheiße«, sagte Jessica.

»Du sagst es«, sagte Aaron.

3

Freitag, 16.September, 13:33 Uhr

Ethan Dart betrat gerade seine Wohnung, als er das Festnetztelefon läuten hörte. Er schaute auf die Digitalanzeige des schnurlosen Geräts, nur um sicherzugehen, dass es nicht seine Mutter war, abgesehen von Rechtsanwälten der einzige Mensch, der ihn noch auf dem Festnetz anrief. Es war eine Nummer aus Albany, New York, und er entschied sich, sie zu ignorieren.

Er wollte Kaffee machen, sah, dass vom Vortag noch eine Viertelkanne übrig war (oder war sie von vorgestern?) und goss sie über Eis, dann nahm er seine Gitarre und ging damit ins Wohnzimmer. Er setzte sich in einen Strahl blasses Sonnenlicht, der durch das Fenster fiel, und beobachtete, wie Stäubchen von dem Sofa aufstiegen, das er schon so lange hatte wie dieses Apartment. Er war erschöpft und trank einen großen Schluck von seinem Eiskaffee, bei dem seine Zähne taub wurden.

Dann setzte er sich die Akustikgitarre aufs Knie und klimperte ein paar Akkorde, ehe er sich an den Text des Songs zu erinnern versuchte, den er gestern geschrieben hatte. Er fiel ihm sofort wieder ein. Als er ihn sich aufsagte, dachte er daran, dass er in der Nacht zu dem Schluss gekommen war, der Song sei Scheiße, aber jetzt war er sich nicht mehr so sicher. »Der letzte Mann auf deiner Liste.« Der Titel war nicht so übel. Und wer weiß, vielleicht handelte das Lied eigentlich von Hannah, deren Wohnung er vor Kurzem verlassen hatte. Nach allem, was er über sie wusste, war die Liste ihrer

Eroberungen ziemlich umfangreich. Nicht, dass es seine nicht gewesen wäre. War er dabei, sich zu verlieben? Würde der Song besser funktionieren, wenn die erste Zeile lautete: »Bin letzte Nacht in Hannahs Träumen aufgewacht«? Dann konnte er den Song »Hannah« nennen, ein noch besserer Titel. Er probierte es aus, dann fischte er in dem gläsernen Aschenbecher nach genügend Pot, um sich eine Pfeife zu stopfen. Was er jetzt wirklich gerne gehabt hätte, war eine verdammte Zigarette.

Er stand mit wackligen Knien auf, machte ein paar Hampelmänner und schaute dann auf dem Telefon nach, ob Albany eine Nachricht hinterlassen hatte. Albany hatte. Er spielte sie ab, wobei er mit einer Computerstimme rechnete, aber stattdessen war ein echter Mensch zu hören, die Stimme einer Frau, die sich als Jessica Winslow vorstellte und ihn bat, sie umgehend zurückzurufen. Er erkannte den Namen sofort, er stand auf der sonderbaren Liste, die er am Tag zuvor erhalten hatte. Tatsächlich war es der Name gewesen, bei dem er Mühe gehabt hatte, ihn sich zu merken. Vielleicht hatte diese Liste doch etwas mit einer der Agenturen zu tun, an die er Demo-Aufnahmen geschickt hatte. Aber Albany? Das klang nicht richtig.

»Hallo, Jessica«, sagte er. Sie hatte sich gemeldet, bevor er es auch nur läuten hörte.

»Ist dort Ethan Dart?«

»Ja.«

»Mein Name ist Jessica Winslow. Ich bin Special Agent beim FBI, und ich würde Ihnen gern einige Fragen stellen.«

»Okay.« Ethan setzte sich wieder auf das Sofa.

»Haben Sie vor Kurzem einen Brief bekommen, eine Liste mit Namen.«

»Ja, gestern. Ihr Name steht ebenfalls drauf.«

Eine kurze Pause, dann sagte sie: »Ja, das stimmt. Sie haben sich das gemerkt?«

»Sicher. Ich meine, ich habe die Liste erst gestern bekommen.«

»Hat Ihnen diese Liste irgendetwas gesagt? Wissen Sie, woher sie kommt, oder kennen Sie einen der anderen Namen?«

»Nein, sie hat mir nichts gesagt. Ich dachte, es muss sich irgendwie um einen Irrtum handeln.«

»Was ist mit Frank Hopkins? Hat Ihnen dieser Name etwas gesagt?«

»Nein, keiner von ihnen.« Ethan hörte eine zweite Stimme im Hintergrund, die eines Mannes.

»Sind in Ihrem Leben in letzter Zeit ungewöhnliche Dinge passiert«, sagte Jessica. »Hat jemand Sie bedroht. Haben Sie sich Feinde gemacht?«

»Äh, ich glaube nicht.«

»Okay. Ich frage nur. Haben Sie den Brief noch, oder haben Sie ihn weggeworfen?«

»Nein, ich habe ihn noch. Soll ich …«

»Nein, lassen Sie ihn einfach, wo er ist, und fassen Sie ihn nicht mehr an. Sie sind jetzt gerade zu Hause?«

»Ja.«

»Ich schicke jemanden von der lokalen Außenstelle bei Ihnen vorbei, der ihn abholt. Darf ich Ihre Adresse bestätigen?«

»Was ist los? Sollte ich mir Sorgen machen?«

»Wir schicken jemanden vorbei, okay? Machen Sie sich keine Sorgen, zumindest noch nicht. Wir sind noch dabei herauszufinden, was vor sich geht.«

»Das war nicht gerade beruhigend«, sagte Ethan.

Jessica lachte. »Nein, nicht wahr? Hören Sie, fassen Sie einfach den Brief nicht mehr an, bis der Agent eintrifft. Können Sie das für mich tun?«

»Sicher«, sagte Ethan.

Nach Beendigung des Gesprächs ging Ethan und sah sich die Liste an, die noch neben seinem Laptop lag. Er hatte vergessen, dass er die Rückseite des Briefs dazu benutzt hatte, seinen neuen Song aufzuschreiben, und jetzt war es ihm ein bisschen peinlich, dass er ihn dem FBI aushändigen musste. Nicht dass es sie interessieren würde. Oder wer weiß, vielleicht würde jemand beim FBI diesen Text sehen, erkennen, was für ein Genie er war und ihn seinem Cousin vorstellen, der Musikproduzent war. Ethan lachte in der leeren Wohnung. Dann holte er der Nachwelt zuliebe sein Handy hervor und fotografierte die Rückseite der Liste.

4

Die zweite Person von der Liste, die Jessica erfolgreich aufspürte, war Arthur Kruse. Sie erreichte ihn auf seinem Handy, als er im Krankenhaus bei der Arbeit war, und als sie nach der Liste fragte, brauchte er eine Weile, um zu begreifen, wovon sie sprach.

»Ach ja, richtig«, sagte er schließlich.

»Sie haben also gestern eine Liste mit der Post bekommen?«

»Mhm.«

Sie stellte ihm dieselben Fragen, die sie Ethan gestellt hatte, und erhielt im Wesentlichen dieselben Antworten. Er kannte niemanden auf der Liste. In seinem Leben war in letzter Zeit nichts Ungewöhnliches vorgefallen. Soviel er wusste, hatte er keine Feinde.

»Ich werde außerdem den Brief und das Kuvert brauchen, wenn Sie es noch haben«, sagte Jessica. »Können Sie in etwa einer halben Stunde zu Hause sein?«

»Eigentlich nicht«, sagte Arthur. »Ich bin mitten in meiner Schicht und …«

»Es ist wichtig.«

»Sicher«, sagte er, da er wusste, für Gina und Maggie würde es in Ordnung gehen, wenn er für rund eine Stunde verschwand. Er wohnte nicht weit vom Krankenhaus entfernt und würde im Handumdrehen zurück sein.

»Und eins noch«, sagte Jessica. »Ich weiß, die Chance ist gering, aber kennen Sie jemanden namens Gary Winslow?«

Arthur überlegte, dann sagte er. »Da klingelt nichts bei mir.«

»Wie alt sind Sie?«

»Ich bin fünfundvierzig.«

»Ihr Vater nennt sich nicht zufällig ebenfalls Arthur Kruse oder Art Kruse.«

»Doch, so nannte er sich«, sagte Arthur. »Art Kruse.«

»Oh, tut mir leid. Ist er tot?«

»Nein. Ich hätte nicht die Vergangenheitsform benutzen sollen, aber ich habe ihn seit mehr als zehn Jahren nicht gesehen oder mit ihm gesprochen.«

»Er heißt also Art.«

»Er heißt Arthur, aber wird Art genannt.«

»Dann erinnern Sie sich vermutlich nicht, ob *er* jemanden namens Gary Winslow kannte?«

»Ich glaube nicht, dass ich auch nur einen einzigen Freund meines Vaters mit Namen kenne. Sagten Sie nicht, dass Ihr Name Winslow ist?«

»Ja. Gary ist mein Vater, und ich erinnere mich, dass er einen Freund namens Art Kruse hatte, glaube ich jedenfalls, und irgendwie ist mir der Name haften geblieben. Sie waren Studienfreunde, glaube ich.«

»Mein Vater war in Princeton.«

»Okay, dann waren sie keine Studienfreunde«, sagte Jessica.

»Ihr Vater war in …«

»Er war auf der University of Vermont, aber ich weiß, dass er einen Art Kruse kannte. Besitzt ihr Vater ein Haus an einem See?«

»Nein, aber seine Eltern hatten eins. Ich habe Bilder gesehen. Oben am Squam Lake in New Hampshire. Ich bin verwirrt. Was hat die Frage, ob Ihr Vater und mein Vater Freunde waren, mit der Liste zu tun?«

»Entschuldigen Sie. Es ist tatsächlich verwirrend. Ich bin

FBI-Agentin, aber ich habe außerdem eine Liste zugeschickt bekommen, höchstwahrscheinlich dieselbe Liste, die Sie erhalten haben.«

»Okay. Deshalb kam mir Ihr Name ein wenig bekannt vor. Und wissen *Sie* denn, was es mit der Liste auf sich hat?«

»Ich habe keine Ahnung. Wir versuchen, es herauszufinden. Was wir gern wüssten, ist, ob es Verbindungen zwischen den Leuten gibt, die ein Exemplar erhalten haben. Glauben Sie, es wäre möglich, dass Sie Ihren Vater anrufen und in Erfahrung bringen, ob er einen Freund namens Gary Winslow hatte, und wo sie sich begegnet sind?«

»Ich weiß ehrlich gesagt nicht einmal, wie ich ihn erreichen könnte«, sagte Arthur. »Und wenn ich es wüsste, glaube ich nicht, dass ich dazu fähig wäre, ihn anzurufen.«

»Ich verstehe. Wenn Sie eine Möglichkeit sehen, wie ich ihn erreichen kann, vielleicht …«

»Natürlich.«

Arthur fuhr in Richards Subaru nach Hause, vorbei an den brachliegenden Feldern und verfallenden Farmen des Tals. Ein Teil des dunstigen Himmels sah dunkel und schwer aus, und er fragte sich, ob ein Gewitter im Anmarsch war. Da sein Name gefallen war, dachte Arthur ein wenig an seinen Vater und fragte sich, wie sein Leben jetzt wohl aussah. Gelegentlich erhielt er einen Bericht von seiner Schwester Samantha, die zwar mit ihm sprach, aber ihn selten sah. Art Kruse lebte in einer Seniorenresidenz in West Palm Beach, Florida. Samantha sagte, er hätte einmal behauptet, eine Freundin zu haben, die in einer der anderen Einheiten der Anlage wohnte, aber sie sagte, es hätte eine Weile gedauert, bis ihm auch nur ihr Name eingefallen sei. Für Samantha und Arthur war klar, dass ihr Vater von dieser eventuellen Freundin abgesehen vollkommen allein war. Samantha beunruhigte es ein wenig, aber Arthur dachte nie darüber nach.

Art hatte seinen Sohn aus seinem Leben verbannt, nachdem er erfahren hatte, dass er schwul war, aber Arthur fragte sich manchmal, ob je eine Beziehung zwischen ihnen entstanden wäre, selbst wenn er es ihm nie erzählt hätte. Sein Vater war ein Hardcore-Republikaner, ein *Fox-News*-Süchtiger, stolz darauf, nicht politisch korrekt zu sein, was ihm erlaubte, seine rassistischen, sexistischen und homophoben Ansichten laut auszusprechen und sich dabei vorzukommen, als schwämme er gegen den Strom. Als sich Arthur zwei Jahre nach der Scheidung seiner Eltern vor seinem Vater geoutet hatte, hatte der ihn nur schief angelächelt und gesagt: »Wahrscheinlich erzählst du mir gleich, dass du auch noch vorhast zu heiraten. Erwarte nur nicht, dass ich komme.« In vielerlei Hinsicht hatte die Ablehnung durch seinen Vater alles einfacher gemacht. Als er und Richard dann tatsächlich geheiratet hatten, hatte Arthur seinem Vater eine Einladung geschickt und fest damit gerechnet, dass er eine Absage bekommen würde. Stattdessen hatte es überhaupt keine Reaktion gegeben, und Arthur hatte ihn ein für alle Mal abgeschrieben. Richard hatte ihn einmal gefragt, ob er manchmal an seinen Vater dachte, und ob er glaube, dass sich ihre Beziehung eines Tages kitten ließe, und Arthur hatte wahrheitsgemäß geantwortet, dass er selten bis gar nicht an ihn dachte.

Zu Hause musste er keine fünf Minuten warten, ehe ein Lincoln Navigator in seiner Einfahrt hielt und zwei Männer in grauen Anzügen ausstiegen.

»Arthur Kruse?«, fragte einer der Männer und hielt eine Dienstmarke in die Höhe. Er hatte einen weißen Bart, der nur bis zu seiner Kinnlinie ging. Die schwabblige Haut unter seinem Kinn war rosafarben und rasiert.

Arthur zeigte ihnen den Brief und das Kuvert, beides lag bereits im Altpapierbehälter. Mit Handschuhen pflückte der zweite Mann, jünger, gepflegt und sehr gut aussehend, die beiden Papiere zwischen Katalogen, Werbepost und Verpackungen von Fertigmahlzeiten hervor.

»Was ist los?«, fragte Arthur, weil er dachte, diese beiden Agenten könnten vielleicht ein wenig mehr Informationen herausrücken als Jessica Winslow.

»Wissen wir nicht genau, Kumpel«, sagte der Mann mit dem Bart, und Arthur zuckte ein wenig zusammen, als er »Kumpel« genannt wurde.

Der jüngere Agent, der ein bisschen wie Jimmy Smits aussah, als er noch bei NYPD *Blue* mitspielte, ließ die beiden Papiere in getrennte Plastikbeutel gleiten. »Das ist alles, was wir von Ihnen brauchen, Sir«, sagte er, und Arthur brachte sie zur Tür, wie immer bei neuen Leuten befangen wegen seines Humpelns.

Durch die Milchglasscheibe der Eingangstür sah er sie wegfahren, dann ging er ins Innere des Hauses zurück. Er hörte sehr weit entfernten Donner und sagte sich, er sollte wieder zur Arbeit fahren. Stattdessen setzte er sich im Esszimmer auf einen der Stühle mit t-förmiger Rückenlehne und fragte sich, worum es bei der Liste wohl ging, und warum sich das FBI dafür interessierte. Verheimlichte ihm Agent Winslow etwas? Es sah ganz danach aus.

Er rieb an den dezimierten Muskeln seines linken Oberschenkels. Er hatte immer den Eindruck, dass sein Bein bei schlechtem Wetter am schlimmsten war. Oder bildete er es sich vielleicht nur ein? Vor den Fenstern wurde es plötzlich dunkel, und er wartete auf das Geräusch von Regen auf dem Dach. Er sollte zurück in die Arbeit fahren, aber er dachte ständig daran, wie gern er Richard von den jüngsten Ereignissen seines Lebens erzählen würde – die Liste in der Post, der Anruf vom FBI und jetzt die beiden Agenten, die gekommen waren, um den Brief in Besitz zu nehmen. Er gestattete sich den seltenen Luxus, sich die Unterhaltung auszumalen; Richard würde Einzelheiten wissen wollen – er wollte *immer* Einzelheiten wissen – etwa, wie die Männer vom FBI ausgesehen hatten. Er würde ihm von Jimmy Smits erzählen und von dem Mann mit dem Bart, der entlang der Kinnlinie rasiert war. *Ein George Lucas?,* würde Richard sagen und lachen. *Genau,* würde Arthur antworten. *Daran hatte ich gar nicht gedacht.*

Er erlaubte sich noch einige Minuten dieser Träumerei und ließ sogar Misty ins Bild kommen, wie sie sich immer bei einem von ihnen ans Bein gelehnt hatte, wenn sie sich unterhielten, immer auf der Suche nach Zuneigung. Er hörte auf, diese Gedanken zu denken, als seine Kehle zu schmerzen begann. Er musste in die Arbeit zurückfahren. Es regnete jetzt, aber es war ihm egal, als er in seinem gewohnt langsamen Tempo zum Wagen ging.

5

Freitag, 16. September, 18:00 Uhr

Bis 18:00 Uhr an diesem Freitagabend war es Jessica gelungen, insgesamt vier Person zweifelsfrei zu identifizieren, die alle die Liste erhalten hatten, sie selbst und Frank
Hopkins nicht mitgezählt. Bei Ethan Dart und Arthur Kruse
war es relativ leicht gewesen, vielleicht weil ihre Namen die
ungewöhnlichsten waren. Jessica hatte Kontakt mit mehreren Frauen namens Caroline Geddes gehabt, die alle über die
Frage verdutzt waren, ob sie eine geheimnisvolle Liste mit
der Post bekommen hätten, ehe sie bei einer Professorin der
University of Michigan den Jackpot knackte. Wie bei Ethan
und Arthur rief Jessica die nächstgelegene Außenstelle des
FBI an und ließ Brief und Kuvert abholen. Sie hatte außerdem
nach nur vier oder fünf Sackgassen einen Treffer bei einem
Matthew Beaumont gelandet, obwohl dieser Name recht
gewöhnlich war. Sobald sie seine Stimme am Telefon gehört
hatte, hatte sie gewusst, dass dieser Matthew Beaumont, Vice
President einer Finanzgesellschaft in Boston, der richtige war.
Wie kam das? Sie hatte ihn in seinem Büro erreicht, als er gerade gehen wollte, und er hatte sich bereit erklärt, sich mit
einem Agenten zu treffen. Sie stellte ihm die üblichen Fragen – er gab an, dass ihm keiner der übrigen Namen etwas
gesagt hatte –, dann fragte sie ihn nach seinem Alter, zum Teil,
weil er sich für einen Vice President sehr jung anhörte.

»Ich bin neununddreißig«, antwortete er.

»Ah, genau mein Alter«, rutschte es Jessica heraus.

Nachdem sie das Gespräch beendet hatte, überlegte sie,

wie alt Ethan Dart und Caroline Geddes wohl waren. Arthur Kruse hatte ihr erzählt, er sei fünfundvierzig. Ethan und Caroline hörten sich an, als wären sie ebenfalls Ende dreißig, Anfang vierzig. Aber was war mit Frank Hopkins? Er war zweiundsiebzig gewesen.

Sie blickte zum hundertsten Mal auf die Namen und versuchte, auf das mögliche Alter derer zu schließen, die sie bisher nicht hatte ausfindig machen können. Jay Coates konnte in jedem Alter sein, Mitte dreißig ebenso wie über siebzig. Jay war seit Längerem ein beliebter Name. Jack Radebaugh hörte sich nach einem etwas älteren Mann an, aber vielleicht dachte sie das auch nur, weil der berühmteste Jack Radebaugh ein siebzig Jahre alter Business-Guru war. Mit dem hatte sie jedoch bereits gesprochen, und er hatte den Brief nicht erhalten.

Die letzte Person, die sie nicht finden konnte, war Alison Horne, und das war ein weiterer Name, der zu jemandem in jedem Alter gehören konnte, und es war außerdem ein so weit verbreiteter Name, dass es sehr schwierig werden dürfte, die richtige Alison Horne zu finden.

Da sie mehr über Frank Hopkins in Erfahrung bringen wollte, beschloss sie, bei der Polizei von Kennewick anzurufen.

Nachdem sie sich als FBI-Agentin vorgestellt hatte, bat sie darum, den zuständigen Ermittler im Mordfall Frank Hopkins zu sprechen.

»Der Fall ist an die State Police gegangen, meine Liebe«, sagte die Frau am Empfang. »Aber Detective Hamilton ist noch da. Er war am Tatort, falls Ihnen das etwas nützt.«

»Das wäre großartig.«

Nach etwa dreißig Sekunden kam der Detective in die Leitung und stellte sich vor.

»Detective, hier spricht Agent Winslow vom FBI-Büro Albany. Haben Sie eine Minute Zeit?«

»Ihr Vorname ist nicht etwa Jessica, oder?«

»Doch. Sie haben die Liste gesehen.«

»Oh. Ehrlich gesagt, habe ich es halb im Scherz gesagt. War das tatsächlich Ihr Name auf der Liste?«

»Ja. Ich habe einen Brief erhalten, der identisch mit dem ist, der heute Morgen bei Frank Hopkins gefunden wurde. Das wird allerdings vorläufig noch unter Verschluss gehalten.«

»Was genau?«

»Die Existenz des Briefes und der Liste.«

»Ach so, ja. Das habe ich gehört«, sagte der Detective. »Was hat es mit der ganzen Sache denn nun auf sich? Kennen Sie die anderen Leute auf der Liste?«

»Keinen von ihnen. Wir haben einige der anderen ausfindig gemacht. Keine Verbindungen, zumindest keine, die wir sehen können.«

»Sehr merkwürdig, das Ganze«, sagte Detective Hamilton.

»Es ist noch merkwürdiger, wenn der eigene Name draufsteht.«

»Kann ich mir vorstellen.«

»Also – was können Sie mir über Frank Hopkins sagen?«

»Er hat sein ganzes Leben hier oben in Kennewick verbracht. Zweimal verheiratet, keine Kinder. Er hat ein familiengeführtes Hotel namens Windward Resort übernommen, das seine Eltern aufgebaut hatten.«

»Das befindet sich ebenfalls in Kennewick?«, fragte Jessica. Etwas an dem Namen war ihr ein klein wenig bekannt vorgekommen.

»Am Kennewick Beach, ja. Es war früher irgendwie ganz schick. Ein Ort, an dem Familien einen Monat am Stück verbracht haben. Vollpension, Shuffleboard, Martinis auf der Veranda. Aber inzwischen ist es ziemlich heruntergekommen. Ich glaube, Frank hat es nur weiterbetrieben, damit er eine Bar hatte, an der er trinken konnte, während er vorgab, ein Geschäft zu führen.«

»Er war Alkoholiker?«

»Vermutlich. Ein funktionierender Alkoholiker, wie die Hälfte der Leute, die ich kenne. Er hat aber nie Ärger gemacht. Die meisten Leute schienen ihn zu mögen.«

»Einschließlich Ihnen?«

»Sicher, einschließlich mir. Es kam vor, dass ich mir freitagabends einen Drink im Windward genehmigt habe, und Frank war immer freundlich.«

»Sie waren am Tatort?«

»Ja. Ich bin nicht allzu nahe herangegangen, aber es war klar, dass ein Verbrechen stattgefunden hat. Gut, vielleicht nicht klar, aber ich glaubte aus irgendeinem Grund nicht, dass es sich um einen natürlichen Tod handelte. Es sah aus, als hätte ihm jemand den Kopf ziemlich heftig in den Sand gedrückt.«

»Ich dachte, er lag in einem Gezeitentümpel.«

»Es war einer, als er starb, aber inzwischen hatte die Ebbe eingesetzt.«

»Verstehe. Und er hatte die Liste und das Kuvert bei sich?«

»Er hielt beides in der Hand, ziemlich zerknüllt. Auf dem Kuvert war keine Briefmarke.«

»Okay. Das wusste ich noch nicht.«

»Sie werden mehr herausfinden, wenn Sie mit der State Police sprechen. Die Ermittlung wird von einer Detective Mary Parkinson geleitet. Sie wird Ihnen gern helfen.«

»Ich werde sie anrufen.«

»Wie viele Leute auf der Liste haben Sie denn schon gefunden?«, fragte der Detective.

»Alle außer Jack Radebaugh, Alison Horne und Jay Coates.«

»Oh, wirklich? Das ging ja schnell. Weiß jemand etwas?«

»Wie gesagt, soviel ich weiß, sind wir lauter Fremde. Bis auf die Liste haben wir nichts gemeinsam.«

»Na, dann haben Sie doch etwas gemeinsam.«

»Ja, könnte man sagen«, sagte Jessica.

»Es gibt einen Jay Coates, der Schauspieler in Hollywood ist. Er hat eine Website.«

»Ach, Sie haben ebenfalls nachgeforscht?«

»Ein bisschen. Ich hatte ein wenig freie Zeit heute, deshalb dachte ich, ich google die Namen und schaue, was sich ergibt.«

»Ich habe Jay Coates, dem Schauspieler, eine Nachricht hinterlassen, aber noch nichts von ihm gehört«, sagte Jessica. »In Kalifornien ist es früher, wer weiß, vielleicht arbeitet er noch.«

»Sie glauben, er ist es?«

»Ja, aber ich weiß nicht, wieso. Zum Teil wegen seines Alters. Bisher scheinen alle, die ich identifiziert habe, Ende dreißig zu sein.«

»Außer Frank Hopkins.«

»Ja, außer Frank Hopkins.«

»Was ist mit Jack Radebaugh?«, sagte Detective Hamilton. »Noch kein Glück bei ihm?«

»Nein. Haben Sie den auch gegoogelt?«

»Ja. Es gibt nicht viele. Der große Name war eine Art berühmter Autor.«

»Ich habe mit ihm gesprochen. Er hat den Brief nicht zugeschickt bekommen, und er kennt niemanden sonst auf der Liste.«

»Wie alt ist er?«

»Er ist siebzig.«

Nach einer kleinen Pause fügte Jessica an: »Wenn Ihnen noch etwas einfällt, was ich über Hopkins wissen sollte, rufen Sie mich dann an?«

»Natürlich. Lassen Sie mich Ihre Nummern notieren.«

Nachdem sie Büro- und Handynummern getauscht hatten, legten beide auf. Jessica blieb einen Moment ruhig sitzen und kramte in ihrer Erinnerung nach dem Windward Resort. Da hatte eindeutig etwas geklingelt. Ein sehr, sehr fernes Glöckchen.

Sie war mindestens zweimal in ihrem Leben an der südlichen Küste von Maine gewesen, aber ihres Wissens nie in Kennewick. Sie hatte mit Justin, ihrem früheren Freund, ein sehr verregnetes Memorial-Day-Wochenende in Camden verbracht. Das war etwa drei Jahre her. Zuvor war sie zu einem Familienurlaub dort gewesen, als sie dreizehn war – sie erinnerte sich daran, weil es der erste Sommerurlaub mit der Familie gewesen war, in dessen Verlauf sie sich gewünscht hatte, wieder zu Hause zu sein und mit ihren Freundinnen abzuhängen. Ihre Mutter hatte ein Haus in Kennebunkport gemietet, das sich als Enttäuschung herausstellte. Es lag in Strandnähe, aber der Strand war felsig und das Wasser selbst im August eiskalt. Sie erinnerte sich daran, dass sie die Küste hinauf- und hinuntergefahren waren und Läden und Eisdielen in anderen Kleinstädten besucht hatten. Und sie erinnerte sich daran, dass ihr Vater in besonders fieser Stimmung gewesen war, solange sie dort waren. Sie wusste es nur deshalb noch, weil ihre Mutter eines Tages beim Abendessen explodiert war und gesagt hatte, sie sei es leid, mit zwei selbstsüchtigen Teenagern zusammenzuleben. Hatten Sie Kennewick auf dieser Reise besucht? Sie wusste es nicht mehr.

»Geh nach Hause.« Aaron stand in der Tür.

Jessica wandte sich benommen zu ihm um. »Mach ich. Ich will nur noch einen Anruf erledigen.«

»Okay. Dann komme ich mit dir. Ich bin dein Begleitschutz.«

»Machst du Witze?«

»Ich mache keine Witze, Wenn du mich nicht um dich haben willst, suche ich jemand anderen, aber solange ich nicht weiß, was los ist, gehe ich kein Risiko ein.«

»In Ordnung«, sagte Jessica. »Ich bin in fünf Minuten bei dir.«

Nachdem Aaron gegangen war, versuchte sie Jay Coates in Kalifornien noch einmal anzurufen. Er ging nicht ans Telefon, und sie überlegte, eine Nachricht zu hinterlassen, eine, die ein wenig dringlicher klang als die vorherige, aber dann entschied sie sich dagegen. Wahrscheinlich war er es ohnehin nicht, und wozu ihm unnötig Angst einjagen?

6

Matthew Beaumont hatte vergessen, dass Nancy und er ein Abendessen mit den Robinsons geplant hatten, aber als er in die Küche kam und seine Frau in ihrem grünen Lieblingskleid sah, fiel es ihm wieder ein.

»Wir gehen aus?«, sagte er.

»Du hast es vergessen.«

»Nur ein bisschen.«

»Ich habe mit Michelle gesprochen, und wir haben vereinbart, dass wir uns im Restaurant treffen. Für halb sieben ist reserviert, und Michaela muss jeden Moment hier sein. Damit bleiben uns nur noch ein paar Minuten, die Pläne für die Kinder mit ihr durchzugehen, also zieh dich bitte schnell um, und ich glaube nicht, dass du noch Zeit hast zu duschen.«

Im Schlafzimmer hatte Nancy ein Outfit für Matthew zurechtgelegt, braune Chinos und ein Hemd, das dafür gedacht war, dass man es über der Hose trug. Er zog seinen Anzug aus, trug frisches Deo auf und kleidete sich an. In Gedanken ging er den bevorstehenden Abend durch und überlegte, ob er den Robinsons von dem Brief erzählen sollte, den er am Tag zuvor bekommen hatte, und von dem FBI-Agenten, der heute zu ihm ins Büro gekommen war, um ihn abzuholen. Der Agent hatte gemeint, er sollte die Sache für sich behalten, oder genauer gesagt die übrigen Namen auf der Liste, hatte aber nur mit den Achseln gezuckt, als Matthew sagte, er habe sie bereits seiner Frau gezeigt. Der Brief war eine gute

Geschichte, und wenn er nur mit Pete Robinson oder auch mit Michelle etwas trinken gehen würde, dann würde er sie mit Sicherheit erzählen. Aber er hatte Nancys Reaktion auf den Brief am Vorabend nicht vergessen und wie misstrauisch sie gewesen war, und er wusste nicht, wie sie sich verhalten würde, wenn er ihn beim Abendessen zur Sprache brachte. Und er wusste definitiv nicht, wie sie reagieren würde, wenn er erzählte, dass ihn eine FBI-Agentin im Büro angerufen und sie dann einen Kollegen geschickt hatte, der den Brief als eine Art Beweismittel mitgenommen hatte. Oder eigentlich wusste er, wie sie reagieren würde. Zum einen würde sie überzeugt sein, dass es sich um eine Art sexuelle Erpressungsliste handelte. Und sie würde außerdem ausrasten, weil Matthew den Brief mit zur Arbeit genommen hatte, statt ihn einfach zu Hause wegzuwerfen. Es würde irgendwie seine Schuld beweisen. Aber er hatte die Liste einzig und allein deshalb mit in die Arbeit genommen, damit Nancy nicht wieder darüber stolperte und sich aufregte.

Als er in seinem neuen Outfit wieder nach unten kam, wurde er in der Diele von Alex überfallen, der einen Socken trug und über den Boden rutschte, indem er sich mit dem nackten anderen Fuß abstieß.

»Fang dir keinen Splitter ein«, sagte Matthew, aber Alex war bereits um die Ecke in das große Wohnzimmer abgebogen.

Er hörte Nancy reden und betrat die Küche, wo sie Michaela Anweisungen gab, ein Teenagermädchen aus der Nachbarschaft, das seit nunmehr zwei Jahren ihr bevorzugter Babysitter war. Sie liebten Michaela, weil sie mit Alex fertig wurde, zumindest berichtete sie am Ende des Abends immer, dass alles in Ordnung gewesen sei mit ihm. Seine Frau und die Babysitterin standen auf gegenüberliegenden Seiten der Granitinsel, und Matthew achtete darauf, seinen Blick auf keinen Teil von Michaela zu richten, der nicht ihre Stirn war.

Sie hatte sich vor Kurzem von einer Stabheuschrecke in eine junge Frau mit Kurven verwandelt und trug wie alle Mädchen ihres Alters enge Leggins, die für Matthew noch immer nur wie Unterwäsche aussahen, und ein gestreiftes Shirt, das nicht ganz bis zum Bund der Hose reichte.

»Emma kann natürlich tun, was sie will. Zerbrich dir nicht den Kopf über sie. Und wenn Alex nach dem Abendessen nicht zur Ruhe kommt, ist es okay, wenn er eine seiner Serien anschaut, aber nur die von seinem Netflix-Konto, lass ihn sich nicht in unseres einloggen.«

»Er kennt das Passwort nicht«, sagte Matthew.

»Wahrscheinlich doch«, sagte Nancy, während Michaela nickte und dazu lächelte. Hatte sie nicht früher eine Zahnspange getragen? Matthew wusste es nicht mehr, aber wenn ja, dann hatte sie sie entfernt.

»Gut, wahrscheinlich kennt er es.«

»Er kommt schon klar«, sagte Michaela. »Letztes Mal hat er mir ein Videospiel beigebracht, das er gern spielt. Okay, wenn wir das wieder machen?«

»Sicher«, sagte Matthew. »Aber vielleicht solltest du ihn lieber gewinnen lassen, wenn du keinen Tobsuchtsanfall erleben willst.«

»Es ist nicht direkt ein Spiel, bei dem man gewinnt«, sagte Michaela. »Mehr ein Welterschaffungsspiel.«

Auf der Fahrt zum Restaurant war Nancy eine halbe Minute lang still, und Matthew überlegte schon, ihr vom FBI zu erzählen, als sie zuerst das Wort ergriff. »Ich glaube nicht, dass Michaela weiter babysitten sollte, wenn du so mit ihr flirtest wie heute. Es ist pervers.«

Matthew seufzte so lautlos er konnte, dann sagte er ruhig. »Glaub mir, Nancy, ich habe nicht mit Michaela geflirtet. Das ist ausgeschlossen, weil ich kein Interesse an Michaela habe. Sie ist ein Kind.«

»Ich will nur sagen ...«

»Ich weiß, was du mir sagen willst, aber du irrst dich. Wir können noch weiter darüber reden, aber nicht jetzt, okay? Lass uns versuchen, einen angenehmen Abend mit unseren Freunden zu verbringen.«

Als zwei Stunden später das Dessert serviert wurde, staunte Matthew, dass das Essen mit den Robinsons tatsächlich nett gewesen war. Nancy schien sich, trotz ihrer Stimmung zuvor, im Laufe des Abends immer mehr zu entspannen. Glasshouses war ein Farm-to-Table-Bistro, das vor Kurzem um eine Terrasse mit Heizstrahlern erweitert worden war, und dort, unter dem Nachthimmel, saßen sie. Die kühle Luft war erfüllt von den Gerüchen vom Holzfeuergrill. Matthews Entenbrust war köstlich gewesen, und er erlaubte sich einen Bissen von der Tarte tatin mit gesalzenem Karamelleis und nahm sich fest vor, am nächsten Morgen laufen zu gehen.

Er saß gegenüber von Michelle Robinson und neben Pete, damit die Männer über die Patriots reden konnten, während die Frauen sich über ihre Kinder unterhielten. Aber nach dem Dessert hatten sie alle zugestimmt, sich noch einen Drink zu genehmigen, und jetzt sprach Matthew mit Michelle und nippte an einem Port, während sie ihm von ihrer Reise nach New York erzählte, wo sie sich das Musical *Hamilton* angeschaut hatten. Niemand hätte Michelle als schön bezeichnet. Sie hatte kurze Beine und breite Hüften, und ihre Züge waren etwas zu ausgeprägt für ihr rundes Gesicht, aber Matthew war immer ein wenig verknallt in sie gewesen. Es hatte im letzten Sommer bei einem Grillnachmittag im Garten der Cartwrights angefangen, die sowohl mit Matthew und seiner Frau als auch mit den Robinsons befreundet waren. Durch ein plötzliches Gewitter hatten sich Matthew und Michelle, abgeschnitten von den anderen und mit einer Schar bibbernder Kinder, die rasch aus dem Wasser geflohen waren, im Pool-Haus der Cartwrights wiedergefunden. Die beiden hatten auf ein Regal voller Kinderspielzeug geblickt, das größtenteils vernachlässigt, kaputt oder vergessen war, und Michelle sagte: »Ich habe den Abschnitt meines Lebens erreicht, wo mich alles mit Trauer erfüllt.«

»Tatsächlich?«, sagte Matthew, schockiert über das unerwartete Geständnis.

Michelle lachte. »Oh, Verzeihung. Habe ich das gerade laut gesagt? Ich benehme mich theatralisch, so würde es Pete zumindest ausdrücken. Ich habe nur den Eindruck, dass die aufregenden oder geheimnisvollen Zeiten meines Lebens vorbei sind, und jetzt erfüllt mich alles mit Nostalgie. Ehrlich gesagt bin ich einfach eine Hosenscheißerin, was das Altwerden angeht.«

»Ich glaube, ich weiß, was du meinst«, sagte Matthew. »Jung zu sein war furchteinflößend, aber es war auch interessant.«

Sie lachte wieder, und weil sie so nahe beieinanderstanden, konnte Matthew den Wein in ihrem Atem riechen. »Ich glaube, genau das vermisse ich«, sagte sie. »Dass das Leben interessant ist.«

»Unsere Kinder sind interessant.«

»Eure Kinder sind ein bisschen jünger als meine. Ja, sie sind interessant, aber bald interessieren *sie* sich nicht mehr für *dich*. Ach, ich benehme mich wieder wie eine Hosenscheißerin.« Sie rückte ein wenig näher und drückte Matthews Hand. »Bitte erzähl Nancy nichts von dieser Unterhaltung. Sie würde es nicht verstehen.«

»Mach ich nicht«, sagte er. Eins der Kinder, ein dürres Mädchen, das eine Schwimmweste trug, zupfte an Michelles Rock.

»Mir ist kalt«, sagte es, und Michelle hob die Kleine hoch und drückte sie fest an sich.

»Wer bist du gleich wieder?«, fragte sie das Kind, das sich bibbernd unter ihr Kinn vergrub. Matthew rieb den Rücken des Mädchens. Die Kleine sagte ihren Namen, aber ihr Gesicht war in Michelles Pullover gepresst, und beide verstanden ihn nicht.

Matthew hatte seit damals hundertmal über diesen Moment nachgedacht, und die Erinnerung bereitete ihm immer noch Schmerzen in der Brust. Es war ironisch, dass er sich jetzt bei Kerzenlicht mit Michelle unterhielt und seine Frau nicht im Entferntesten eifersüchtig war. Wie kam das? Lag es daran, dass Michelle ein wenig übergewichtig war, ein wenig älter als sie beide? Vielleicht hatte Nancy nie bemerkt, wie schön Michelles hellbraune Augen waren.

Fünf Minuten nachdem sie zu Hause angekommen waren und Nancy Michaela bezahlt und heimgeschickt hatte (Matthew würdigte sie bewusst keines Blickes), rief Pete Robinson an.

»Michelle kann ihr Handy nicht finden. Ihr beide habt es nicht zufällig eingesteckt, als wir gegangen sind?«

Es stellte sich heraus, dass Michelles Smartphone, dasselbe Modell wie Nancys, zusammen mit ihrem eigenen in Nancys Handtasche war. Pete sagte, er würde vorbeifahren und es holen.

»Es ist mir so peinlich«, sagte Nancy und lallte leicht dabei. Sie war ein klein wenig betrunken, wie Matthew erkannte, was sehr selten vorkam.

»Keine große Sache. Es ist ja nicht so, als hättest du es stehlen wollen. Wolltest du es stehlen?«

Sie lächelte und fragte Matthew, ob er draußen auf Pete warten würde. »Ich will einfach nach oben und sofort ins Bett.«

Matthew zog seinen wärmsten Pullover an und ging mit dem Handy nach draußen, um zu warten. Der Volvo der Robinsons fuhr vor, und er sah zu seiner Überraschung Michelle auf der Fahrerseite aussteigen. Er ging mit dem Telefon zu ihr.

»Ich habe Pete erwartet«, sagte er.

»Enttäuscht?«

»Nein.« Er gab ihr das Handy.

»Pete wollte seine Football-Highlights anschauen, und er sollte wahrscheinlich sowieso nicht mehr fahren. Ich bin mir nicht sicher, ob ich noch fahren sollte, aber ich bin wohl offiziell handysüchtig.«

»Das sind wir alle.«

Sie standen einen Moment da in der stillen Nacht, und Michelle sagte plötzlich: »Matthew, wie geht es dir zurzeit?«

Da ihn die Frage überraschte, antwortete er, ohne nachzudenken: »Es ging mir schon besser. Ich mache mir Sorgen um die Kinder, und Nancy, sie … Na ja, ich mache mir wohl auch um sie Sorgen.«

»Es steht mir nicht zu, das zu sagen, aber ich finde, sie geht sehr hart mit dir um.«

Allein bei ihren Worten wurde es Matthew eng ums Herz. »Sie ist die ganze Zeit wütend auf mich, und ich weiß nicht, wieso. Und ich weiß nicht, was ich dagegen tun kann.«

»Ich bin keine Eheberaterin«, sagte Michelle, »aber wenn ich eine wäre, würde ich sagen, es ist nicht deine Schuld. Und es ist nicht an dir, etwas dagegen zu tun.«

»Das weiß ich vom Verstand her. Aber ich empfinde es nicht immer.«

»Verständlich.«

»Wie steht es bei dir und Pete?«, sagte Matthew.

Sie zögerte, dann sagte sie: »Er ist ein guter Vater, aber er hat mich seit Jahren nicht angesehen. Alles, was ihn interessiert, ist sein Sport.«

»Hast du mit ihm darüber gesprochen?«

»Ja. Er verspricht, sich zu bessern, aber nichts ändert sich, und jetzt komme ich mir schon selbstsüchtig vor, nur weil ich mehr will. Redest du mit Nancy?«

»Ich glaube nicht, dass sie sich so sieht, wie ich sie sehe, wie andere Leute sie sehen. Ich weiß nicht … Ich weiß nicht, was ich tun soll. Nein, ich rede nicht wirklich mit ihr.«

Die mit einem Bewegungsmelder ausgestattete Lampe über der Haustür ging aus, und Matthew und Michelle standen im Dunkeln. Er wusste, wenn er nur einen halben Schritt vorwärts machte, würden sie sich küssen, und dass er das nie mehr würde rückgängig machen können. Aber ihm war auch klar, dass Nancy bereits glaubte, er würde sie mit unzähligen Frauen betrügen, also sollte er es vielleicht einfach tun.

Er machte im selben Moment wie Michelle einen Schritt vorwärts, und sie küssten sich.

7

Ethan hatte Ashleys Nachricht ignoriert, sie sei vom Besuch bei ihren Eltern zurück, und ob er etwas mit ihr trinken gehen wolle. Stattdessen hatte er Hannah eine Nachricht geschickt und sie gebeten, zu ihm zu kommen. Er hatte noch keine Antwort erhalten.

Während er wartete, bis der Burrito in der Mikrowelle warm wurde, machte er sich ein Shiner Bock auf. Soviel er wusste, waren Hannah und Ashley, obwohl sie zusammenlebten, keine besonders guten Freundinnen. Das bedeutete nicht, dass Ashley damit einverstanden wäre, dass er früher mit ihr geschlafen hatte und jetzt ausschließlich mit ihrer Mitbewohnerin schlief. Aber vielleicht würde es ihr nicht allzu viel ausmachen. Er überlegte, seinen ältesten Freund Marcus anzurufen und ihn zu fragen, ob er es für möglich hielt, den Mitbewohnerinnentausch durchzuziehen, aber er konnte Marcus' höhnisches Gelächter jetzt schon hören.

Während er auf eine Nachricht von Hannah wartete (Himmel, er liebte ihre Zurückhaltung), stellte er gründlichere Recherchen zu den Namen auf der Liste an, die er dem FBI ausgehändigt hatte. Einer davon war Caroline Geddes gewesen, und er fragte sich, ob es dieselbe Caroline Geddes war, die an der University of Michigan englische Literatur lehrte. Es gab ein Bild von ihr, dunkles Haar, das aus der breiten Stirn nach hinten gekämmt war, und ein halbes Lächeln im Gesicht, für das ihm kein rechtes Wort einfiel – geheimnisvoll vielleicht? Ethan hatte ein Gefühl von Wiedererkennen, als er sie ansah.

Nicht, dass er ihr notwendigerweise schon einmal begegnet war, sondern als würde er sie irgendwie bereits kennen.

Auf ihrer Seite des Fachbereichs stand eine E-Mail-Adresse, und er schickte ihr rasch eine Nachricht:

Caroline, haben Sie eine seltsame Liste mit Ihrem Namen darauf erhalten? Wenn nicht, ignorieren Sie bitte diese peinliche Nachricht. Wenn ja, mein Name war ebenfalls auf der Liste, und ich weiß nicht, warum. Schicken Sie mir eine E-Mail. Ethan Dart.

Er schloss seinen Laptop, da er nicht mit einer baldigen Antwort rechnete, kauerte sich vor seine Plattensammlung und suchte nach etwas, das er anhören konnte. Wofür war er in der Stimmung? Er entschied sich für Joni Mitchell und spielte die zweite Seite von *The Hissing of Summer Lawns* ab, und als er seine E-Mails checkte, stellte er überrascht fest, dass Caroline bereits geantwortet hatte.

Ja, das war ich. Ein FBI-Agent hat sie mir nichts, dir nichts mitgenommen und keine meiner Fragen beantwortet. Wie sieht es bei Ihnen aus?

Er schrieb zurück:

Dasselbe. Etwas muss im Busch sein. Sollten wir uns Sorgen machen? Ich bin neugierig.

Caroline:

Ich bin ebenfalls neugierig. Und auch ein wenig beunruhigt. Kannten Sie welche von den anderen Namen auf der Liste?

Ethan:

*Nein, und ich habe sie alle recherchiert. Bei keinem hat et-
was geklingelt, aber dann habe ich Ihre Fachbereichsseite
gesehen ... Sie kamen mir bekannt vor. Ich weiß nicht,
wieso.*

Caroline:

*Bekannt in dem Sinn, dass wir uns kennen? Ihr Name sagt
mir nichts.*

Ethan:

Wirklich? Ich bin ein berühmter Musiker.

Caroline:

Tatsächlich?

Ethan:

*Nein, aber ich wäre wohl gern einer. Ich strebe es an. Und
jetzt ist es mir peinlich, dass ich diesen blöden Witz überhaupt gemacht habe. Wollen wir über etwas anderes reden?
Wo sind Sie aufgewachsen?*

Sie schickten eine Stunde lang E-Mails hin und her, vergli-
chen ihre Biographien, versuchten herauszufinden, ob es
eine Verbindung zwischen ihnen gab. Bis auf ihr Alter – sie
waren beide Mitte dreißig – hatten sie so gut wie nichts gemeinsam. Alles, was sie zutage förderten, war der Umstand,
dass beide Großeltern aus der Gegend von Boston, Massachusetts, hatten.

Ethan schrieb:

Vielleicht verbindet uns, dass uns nichts verbindet. Es fühlt sich fast schon komisch an, dass wir nichts finden können.

Sie schrieb:

Sie schreiben Songs. Ich mag Songs. Aber ich schätze, das zählt nicht.

Ethan:

Na ja, wahrscheinlich würden Ihnen meine Songs nicht gefallen Aber Sie besprechen Lyrik, und ich mag Lyrik.

Caroline:

Lyrik zu mögen ist viel seltener als Songs zu mögen. Welche Dichter gefallen Ihnen?

Ethan überlegte kurz und versuchte eine schnelle Liste zusammenzustellen, die sie beeindrucken würde, aber dann fragte er sich, wieso er das wollte. Stattdessen beschloss er, einfach ehrlich zu sein.

Ohne lange nachzudenken: John Berryman, Frank O'Hara, Weldon Kees, Robert Lowell. Dazu eine Reihe von Leuten, die Sie wahrscheinlich nicht als Dichter ansehen würden: Joni Mitchell, Dylan, Leonard Cohen, James McMurtry, Willy Vlautin.

Nachdem er diese letzte Nachricht abgeschickt hatte, bekam Ethan keine sofortige Antwort, und er fragte sich, ob seine Lyrikauswahl sie irgendwie abgestoßen hatte. Er ging und flippte durch seine Plattensammlung, zog *Songs of Love and Hate* heraus und ließ die Nadel auf das erste Stück sinken.

8

Caroline lag hellwach im Bett und tauschte E-Mails mit einem Fremden aus. Ihre orangefarbene Katze Estrella schlief wie gewohnt zusammengerollt in der rechten unteren Ecke der Matratze. Fable, ihr Kater, konnte überall sein.

Ethan Dart, der ihr aus heiterem Himmel eine E-Mail wegen dieses seltsamen Briefs geschrieben hatte, hatte soeben die Liste seiner Lieblingsdichter geschickt, und sie googelte Weldon Kees und suchte nach einem Gedicht von ihm, von dem sie noch wusste, dass sie es gemocht hatte. Nach einigen Minuten fand sie es und las es noch einmal für sich. Ein sonderbares Gedicht mit dem Titel »Für meine Tochter«. Es war die letzte Zeile, die ihr im Gedächtnis geblieben war: Ich habe keine Tochter. Ich wünsche mir keine.

Sie wollte Ethan gerade antworten, als eine weitere E-Mail von ihm kam:

Ich habe Sie verloren, als ich Dylan einen Dichter nannte, oder?

Sie lächelte und schrieb zurück:

Nein, Sie haben mich nicht verloren, aber er ist kein Dichter. Er ist Songwriter. Nein, ich habe ein Gedicht von Weldon Kees nachgeschlagen, das mir gefällt, es heißt »Für meine Tochter«. Man hört nicht mehr viel von ihm heutzutage.

Ethan schrieb:

Puh, Sie sind noch da. Ich habe Sie schon vermisst. Ich liebe Kees, und manchmal glaube ich, ich romantisiere ihn nur, weil er verschwunden ist und niemand ihn je wiedergesehen hat. Kennen Sie sein Gedicht »Crime Club«?

Caroline:

Nein, aber ich schlage es nach.

Ethan:

Okay, ich werde geduldig warten, während Sie es lesen, und versuchen, nicht in Panik zu geraten, dass Sie mich verlassen.

Caroline und Ethan Dart tauschten bis kurz vor Morgengrauen E-Mails aus. Nicht wegen des milchigen grauen Leuchtens hinter ihren Vorhängen wusste sie, dass es so spät war, sondern weil Fable gekommen war, um sie aufzuwecken, damit sie ihn zu seiner frühmorgendlichen Erkundungstour aus dem Haus ließ.

Es ist früher Morgen, schrieb sie, und er antwortete sofort:

Die Tageszeit, die ich am wenigsten mag. Können wir diese Unterhaltung morgen Abend fortsetzen? Oder vielleicht sollten wir unser Glück nicht herausfordern.

Sie schrieb:

Sicher, ich könnte noch weitermachen, aber erst brauche ich zumindest ein bisschen Schlaf.

Sie klappte ihren Laptop zu, dann trug sie ihn zum Aufladen in ihr Arbeitszimmer. Das Morgenlicht schien mittlerweile durch die Vorhänge. Trotzdem kroch sie noch einmal unter die Decke und dachte über die höchst merkwürdigen Ereignisse der letzten beiden Tage nach. Erst der Brief, dann der Anruf vom FBI, das ihn haben wollte, und jetzt dieser lange E-Mail-Austausch mit einem Countrysänger aus Austin, Texas, der Weldon Kees liebte. Sie hatte sich das Bild auf seiner Website angesehen und fand, dass er ein bisschen wie die Gemälde von Edmund Spenser aussah, die sie gesehen hatte. Dieselbe schmale spitze Nase, dieselben dunkelbraunen Augen.

Sie zog die Decke über den Kopf, um eine Höhle aus Dunkelheit zu schaffen, und blieb eine Weile mit offenen Augen darin liegen.

9

Jessica Winslow lag wach im Bett und fragte sich, ob sie es überhaupt auf drei volle Stunden Schlaf gebracht hatte. Aaron hatte sie am Abend zuvor nach Hause begleitet, und sie hatte ihm erlaubt hereinzukommen. Sie bot ihm jedoch nichts zu trinken an, und er ließ sich von ihr kurz darauf zur Haustür bringen.

»Komm morgen direkt zur Arbeit«, sagte er. »Mach an keinem öffentlichen Ort Halt.«

»Natürlich«, antwortete sie und bückte sich, um den Katalog aufzuheben, der durch ihren Türschlitz geworfen worden war.

»Nimmst du das auch ernst?«

Sie blickte auf. Aaron wirkte aufrichtig besorgt, aber sie roch auch Zahnpasta in seinem Atem, was bedeutete, er hatte sich die Zähne geputzt, ehe er das Büro verließ, um sie nach Hause zu begleiten. Was wiederum bedeutete, er hatte gehofft, sie würde ihn bitten zu bleiben.

»Das tue ich«, sagte sie. »Und ich komme morgen früh direkt in die Arbeit, wenn du versprichst, dass ein Kaffee und Schweineohren von Mia auf mich warten.«

»Ist das der Laden in der Clinton Avenue?«

»Genau der.«

»Okay. Bis dann.«

Sie hatte den ganzen Abend Fakten über die verbliebenen Namen zusammengetragen, die sie noch zuordnen mussten, verschickte jedoch keine E-Mails mehr und machte keine

Anrufe. Dann war sie mit dem neuesten Buch von Lisa Gardner zu Bett gegangen und hatte gelesen, bis sie glaubte, einschlafen zu können. Sie war nicht eingeschlafen, nicht sofort jedenfalls, und ihr Verstand hatte versucht, eine Verbindung zwischen den Namen auf der Liste herzustellen, herauszufinden, was sie gemeinsam haben könnten. Als sie schließlich schlief, musste sie geträumt haben, denn sie erinnerte sich, irgendwann mit der Überzeugung aufgewacht zu sein, dass der Traum, den sie eben gehabt hatte, alles erklärte. Sie griff nach dem Notizbuch, das sie auf ihrem Nachttisch liegen hatte, aber sobald sie ein leeres Blatt aufschlug, leerte sich ihr Kopf. Nicht der kleinste Rest war von dem Traum geblieben.

Obwohl ihr Aaron Kaffee ins Büro bringen würde, machte sie sich eine Tasse zu Hause. Es würde einer dieser Vormittage werden. Mit ihrem bequemsten Hosenanzug bekleidet, trat sie in den dunstigen Tag hinaus und suchte die leeren Fenster der umliegenden Stadthäuser ab. Wie die meisten Bewohner ihrer Wohnanlage parkte sie vor dem Haus, es sei denn, ein Schneesturm war angekündigt und der Schneepflug musste räumen können. Es gab einen Parkplatz für alle Bewohner, aber er lag auf der anderen Seite des Pools.

Auf dem Weg zur Arbeit versuchte sie, Radio zu hören, aber ihre Gedanken schweiften ständig ab, deshalb schaltete sie es aus und sagte sich die Liste der Namen wieder auf. Frank Hopkins. Jack Radebaugh. Arthur Kruse. Alison Horne. Jay Coates. Ethan Dart. Caroline Geddes. Matthew Beaumont. Das waren acht. Es gab noch einen, oder? Es waren insgesamt neun. Dann fiel ihr ein, dass der neunte Name auf der Liste ihr eigener war. Warum neun?, fragte sie sich. Warum nicht zehn, eine gerade Zahl? Sie fuhr auf ihren Parkplatz vor der Dienststelle. Das war die erste Frage, die sie Aaron stellen würde: Warum neun?

Samstag, 17. September, 8:00 Uhr

Matthew hatte den Abschnitt seiner Laufrunde erreicht, der durch das Naturschutzgebiet führte, einen Kiefernwald, der an das größte Feuchtgebiet in Dartford grenzte. Er verlangsamte und versuchte, das Rauschen des sanften Windes in den Baumwipfeln in sich aufzunehmen, versuchte, ganz im Augenblick zu sein.

Er blieb stehen und lauschte, aber hauptsächlich hörte er seinen eigenen Atem. Er konnte nicht recht glauben, was am Ende des gestrigen Abends passiert war, als er mit Michelle Robinson im Dunkeln gestanden und sie herumgeknutscht hatten wie zwei Teenager, die bald nach Hause mussten. Er hatte kaum geschlafen und war die Szene in Gedanken immer wieder durchgegangen, seine Hand auf ihrem strammen Rücken, ihr weicher Mund. Wie lange hatte es gedauert? Fünf Minuten, vielleicht. Hinterher hatte sie gelacht und gesagt: »Also, das war jetzt interessant.«

»Wir sollten wahrscheinlich nicht …«

»Nein, das sollten wir auf keinen Fall.« Sie hatte den Arm noch um ihn gelegt und zog ihn an sich.

»Und ich sollte ins Haus zurückgehen, bevor Nancy …«

»Ja, das solltest du. Definitiv.« Sie ließ ihn los und lehnte sich an ihren Wagen. »Vielleicht sollten wir das Ganze einfach als ein sehr nettes Zwischenspiel in unserem Leben verbuchen.«

»Das hört sich gut an, ja. Es war sehr nett.«

Sie küssten sich noch einmal, kurz, aber auf den Mund, dann wünschten sie sich eine gute Nacht.

Ihre Worte hatten ihn beruhigt, andernfalls hätte Matthew jetzt vielleicht panische Angst, Michelle könnte Pete erzählen, sie habe sich in jemand anderen verliebt und wolle sich scheiden lassen. Nein, das würde nicht passieren. Es war nur ein halb betrunkener Kuss zwischen verheirateten Freunden gewesen. Nichts weiter, und mit der Zeit würden sie es völlig vergessen. Was auch sonst? Allein bei dem Gedanken, eine Affäre zu beginnen, sich in geparkten Autos zu küssen, Zimmer in einem Motel zu mieten und ihre Ehepartner zu belügen, brach Matthew der Schweiß aus, und ihm wurde übel. Es wäre eine schreckliche Idee und würde nur Schmerz verursachen.

Er fragte sich, woran Michelle gerade dachte. Sollte er ihr eine Nachricht schicken und sie fragen, ob sie sich irgendwo treffen und reden konnten? Aber dann gäbe es auf seinem Handy eine digitale Spur, einen Beweis, selbst wenn er die Nachricht löschen konnte. Außerdem würde es mehr von dem herausfordern, was letzte Nacht passiert war. Nein, am besten war es, so zu tun, als wäre es nie passiert.

Da war allerdings eine Sache: Matthew mochte nervös sein, aber er war auch glücklich. Wenn sonst nichts, würde ihn die Erinnerung an diesen Kuss durch einen ganzen Winter familiärer Probleme tragen. Die Erinnerung würde immer da sein, und er konnte auf sie zurückgreifen. Das würde genügen müssen. Wenn er und Michelle eine Affäre hätten, würde man ihnen auf die Schliche kommen. So kam es immer. Und dann würden Nancy und er sich scheiden lassen, und er würde die Kinder wahrscheinlich nie mehr sehen. Sie würde das Sorgerecht bekommen, und sie würde ihn hassen für das, was er getan hatte, und all diesen Hass an ihre Kinder weitergeben. Und nicht nur das, sie würde wahrscheinlich auch alle ihre neurotischen Neigungen weitergeben, und seine Kinder würden Miniversionen ihrer Mutter werden. Oder vielleicht auch nicht. Vielleicht würden sie sich gut entwickeln.

Er hatte es schließlich auch getan. Seine eigene Mutter war während seiner gesamten Kindheit in einem fürchterlichen Zustand gewesen. Und jetzt hatte sie ihr Haus seit mehr als fünfzehn Jahren nicht verlassen, seit er zum Studium weggegangen war. Sie lebte von Gemüsebrühe und unendlich vielen Liebesschnulzen, egal welchen, solange sie ein Happy End hatten. Himmel, warum dachte er an seine Mutter? Er dachte wieder an Michelle, und wie es gewesen war, sie in den Armen zu halten.

Matthew stand noch immer vornübergebeugt, die Hände auf den Knien, obwohl er nicht mehr tief durchatmete. Er richtete sich auf und machte ein paar Ausfallschritte, um seine Muskeln noch etwas zu dehnen. Er hatte bereits beschlossen, heute die große Runde zu laufen, und das bedeutete, noch einmal vier Kilometer. Noch mehr Zeit, an Michelle Robinson zu denken. Doch bevor er wieder loslief, hörte er einen Zweig hinter sich brechen, dann wurde er von der enormen Gewalt einer Kugel vom Kaliber .44 vorwärts auf den Weg geschleudert. Die Kugel schlug ein Loch genau in die Mitte zwischen seinen Schulterblättern und durchtrennte das Rückenmark, sodass er faktisch hirntot war, als er auf dem weichen Waldboden landete.

SIEBEN

Matthew Beaumont

Jay Coates

Ethan Dart

Caroline Geddes

Frank Hopkins

Alison Horne

Arthur Kruse

Jack Radebaugh

Jessica Winslow

I

Samstag, 17. September, 8:04 Uhr

Genau in dem Moment, in dem eine Kugel dem Leben von Matthew Beaumont ein Ende setzte, trank Alison Horne, die an diesem Samstag im September sehr früh aufgestanden war, ein Glas Mineralwasser und rollte ihre Yogamatte aus.

Sie versuchte sich zu entspannen, aber ihre Gedanken rasten. Sie rasten, seit sie vor zwei Stunden aufgewacht war. Es war ein immer wiederkehrendes Problem, eine unvermittelt auftretende überwältigende Panik, dass das Leben, das sie führte, zutiefst sinn- und ziellos war. Sie hatte sich früher schon so gefühlt, ihre Zwanziger und Dreißiger hindurch, aber inzwischen war Zeit ein Faktor. Im Dezember würde sie einundvierzig werden, und der Gedanke erfüllte sie mit kalter Angst. Sie war vor neunzehn Jahren nach New York gezogen, nachdem sie am Mather College in Connecticut ihren Abschluss in Bildender Kunst gemacht hatte, und hatte sofort eine Reihe von Jobs bekommen, die vielversprechend schienen, aber nirgendwohin führten. Sie war Kindermädchen bei einem reichen Paar gewesen, das auf der Upper Eastside lebte, sie war Yogalehrerin gewesen und Porträtfotografin, die sich auf Aufnahmen von Schauspielern spezialisierte. Sie hatte außerdem unbezahlt als Praktikantin in einer Fotogalerie in Greenwich Village gearbeitet, und sie machte ihre eigenen Fotos, solange sie zurückdenken konnte, Aufnahmen ihrer Freunde hauptsächlich und New Yorker Straßenszenen. Wenn sie sich jetzt manche dieser Bilder ansah, wurde sie von einem fast schmerzhaften Gefühl des Versagens erfüllt. Sie waren wie geringwertige Kopien von besseren Fotos besserer Fotografen. Manche waren ganz okay, aber es gab keine, die herausragten. Sie riefen ihr in Erinnerung, dass sie nichts Besonderes war. Und sie riefen ihr außerdem ihre unbekümmerten Zwanziger in Erinnerung, und dass sie passé waren. Die meisten der Freunde, die sie fotografiert hatte, hatten die Stadt verlassen, um entweder eine Familie zu gründen oder eine vielversprechende berufliche Karriere zu verfolgen. Und sie war immer noch hier.

Ein Jahr zuvor hatte Alison in der freien Zeit, die ihr die Beziehung zu Jonathan Grant verschaffte, angefangen, an Collagen zu arbeiten. Sie verwendete dazu einige ihrer eigenen Bilder, kombinierte sie mit Ausdrucken von SMS-Nachrichten und E-Mails und ordnete sie auf Leinwand neu an, ehe sie sie mit Ölsticks übermalte.

Jonathan sagte, dass sie ihm gefielen, und er hatte sogar versuchen wollen, ihr eine Ausstellung zu verschaffen, aber wenn sie in letzter Zeit auf das Dutzend Werke blickte, das sie produziert hatte, war es, als würde sie auf einen Text in einer fremden Sprache blicken. Sie waren unleserlich für sie. Sie hatte keine Ahnung, ob sie etwas taugten oder ob sie furchtbar waren. Sie hatte sie in den hinteren Teil ihres begehbaren Schranks gestellt.

An guten Tagen sagte sie sich, dass sie ein zufriedenes, behagliches Leben führte, dass sie ein Glückskind war. Sie hatte eine geräumige Zweizimmerwohnung in Manhattan und keine finanziellen Sorgen. Sie hatte Zeit, kreativ zu sein, zu lesen, Sport zu treiben, Freunde zu treffen. Ihre einzige Verpflichtung bestand gegenüber Jonathan, der für einmal Sex pro Woche (manchmal nicht mal das) und ein gelegentliches Abendessen in einem sehr teuren Restaurant ihre Rechnungen bezahlte.

Sie war jetzt seit einem Jahr Jonathans bezahlte Mätresse.

(Manchmal redete sie sich ein, dass sie seine Freundin war, was sie natürlich nicht war.) Er hatte sie angesprochen, als sie als Hostess in einem im Souterrain gelegenen Steakhouse in Midtown Manhattan gearbeitet hatte. Es war finanziell wie emotional eine besonders schwere Zeit für sie gewesen. Sie hatte sich nach fünf Jahren von ihrem Freund getrennt, eine einvernehmliche Trennung, aber dann hatte er sofort mit einer jüngeren Frau aus seiner Anwaltskanzlei angebandelt, und binnen eines Jahres waren sie verheiratet gewesen, hatten ein Haus in New Jersey gekauft und eine Familie gegründet. Sie hatte außerdem gerade den besten Job verloren, den sie in New York je hatte, Fotoredakteurin bei einer neu gegründeten Literaturzeitschrift, die von einem Dotcom-Unternehmer namens Bruce Lamb unterstützt wurde. Offenbar hatte die Zeitschrift in ihren ersten beiden Jahren jedoch so viel Geld verloren, dass sie nicht einmal mehr als Steuerabschreibungsprojekt taugte. Ihre Freundin Lucy hatte ihr den Job als Hostess in der Lodge besorgt. Sie trug knappe Röcke und ärmellose Tops, aber die Arbeit war leicht, und die Trinkgeldkasse schloss die Hostessen mit ein, was bedeutete, dass sie pro Woche weit mehr verdiente als irgendwann zuvor in ihrer Zeit in New York.

Jonathan Grant war eine Art Stammgast der Lodge, er kam immer allein gegen neun Uhr und setzte sich an die Bar. Er trug gute Anzüge und erinnerte Alison mit seiner tiefen Stimme und der steifen Haltung an einen Schauspieler namens James Mason, den seine Mutter gemocht hatte. Er bestellte immer das Bar-Steak, ein winziges Filet Mignon mit Krabbenfleisch und Sauce béarnaise. An Abenden, an denen nicht viel los war, plauderte sie mit ihm, häufig über den Wein, den er trank. Eines Abends blieb er bis spät an der Bar, dann fragte er Alison, ob sie Lust hätte, in ein zwei Straßen entferntes Lokal zu gehen, das er kannte, eine spanische Tapasbar, die den besten offenen Wein in der Stadt hatte. Sie hatte offenbar gezögert, denn er hob sofort die Hände und sagte: »Bitte, lehnen Sie ruhig ab, ohne ein schlechtes Gefühl zu haben. Ich unterhalte mich nur gern über Wein mit Ihnen, und es wäre nett, wenn Sie den Wein dabei tatsächlich schmecken könnten.«

»Ich sage Ihnen, was ich davon halte, wenn wir schließen«, sagte sie und ging an ihr Pult zurück. Sie wollte mit ihm gehen. Er mochte so alt sein wie ihr Vater, aber er schien außerdem harmlos zu sein, und er war attraktiv. Dennoch, kaum hatte er die Frage gestellt, war ihr ein merkwürdiger kalter Schauder über den Rücken gelaufen, fast wie eine Vorahnung. Sie hatte diese Schauder ihr ganzes Leben lang gehabt, sie waren wie ein kurzes Aufflackern von Erkenntnis. Etwa damals, als sie mit ihrer Großmutter telefoniert hatte und ihr so kalt geworden war, dass sie sich einen Pullover holen musste, als sie aufgelegt hatten. Das nächste Mal sah sie ihre Großmutter, als diese in einem offenen Sarg lag und aussah, als hätte man ihren Körper durch eine schreckliche, nicht atmende Nachbildung ersetzt. Bei ihren Kälteattacken ging es allerdings nicht immer um Tod. Als Alison mit dreizehn Jahren zum ersten Mal Mrs. Talbot gesehen hattet, ihre neue Nachbarin in Greenwich, hatte sie regelrecht zu schlottern begonnen. Ein Jahr später hatte ihr Vater die Familie verlassen, um mit Marianne Talbot in ein Backsteinhaus in Philadelphia zu ziehen. Er war immer ein distanzierter, unglücklicher Vater gewesen, aber nachdem er die Familie verlassen hatte, war er fast zu einem Fremden geworden. Alison hatte seit zehn Jahren nicht mehr mit ihm gesprochen.

So wie sie es sah, ging es bei ihren Vorahnungen hauptsächlich um Veränderungen, aber immer Veränderungen zum Schlechteren. Und nichts anderes war der Tod natürlich: eine Veränderung zum Schlechteren.

Aber trotz der Kälte, die sie bei seiner Frage gespürt hatte, ging sie mit Jonathan Grant aus. Und sie hatten einen schönen Abend. Er sprach über seine Kinder und seine Arbeit und stellte ihr Fragen nach ihrem Leben. Er versuchte nicht, sie zu küssen, obwohl sie bereits beschlossen hatte, dass sie es wahrscheinlich zulassen würde. Aber bei ihrem dritten Date machte er ihr einen Vorschlag, den er einleitete, indem er sagte: »Ich bin ein Anhänger klarer Worte. Ich glaube, damit habe ich mein ganzes Geld gemacht. Deshalb möchte ich Ihnen einen Vorschlag unterbreiten.«

Sie wusste lange bevor er ins Detail ging, worum es sich bei seinem Vorschlag im Wesentlichen handelte, aber es waren die Details, die sie letzten Endes überzeugten. Er besaß ein Apartment nahe dem Gramercy Park, und sie durfte mietfrei dort wohnen. Im Gegenzug würde er sie gern ein Mal die Woche für ein »körperliches Vorhaben« – so seine unglücklich gewählten Worte – besuchen, und er würde außerdem dafür sorgen, dass sie mehr als genug Geld zum Ausgeben hatte und Geschenke erhielt.

»Wir haben noch gar nicht miteinander geschlafen«, sagte Alison. »Woher wissen Sie, dass Sie es mögen?«

»Weil ich Sie mag. Ich bin kein Fetischist, und es ist mir egal, wie Ihre Brüste aussehen, und was Sie bereit sind zu tun. Das interessiert mich alles nicht. Ich will einfach mit Ihnen intim sein, aber ich würde es absolut verstehen, wenn Sie das mit mir ausprobieren wollen, *bevor* Sie eine Entscheidung treffen.«

Und genau das taten sie noch in derselben Nacht in einem Zimmer im Greenwich Hotel. Wie er gesagt hatte, war nichts an Jonathans sexuellem Verhalten sonderbar oder schräg. Er nahm zuerst eine Pille, weil er so die größte Chance auf eine erfolgreiche Erektion hatte, wie er sagte, dann führte er sie ins Bett, war zuerst sanft, ein bisschen langweilig, aber ehe sie wusste, wie ihr geschah, hatte er das Kommando übernommen und wechselte ihre Stellungen, bis er die gefunden hatte, die sich für sie beide am besten anfühlte, und sie war mühelos zu einem Orgasmus gekommen. Sie lag erschöpft und entspannt auf dem bequemen Bett, während er beim Zimmerservice eine kalte Flasche Weißwein bestellte.

»Dann bin ich also von jetzt an deine Hure?«, sagte sie.

»Ich glaube, die bevorzugte Nomenklatur ist ›Mätresse‹, aber du kannst dich nennen, wie du willst. Ich würde es verstehen, wenn du dich nicht darauf einlassen willst.«

»Was, wenn ich jemanden kennenlerne? Was, wenn ich mich verliebe?«

»Ich würde mich für dich freuen.«

Das war vor vierzehn Monaten gewesen. Trotz ihrer Vorahnung an jenem Abend in der Lodge hatte sie den Eindruck, dass die Veränderung, die Jonathan ihr beschert hatte, größtenteils zum Guten war. Ihr Leben war voller Vergnügungen. Sie hatte keine Geldsorgen mehr. Aber sie zerbrach sich den Kopf über den Zweck ihres Lebens, und sie befürchtete, dass sie mit dieser Beziehung zu einem älteren, verheirateten Mann in eine Art Falle gelaufen war. Es würde nicht ewig halten, und was würde sie tun, wenn er fort war? Wie würde sie zu einem Leben ohne das regelmäßige Einkommen zurückfinden, das er ihr bot?

Der Tag ragte bedrohlich vor ihr auf. Sie schrieb Doug eine Nachricht, ob er Zeit für ein gemeinsames Mittagessen hatte, aber direkt nach dem Abschicken fiel ihr ein, dass er über das Wochenende mit seinem Freund aufs Land gefahren war.

Sie lief in der Wohnung auf und ab und fragte sich, warum sie an diesem Morgen so nervös war; ihre Gliedmaßen kribbelten förmlich. Sie fühlte sich schon seit ein paar Tagen sonderbar, und als sie zurückdachte, wurde ihr klar, dass es mit dieser Namensliste in der Post angefangen hatte. Es war eine Weile her, seit eine ihrer Ahnungen sie überfallen hatte, und dieser Brief war der Auslöser gewesen. Was bedeutete, eine Veränderung stand bevor, und keine gute.

Fast hätte sie die Liste aus dem Küchenmüll gefischt, um

sie sich noch einmal anzusehen, aber was würde sie damit erreichen? Stattdessen rief sie in ihrem Lieblings-Spa an, um zu fragen, ob sie für den späteren Vormittag einen Pediküre-Termin bekommen konnte.

2

Er hatte das Schlafzimmerfenster offen gelassen, und es war kalt im Zimmer, als er aufwachte. Trotzdem hatte es Arthur unter seinem schweren Federbett mollig warm. Er blieb einen Moment liegen, trieb langsam ins Bewusstsein und genoss das Gefühl der kalten Luft und seiner eignen Körperwärme unter der Decke und wie der Vorhang in der leichten Brise schlug. Licht flimmerte über die Hälfte der hohen Zimmerdecke, und er war wie hypnotisiert davon. Dann rauschten wie jeden Morgen die Gedanken in seinen Kopf: Richards Tod, ein seltsamer Brief, die FBI-Agenten. Er war vollkommen wach.

In der Dusche dachte er an jene wenigen Minuten stiller Glückseligkeit, die ihm an diesem Morgen vergönnt gewesen waren. Es gab sie dieser Tage immer häufiger, diese zeitliche Lücke zwischen dem Aufwachen und der Erinnerung daran, dass er Richard verloren hatte und ihn nie mehr würde sehen oder sprechen können. Es war ein zwiespältiges Gefühl. Er liebte diese Momente, in denen er einfach nur die Tatsache genießen konnte, dass er noch lebte, aber er hatte ebenso schreckliche Angst davor, dass Richard ihm entglitt und zu einem halb vergessenen Geist aus seiner Vergangenheit wurde.

Er zwang sich, nicht mehr darüber nachzudenken und plante stattdessen seinen Tag. Samstage waren die schwersten Tage der Woche. Er musste nicht arbeiten, hatte keine Kirche, und der Tag lag wie ein endloser leerer Flur vor ihm.

Er musste im Garten Laub harken, das würde einige Zeit beanspruchen, und er hatte vor, sich eine Ausstellung im Mead Art Museum anzusehen, die sich »Eine Sammlung sakraler mittelalterlicher Gegenstände« nannte, genau seins. Mit diesen beiden Dingen und Essen natürlich, dazu vielleicht noch einem Film nach dem Abendessen, würde er diesen Samstag überstehen.

3

W arum neun?«, sagte Jessica zu Aaron, als er vor ihrem Arbeitsplatz im Büro auftauchte.

»Was?«

»Warum neun Leute auf der Liste und nicht zehn? Ist zehn nicht die übliche Größenordnung für so was? Was ist?«

Sie nahm wahr, dass Aaron ihr weniger zuhörte, als dass er etwas sagen wollte. Sie drehte ihren Stuhl ganz herum, sodass er direkt vor ihr stand, beide Hände in den Hosentaschen.

»Es hat noch einen Toten gegeben.«

»Wer? Wo?«

»Matthew Beaumont in Dartford, Massachusetts. Er wurde auf seiner morgendlichen Joggingrunde erschossen.«

»Ist es derselbe Matthew Beaumont …«

»Der den Brief bekommen hat? Ja. Er arbeitet in Boston … hat in Boston gearbeitet. Dort wurde sein Brief gestern abgeholt.«

»Großer Gott.«

»Du sagst es.«

»Wie wurde er getötet? Erschossen, sagst du? Um welche Uhrzeit?«

»Die genaue Zeit weiß ich nicht, aber ich weiß, dass die Leiche gegen zehn Uhr morgens entdeckt wurde. Ein örtlicher Polizeibeamter konnte ihn identifizieren, obwohl er keinerlei Papiere bei sich trug, und da wir für den Namen eine Meldung im System gespeichert haben …«

»Wer auch immer hinter dem Ganzen steckt, ist also ein paar Stunden von diesem Ort entfernt.«

»Was so gut wie überall sein könnte.«

»Ich weiß. Es ist nur … Das sind zwei in zwei Tagen.«

»Ich glaube, ein Teil von mir hat immer noch gedacht, dass vielleicht nur ein großer kosmischer Zufall am Werk ist. Eine Liste mit neun zufällig ausgewählten Leuten, und einer von ihnen wird ermordet. Und dann passiert nichts mehr. Keine Toten mehr, und wir vergessen die ganze Sache.«

»Es ist das zweite Flugzeug«, sagte Jessica.

»Wie meinst du das?«

»Ich weiß noch, wie ich am 11. September die Nachrichten geschaut habe, nachdem das erste Flugzeug eingeschlagen war, und alle Welt nahm einfach an, dass es sich um ein schreckliches Unglück handelte. Dann schlug das zweite Flugzeug ein, und alles war anders.«

»Ja, daran erinnere ich mich auch. Es ist das zweite Flugzeug, und jetzt müssen wir alle Leute auf dieser Liste schützen. Dich eingeschlossen.«

Jessica nickte. »Ich wünschte, wir könnten alle finden. Ich habe es den ganzen Morgen versucht. Weißt du, wie viele Alison Hornes es in diesem Land gibt?«

»Woher weißt du, ob die Alison Horne, die du suchst, überhaupt in diesem Land ist?«

»Das weiß ich natürlich nicht. Aber wir müssen sie finden. Und wir müssen nach Dartford, Massachusetts fahren.«

Aaron nahm eine Hand aus der Tasche und legte sie auf die Trennwand zwischen den Verschlägen. »Ich nehme an, mit ›wir‹ meinst du das FBI. Du weißt, dass du selbst nicht an diesem Fall arbeiten kannst.«

Jessica wusste es, und dennoch schüttelte sie den Kopf und sagte: »Ich kann wenigstens nach den Leuten suchen, die wir noch nicht gefunden haben, oder?«

»Schau mich nicht an. Das liegt bei Ruth. Deshalb bin ich eigentlich hier. Briefing bei ihr in zehn Minuten.«

»Okay«, sagte Jessica. »Verdammt, sie wird mich beurlauben, oder?«

»Sie sollte es tun. Dich an einen unbekannten Ort in Urlaub schicken, bis wir den Täter haben. Genau das würdest du an ihrer Stelle machen, oder?«

»Vermutlich.« Jessica stand auf und steckte ihr Telefon ein, das auf dem Schreibtisch lag. »Wo wurde er getroffen?«

»Matthew Beaumont? In den Rücken, anscheinend. Er hat es nicht kommen sehen.«

»Ich habe erst gestern mit ihm gesprochen. Du lieber Himmel. Das Ganze passiert wohl tatsächlich.«

Sie gingen zusammen zum Büro von Ruth Jackson.

4

Jay wachte übel gelaunt auf, die Erinnerung an sein fehlge-schlagenes Vorsprechen zwei Tage zuvor noch frisch im Kopf. Er fühlte sich verkatert, ein dumpfer Kopfschmerz hinter den Augen, und zählte seine Drinks vom Vorabend. Ein paar leichte Biere in der Kneipe um die Ecke, dann zwei – oder waren es drei? – kräftige Wodka on the rocks bei sich zu Hause. Er hatte Craigslist durchforstet, auf der Suche nach irgendeiner Frau, die er ficken oder noch bes-ser fertigmachen konnte. Er hatte sogar eine Weile mit einer echten Prostituierten hin und her geschrieben und über Ho-norare verhandelt. Sie hatte aufgehört zu schreiben, als er sie fragte, was es ihn kosten würde, sie von hinten zu ficken und dann in die Nieren zu boxen. Das war der Höhepunkt seines Abends gewesen, sich ihr Gesicht vorzustellen, wenn sie das las, aber selbst dabei hatte er an die Frau im Brent-wood Country Mart gedacht, der er zu ihrer Wohnung in Koreatown gefolgt war. Vielleicht sollte er ihr wirklich einen Besuch abstatten. Das hatte er schon gestern Abend gedacht, und er dachte es heute Morgen wieder. Er suchte sie auf In-stagram und scrollte durch ihre Bilder, und er dachte, dass sie aussahen wie alle andern Instagram-Posts von jedem an-deren heißen Stück Arsch. Hier hatte sie es sich mit einem Buch gemütlich gemacht, damit alle sahen, wie klug sie war. Und da trank sie mit ihren Freundinnen beim Brunch Pro-secco. Und natürlich gab es ungefähr dreihundert Bilder von ihr im Bikini, denn das war im Grunde alles, was sie herzeigen wollte. Schau dir diesen Körper an und wünsch dir bloß nicht, du könntest ihn ficken. Darum drehte sich alles, und er hätte ihr nur zu gern einen kleinen oder auch größeren Dämpfer verpasst.

Er legte das Smartphone beiseite, und der Traum von letzter Nacht drang kurz in sein Bewusstsein. Es war ein immer wiederkehrender Traum, den er schon träumte, solange er zurückdenken konnte. Er hatte jemanden getötet und musste die Leiche verstecken, und er hatte schreckliche Angst davor, dass man ihn erwischte. Oder aber, er hatte die Leiche bereits versteckt, wusste jedoch, sie würde gefunden werden. Diesen Traum hatte er so oft, dass er ihn manchmal für Wirklichkeit hielt. Er versuchte angestrengt, die Fäden des Traums von letzter Nacht aufzudröseln und überlegte, wen er getötet hatte. War es die Blondine aus Brentwood gewesen? Er glaubte, nicht. Wahrscheinlich war es Olivia Bauer gewesen, seine Highschoolfreundin, das Mädchen, an das er seine Unschuld verloren hatte, und es war nicht der erste Traum, in dem er sie totgeschlagen und ihre Leiche im Eel Pond versenkt hatte, diesem sumpfigen, seichten Möchtegern-See in der beschissenen Kleinstadt in New Hampshire, in der er aufgewachsen war. Nein, er hatte ihn schon früher geträumt, und es war immer dasselbe: Er versuchte ständig, sie unter die grüne Oberfläche des Teichs zu drücken und beschwerte ihre Leiche mit Steinen, aber sie schnellte immer wieder nach oben.

Er hatte diesen Traum so oft gehabt, dass er ihn manchmal für wahr hielt.

Abgesehen davon, dass er von elf bis zwölf Uhr einen Spinning-Kurs im Fitnessstudio halten musste, lag ein freier Tag vor Jay. Er machte ein paar Liegestütze, bereitete sich einen Smoothie zu und schaute dann Pornos, ohne dass er sich erlaubte zu onanieren, er fasste sich nicht einmal an. Es war schmerzhaft, aber zugleich auch irgendwie erquickend.

Als es anfing, ihn zu langweilen, schaute er auf sein Handy und sah, dass er eine Sprachnachricht von einer unbekannten Nummer hatte. Sie war vom Vortag, und er nahm an, jemand wollte ihm etwas verkaufen, aber er hörte sie sich trotzdem an, für den Fall, dass es um einen Job ging. Wie sich herausstellte, wollte ihm niemand etwas verkaufen, sondern eine Jessica Winslow vom FBI bat ihn um einen umgehenden Rückruf. Sein Magen zog sich vor Wut und Angst zusammen. Himmel, war es wegen der E-Mail, die er dieser Nutte auf Craigslist gestern Abend geschickt hatte? Das konnte nicht sein. Sie bekam wahrscheinlich ständig solches Zeug zu hören, und außerdem ließ sich sein Account unmöglich zu ihm zurückverfolgen. Außerdem, fiel ihm ein, hatte er diesen FBI-Anruf ja gestern Nachmittag erhalten, und die Nachricht auf Craigslist hatte er am Abend weggeschickt. Er beruhigte sich ein wenig. Trotzdem, es war nicht die erste Nachricht dieser Art, die er von seinem Account abgeschickt hatte. Vielleicht sollte er ihn für alle Fälle löschen, seinen Laptop säubern.

Er hörte sich die Nachricht noch einmal an und versuchte, etwas aus dem Tonfall der Frau herauszuhören. Er konnte nichts feststellen. Es war wahrscheinlich nichts, hoffentlich nichts. So oder so beschloss er, sie nicht zurückzurufen. Was sie auch zu sagen hatte, er wollte es nicht hören. Er löschte die Nachricht.

5

Caroline war spät aufgestanden und hatte den Vormittag damit verbracht, Arbeiten zu benoten und an ihrem Vortrag über George Eliot zu feilen, und eine halbe Stunde hatte sie sogar dafür erübrigt, ein Gedicht von Weldon Kees auswendig zu lernen. Sie machte sich ein gebratenes Käsesandwich zum Lunch und wärmte sich etwas von der Tomatensuppe auf, die sie Anfang der Woche zubereitet hatte. Dann trug sie ihr Essen auf die vordere Veranda hinaus und überlegte, sich ein Glas Wein einzuschenken, entschied sich jedoch dagegen.

Es war warm und leicht bewölkt, die Wolken erstreckten sich wie Gaze über den Himmel. Estrella war bei ihr auf der Veranda und beobachtete durch das Fliegengitter einen Kardinal. Fable war noch draußen, sie hatte ihn vorhin durch das hohe Gras im wilden Garten ihrer Nachbarn pirschen sehen.

Sie hatte ihr Smartphone mit nach draußen genommen und las noch einmal die E-Mail-Kommunikation mit diesem Fremden aus Texas durch. Es war eine so sonderbare Begegnung, dass sie ihr nicht aus dem Kopf ging. Sie nahm an, dass ihre Studenten – und wahrscheinlich auch ihre Altersgenossen – regelmäßig auf digitalem Weg flirteten, aber für sie war es neu, und jetzt schwirrten ihre Gedanken um einen Mann, dem sie nie begegnet war. Nein, das stimmte nicht. Sie *waren* sich letzte Nacht begegnet, wenn auch nicht persönlich. In mancherlei Hinsicht war es die bedeutsamste

Unterhaltung gewesen, die sie seit Jahren geführt hatte, sehr viel interessanter als die gelegentlichen Flirts mit selbstverliebten Akademikern auf Konferenzen. Sie wechselte von ihren E-Mails zum Internet-Browser und sah sich die wenigen Bilder von Ethan Dart an, die sie fand. Aus einer spontanen Eingebung heraus suchte sie nach Videos und fand eines auf YouTube, bei dem er allein mit einer Gitarre auf einer Bühne einen Song namens »Just Because« spielte. Das Video stammte von einem Event namens Austin Showcase, das ein paar Jahre zuvor stattgefunden hatte. Ethan trug schwarze Jeans und ein De-La-Soul-T-Shirt, und er saß auf einem Hocker, während er spielte und sang. Carolines Musikkenntnisse waren begrenzt. Sie wusste, was ihr gefiel, aber sie suchte nicht unbedingt nach Neuheiten oder ging auf Konzerte. Meistens hörte sie CDs, die sie schon seit ihrer Collegezeit besaß – Folksängerinnen, Streichquartette und irgendein isländisches Ambient-Zeug, das sie bei ihrer Trennung von Alec geerbt hatte. Aber sie war erleichtert, dass ihr Ethans Song gefiel. Der Refrain lautete: »Nur weil ich mit dem Fuß wippe, gefällt mir noch lange nicht der Song«, und sie ertappte sich dabei, wie sie ihn nach allen möglichen Bedeutungen abklapperte.

Als sie den Rest ihres Sandwichs in die Suppe tunkte, bemerkte sie den Streifenwagen, der langsam in ihre Einfahrt bog. Verschiedene Gedanken gingen ihr wahllos durch den Kopf. Sind meine Eltern tot? Wurde mein Kater am Straßenrand gefunden? Sind sie hier, um mich über Ethan Dart auszufragen? Und dieser letzte Gedanke stieß sie darauf, dass sie wahrscheinlich hier waren, um dieser merkwürdigen Liste nachzugehen. Zwei uniformierte Beamte, ein Mann und eine Frau, sie mit breiten Hüften, er mit einwärts gedrehten Füßen, stiegen aus und kamen zur Veranda.

6

Ein Streifenbeamter der Polizei von Austin, nur einer, kam etwa zur selben Zeit zu Ethans Wohnung, als Caroline die Polizei von Ann Arbor auf ihre Terrasse ließ. Officer Resendez klopfte an Ethans Tür, als dieser schlief. Er war für eine Tasse Kaffee und drei Spiegeleier bereits aufgestanden, aber danach wieder so erschöpft gewesen, dass er noch einmal ins Bett gekrochen war. Das dreimalige laute Klopfen von Officer Resendez schlich sich in Ethans Traum, in dem er noch einmal an das College in Lubbock zurückkehren musste, um eine letzte Prüfung zu absolvieren, damit er seinen Abschluss erhielt. In seinem Traum kam das Klopfen von einem großen schwarzen Geier, der vor einem Fenster des Prüfungsraums saß und gegen die Scheibe hackte. Bis sich Ethan von dem Futon auf dem Boden hochgerappelt hatte und durch das Guckloch in der Tür einen glattrasierten Cop erspähte, hatte er den Traum vergessen.

»Hallo«, sagte Ethan zu dem Polizisten, nachdem er die Tür gut zehn Zentimeter weit geöffnet hatte.

»Sind Sie Ethan Dart?«

»Mhm«, sagte er und hustete, um seine verschleimte Kehle freizubekommen. Wollte man ihn verhaften?

»Macht es Ihnen etwas aus, mit mir auf die Polizeistation zu kommen? Sie werden vorübergehend in Schutzhaft genommen. Ein FBI-Beamter ist auf dem Weg zur Station, er kann Ihnen alles erklären.«

»Im Ernst? Was ist los?«

»Ich habe keine Ahnung, ehrlich, Mann. Aber ich würde mir an Ihrer Stelle ein paar bequeme Klamotten anziehen. Wer weiß, wann sie wieder aus ihnen rauskommen.«

7

Jack Radebaugh hörte die Post, die durch den Schlitz seiner Haustür gesteckt wurde, mit einem ungewöhnlich kräftigen dumpfen Laut auf dem Boden landen und stand vom Küchentisch auf, um einen Blick darauf zu werfen. Er hatte einen dicken braunen Umschlag von seiner Frau bekommen. Sie hatte keinen Absender draufgeschrieben, aber er kannte ihre Schrift besser als seine eigene.

Jack ging mit dem Umschlag zum Küchentisch zurück und schlitzte ihn mit einem Steakmesser auf. Er enthielt einen Stapel Post, der an seine alte Anschrift adressiert war. Auf dem obersten Brief klebte ein Zettel, den Harriet geschrieben hatte: *Ändere deine Adresse!*

Er blätterte die Post durch; die Hälfte konnte man ungeöffnet wegwerfen. Da waren Mitteilungen, dass Abos abgelaufen waren, Bitten um politische Spenden, Kreditkartenangebote. Außerdem ein Tantiemenscheck seines Verlags, eine Weihnachtskarte von seinem alten Freund Earnest, die entweder sehr früh oder sehr, sehr spät dran war, und ein schmales weißes Kuvert, das wie der Umschlag, in dem es gekommen war, keinen Absender aufwies. Er öffnete es und las eine Liste mit Namen, darunter sein eigener. Er legte die Seite oben auf den Stapel, den er wegwerfen wollte, dann änderte er seine Meinung und legte sie zu der Post, die er behielt.

Drei Tage zuvor hatte er einen Anruf von einer FBI-Agentin erhalten, die wissen wollte, ob in seiner Post eine Liste mit seinem Namen darauf gewesen sei. Er hatte die Frage verneint, aber nun, da er tatsächlich eine solche Liste bekommen hatte, wäre es wohl am besten, sie zurückzurufen. Er überlegte, ob er ihre Nummer aufgehoben hatte.

Er stand auf und schenkte sich einen weiteren Kaffee ein, auch wenn er wusste, er würde nur einige wenige Schlucke trinken, aber er mochte das Gefühl der heißen Tasse in seiner Hand. Es war Herbst geworden. Jacks liebste Jahreszeit, egal wo, aber besonders in West Hartford, wo er aufgewachsen war und wo er jetzt wieder wohnte, nachdem er das Haus seiner Kindheit gekauft hatte. Es war ein Haus im Tudorstil mit drei Schlafzimmern in einer Wohngegend mit Ziegelhäusern, die alle in diesem Märchenstil mit steilen Dächern, schmalen Fenstern und gepflegten Vorgärten gebaut waren.

Die quadratische Küche seines frisch wiedererworbenen Hauses ging nach hinten hinaus, und von ihrem seitlichen Fenster konnte er in den Garten des Nachbargrundstücks sehen. Dieses Haus hatte einer Familie namens Lambert gehört, als Jack ein Junge gewesen war. Das war Ende der Fünfziger, Anfang der Sechziger gewesen. Die Lamberts hatten drei Kinder gehabt, alle ein wenig älter als Jack und seine Schwester. Ein Mädchen im Teenageralter, die sich ihren englischen Akzent aus der Zeit bewahrt hatte, bevor die Familie nach Amerika ausgewandert war. Zwei weitere Mädchen, zweieiige Zwillinge, verwickelten Jack und seine Schwester gern in merkwürdige Phantasiespiele, in denen meistens die Elfen vorkamen, die in ihren miteinander verbundenen Gärten hausten. Jack erinnerte sich an diese Spiele besser als an irgendein Gesicht der Lamberts. Er fragte sich, was aus ihnen geworden war. Die Eltern mussten inzwischen natürlich tot sein, und diese jungen Mädchen wären alle älter als er. Wahrscheinlich hatten sie Kinder und Enkelkinder, und es hatte Erfolge und gebrochene Herzen gegeben, und es konnte durchaus sein, dass mindestens eine von ihnen schon tot war.

Als er jetzt zum alten Haus der Lamberts hinüberschaute, sah er eine sehr dünne Frau mit langem braunem Haar das Glashaus auf der Rückseite betreten. Sie hielt ebenfalls eine Kaffeetasse in der Hand und blickte in den Garten hinaus. Das Glashaus hatte es damals noch nicht gegeben, als er ein Kind war. Es war wahrscheinlich in den Siebzigern oder Achtzigern angebaut worden, ein Raum, fast gänzlich aus Glas. Er nannte es ein Glashaus, obwohl er sich ziemlich sicher war, dass es eine andere Bezeichnung dafür gab, die ihm nur gerade nicht einfiel. Worte entfielen ihm in letzter Zeit. Sie waren wie Zigarettenrauch. Er öffnete den Mund und das Wort verwehte im Wind. Er konnte noch die Form erkennen, während es sich auflöste, aber das Wort selbst war verschwunden.

Jack schüttelte seine Grübeleien ab und konzentrierte sich wieder auf das Nachbarhaus. Die Frau mit der Tasse hatte sich jetzt umgedreht und sah ihn direkt an, nicht irgendwie feindselig, sondern wenn überhaupt neugierig. Er hob die Hand, und sie winkte zurück, und dann trat Jack vom Küchenfenster zurück. In der Eingangshalle war ein Spiegel, und Jack betrachtete sich, um sicherzugehen, dass er kein Essen zwischen den Zähnen hatte, keine Krusten um die Augen, dann fuhr er mit den Fingern durch die dichte graue Haarmähne und ging zur hinteren Veranda. Wenn die Frau immer noch im Wintergarten war – das war es, ein gottverdammter Wintergarten! –, würde er ihr Hallo sagen.

Es war kälter draußen, als er gedacht hatte, und Jack knöpfte seine Strickweste zu, als er in Richtung Garten ging. Die Frau war noch da, und sie trat ebenfalls ins Freie, gerade als er an der Grundstücksgrenze ankam.

»Ich dachte, ich stelle mich mal vor«, sagte Jack.

»Ich bin Margaret«, sagte sie, streckte die Hand aus und

machte drei schnelle, unbeholfene Schritte, um seine zu schütteln.

»Ich bin Jack. Ich bin …«

»Ich wollte längst einmal rüberkommen und mich vorstellen, ich hatte sogar einen halben Willkommenskorb zusammengestellt, aber dann habe ich die Muffins selbst gegessen, und ich weiß gar nicht, warum ich Ihnen das erzähle. Es tut mir leid, dass ich nicht früher gekommen bin.«

»Es gibt nichts, was Ihnen leidtun muss. Ich bin noch nicht einmal einen Monat hier.«

»Ich weiß. Ich will nur nicht, dass Sie denken, ich mache mir nichts aus Nachbarschaft. Ich habe eine Kanne Kaffee gemacht, wenn Sie eine Tasse möchten.«

»Gern«, sagte Jack.

Nachdem sie sich im Glashaus / Wintergarten niedergelassen hatten, Jack mit einer weiteren Tasse Kaffee, die er nicht wollte, sagte Margaret: »Ich habe gerüchteweise gehört, dass Sie früher hier gelebt haben.«

»Ach ja, von wem haben Sie das gehört?«

»Von einer Kollegin in der Bibliothek nicht weit von hier, wo ich arbeite. Sie sagte, Sie hätten früher hier gelebt, aber vor ihrer Zeit. Sie sagte außerdem, dass Sie ein berühmtes Buch geschrieben haben.«

»Sie hat halb recht. Ich habe tatsächlich früher hier gewohnt, aber ich glaube kaum, dass mein Buch berühmt ist. Vielleicht war es das für eineinhalb Jahre unmittelbar nach seinem Erscheinen.«

»Was für eine Art Buch war es?«

»Es hieß *Erst sagen, dann machen*. Es war – es ist – ein Wirtschaftsratgeber darüber, dass man seine Vorhaben immer ankündigen soll, bevor man sie verwirklicht. Ich weiß, was Sie denken: Wie kann man darüber ein ganzes Buch schreiben? Ich weiß selbst kaum noch, wie ich das geschafft habe. Breite Ränder, schätze ich mal. Aber ich habe früher

viel Geld damit verdient. Und es hat mich zu einem Vollzeit-
berater gemacht. Ich halte immer noch gelegentlich Seminare
überall auf der Welt.«

»Der Titel kommt mir irgendwie bekannt vor. Mein Vater
hat es wahrscheinlich gekauft.«

»War Ihr Vater Geschäftsmann?«

»Ja. In der Versicherungsbranche.«

»Dann ist es gut möglich, dass er es gekauft hat.«

Margaret hatte einen Teller mit ein paar Kuchenstücken
auf den Tisch gestellt, und Jack nahm eins und biss ab. der
Kuchen schmeckte sehr gut. Sie sah ihn erwartungsvoll an,
und er sagte, wie lecker er ihn fand, und sie bestätigte seine
Vermutung, dass er selbst gemacht war. Während sie über das
Backen sprach, und dass es ihre wahre Liebe sei, musterte er
sie. Sie hatte feine Züge, ein leicht spitzes Kinn, und die Haut
ihrer Wangen war dunkler als das restliche Gesicht, als hätte
sie als Teenager schlimme Akne gehabt. Sie war mager und
saß leicht nach vorn gebeugt, dieselbe schlechte Haltung, die
Jack bei vielen jungen Leuten sah. Das Schönste an ihr war
das lange braune Haar. Es hatte dieses üppige Aussehen, das
von einer gesunden Ernährung kommt oder einfach gene-
tisch bedingt ist.

»Dann stimmt es also, dass Sie als Kind hier gelebt haben?
In dieser Gegend, meine ich?«, sagte sie, strich sich das Haar
aus der Stirn und setzte sich ein wenig gerader.

»Ich bin hier aufgewachsen. Genau nebenan, in dem Haus,
das ich gerade gekauft habe. Mein Vater hat im Versiche-
rungswesen gearbeitet, genau wie Ihrer.«

»Wow. Wie lange haben Sie hier gelebt?«

»Bis ich aufs College ging. Dann ließen sich meine Eltern
scheiden, und das Haus wurde verkauft. Aber von Ferien-
häusern abgesehen, habe ich hier meine Kindheit verbracht.«

»Sie müssen glückliche Erinnerungen daran haben.«

»Wie kommen Sie darauf?«

»Weil Sie das Haus gekauft haben und wieder hier einziehen. Es sei denn, Sie haben vor, es niederzubrennen oder so, aber ich dachte einfach …«

»Nein, Sie haben recht. Es war größtenteils eine glückliche Kindheit. Und ich liebe diese Gegend mit all den Ziegelhäusern.«

»Sie muss sich verändert haben.«

»Nein, gar nicht. Die Stadt hat sich verändert, aber diese Straße ist noch ziemlich genau so, wie ich sie in Erinnerung habe. Hier habe ich mein Leben begonnen, deshalb denke ich, es ist so gut wie jeder andere Ort dazu geeignet, es zu beenden.«

»Ach, sagen Sie doch das nicht.« Margaret rutschte vor und nahm eine entspanntere Haltung ein. »Sie sehen noch nicht einmal aus, als wären Sie im Ruhestand.«

»Ich bin wohl so halb im Ruhestand. Aber ich weiß nicht … Für mich fühlt es sich nicht so an, als würde ich nur vorübergehend hierher zurückziehen. Es ist endgültig. Ich möchte ganz zu arbeiten aufhören, und meine Ehe ist im Eimer. Nein, ist schon in Ordnung. Eine dieser Trennungen, die für alle Beteiligten definitiv das Beste ist. Und während das alles passierte, sehe ich im Internet, dass dieses Haus zum Verkauf steht. Es war Kismet. Und jetzt bin ich bereit für den nächsten Abschnitt meines Lebens. Wie sind Sie hier gelandet?«

Margaret erzählte ihm, dass sie in Hartford das College besucht und unmittelbar danach geheiratet hatte, und obwohl sie davon geträumt hätten, nach New York City zu gehen, hatte ihr Mann Eric einen Job bei einem örtlichen Finanzunternehmen angeboten bekommen, und sie hatte einen Abschluss als Bibliothekarin gemacht und arbeitete nun Teilzeit in der nahe gelegenen Bibliothek. Sie hatten das Haus erst vor einigen Monaten gekauft.

»Dann sind Sie also ebenfalls neu hier.«

»Mehr oder weniger. Wir haben ein paar Straßen entfernt

zur Miete gewohnt. Es war eine Einliegerwohnung im Haus des besten Freundes meines Mannes, wir kennen die Gegend also schon. Aber in dieser Straße sind wir neu, das stimmt, und Sie sind so ziemlich der erste Nachbar, den ich zum Kaffee hier habe.«

»Ich fühle mich geehrt.«

»Und ich würde Sie sehr gern irgendwann zum Abendessen einladen. Vielleicht können wir sogar noch grillen, bevor die Abende zu kühl werden.«

»Das würde mich freuen«, sagte Jack und nahm an, dass sie nur höflich sein wollte. Er nahm außerdem an, die Ankündigung eines zweiten gesellschaftlichen Ereignisses bedeutete, dass dieses hier vorbei war. Er stand auf. »Ich muss heute Vormittag noch ein wenig arbeiten«, sagte er.

»Ach so, okay.« Sie stand ebenfalls auf, und Jack sah einen Ausdruck wie Nervosität oder Angst über ihr Gesicht huschen. »Tut mir leid, ich wusste nicht, dass ich Sie aufhalte.«

»Nein, nein, machen Sie sich keine Sorgen deswegen. Es war schön, Sie kennenzulernen, aber ich habe tatsächlich noch ein paar Dinge zu erledigen, und wenn ich noch länger bleibe, esse ich Ihren ganzen Kuchen auf.«

Zu Hause in seiner eigenen Küche stand Jack mit ein wenig Abstand zum Fenster und beobachtete, wie seine nervöse Nachbarin den Raum sauber machte, den er gerade verlassen hatte. Er bezweifelte, dass sie das Versprechen einer Essenseinladung einlösen würde, was ihm auch recht war. Er hatte den Verdacht, dass er ihren Mann nicht mögen würde.

Jack wandte sich wieder dem Küchentisch zu und betrachtete seine beiden Poststapel. Die FBI-Agentin fiel ihm wieder ein, und er beschloss, ihre Telefonnummer herauszusuchen. Er würde sie später am Nachmittag anrufen, vielleicht auch erst am Montag. Was es auch war, es konnte wahrscheinlich warten.

8

Detective Sam Hamilton hatte mit Detective Mary Parkinson von der State Police schon bei zwei früheren Gelegenheiten zusammengearbeitet: bei einem vereitelten Bankraub, der binnen Stunden aufgeklärt worden war, und bei einem Fall von Fahrerflucht, der ungelöst blieb. Er war ganz gut mit ihr zurechtgekommen, auch wenn sie nicht leicht zu deuten war, eine dieser schmallippigen, wettergegerbten Neuengländerinnen, die aussah, als wäre sie mit Falten im Gesicht zur Welt gekommen, und die nur sprach, wenn es unbedingt notwendig war. Dennoch, wenn sie dann tatsächlich sprach, war sie durchaus freundlich, und sie hatte nie irgendwelche Vorbehalte dagegen erkennen lassen, mit dem Detective einer Ortspolizei zusammenzuarbeiten.

Er hatte sie schon den ganzen Tag anrufen wollen, um zu sehen, ob sie ihn auf den neusten Stand im Mordfall Frank Hopkins bringen konnte, aber er hatte sich gezwungen zu warten, da er sie nicht so früh in einer laufenden Ermittlung stören wollte. Aber nachdem er den ganzen Tag von zu Hause im Internet nach möglichen Verbindungen zwischen den neun Namen geforscht und sehr wenig gefunden hatte, beschloss Sam, den Anruf zu machen.

»Detective Parkinson.«

»Mary, hier spricht Sam. Aus Kennewick.«

»Hallo, Sam. Sie müssen etwas für mich haben.«

»Schön wär's. Ich habe nichts. Ich hatte gehofft, *Sie* könnten *mich* auf den neusten Stand bringen.«

»Über Frank Hopkins?«

»Ja.«

»Der Fall ist mir inzwischen selbst abgenommen worden. Gut, sie haben gesagt, ich könnte beratend mitwirken, aber die Sache ist soeben ans FBI gegangen, und das war's dann wohl.«

»Im Ernst?«

»Im Ernst. Ist erst vor einer Stunde passiert.«

»Wieso? Wissen Sie das?«

»Es hat einen weiteren Mord gegeben. In Massachusetts.«

»Wie meinen Sie das?«, sagte Sam.

»Ein Matthew Beaumont wurde heute Morgen in Dartford, Massachusetts getötet. Auf seiner morgendlichen Joggingrunde erschossen. Sie erinnern sich bestimmt, dass das einer der Namen auf der Liste war. Er hat den gleichen Brief wie Frank erhalten, also ist wohl eine Art Serienmörder am Werk, der grenzüberschreitend in verschiedenen Bundesstaaten tötet. Zumindest sieht es danach aus.«

»Wow«, sagte Sam. »Es überrascht mich nicht, aber gleichzeitig doch. Wenn Sie wissen, was ich meine.«

»Ich war ebenfalls überrascht. Ich bin schon lange dabei, und wenn ein Mordfall kompliziert aussieht, stellt sich meistens heraus, dass er es nicht ist.«

»Ich habe genau dasselbe gedacht.«

»Na ja, es könnte sich immer noch als einfach herausstellen«, sagte Detective Parkinson. »Frank Hopkins wurde wahrscheinlich von einem hypernervösen Drogensüchtigen getötet. Die habt ihr noch da drüben in Kennewick, oder?«

»Drogensüchtige?«

»Ja.«

»Ein paar«, sagte Sam.

»Hören Sie, Sam, hier kommen ständig Leute, die schauen, ob ich noch immer telefoniere. Es tut mir leid, dass ich Ihnen nicht mehr sagen kann.«

»Es war mehr als genug, Mary. Vielen Dank.«

Nachdem das Gespräch beendet war, blieb Sam noch einige Minuten sitzen, blickte aus seinem Fenster im Obergeschoss und dachte nach. Auch wenn Mary gesagt hatte, dass immer noch ein verzweifelter Drogensüchtiger an Franks Tod schuld sein konnte, wusste Sam, dass der zweite Tote diese Theorie widerlegte. Frank war mit einer Liste in der Hand gestorben. Neun Namen. Und jetzt war eine weitere Person, die auf dieser Liste stand, ebenfalls getötet worden. Es gab kein Szenario, bei dem das reiner Zufall war.

Sam stand auf und ging an das eingebaute Bücherregal auf der anderen Seite seines Arbeitszimmers. Es enthielt neben anderen Büchern die gesamte Sammlung von Agatha-Christie-Romanen seiner Großmutter. Sie hatte sie in ihrem Testament nicht ausdrücklich Sam vermacht, aber die ganze Familie wusste, sie wollte, dass er ihre Bücher bekam, und vor allem die Christie-Sammlung, zu der einige wahrscheinlich sehr wertvolle Erstausgaben gehörten.

Als Kind hatte Sam die Sommer größtenteils im Haus seiner Großmutter in North Yorkshire verbracht. Patricia Barnard war die Mutter seiner Mutter, die einen Teil ihres Erwachsenenlebens in Jamaika verbracht hatte, wohin sie 1946 aus England gegangen war, um als Sekretärin für eine Exportfirma zu arbeiten. Sie verliebte sich in Robert Hamilton, den Besitzer eines beliebten Restaurants in Kingston und schwarzer Jamaikaner. Binnen eines Jahres war sie verheiratet und schwanger und brachte Rosemary, Sams Mutter, zur Welt. Sam hatte seine Mutter wiederholt danach gefragt, wie es gewesen war, in den Vierzigern und Fünfzigern eine gemischtrassige Ehe zu führen, und sie hatte immer gesagt, das Schlimmste seien die schlechten Manieren anderer Leute gewesen – »nur ein komischer Blick hier und da, wenn wir zusammen im Bus fuhren«.

Bob Hamilton, ihr Mann, war gestorben, als ihre einzige

Tochter gerade achtzehn war, und Patricia war nach England zurückgegangen und hatte sich in einem Cottage der Familie in den Yorkshire Dales niedergelassen. Und in genau diesem Steinhäuschen hatte Sam die besten Monate seiner Kindheit verbracht; er durfte durch das ländliche England streifen und, was noch wichtiger war, er hatte Zugang zur Büchersammlung seiner Großmutter. Mit zehn Jahren hatte er Agatha Christies *Ruhe unsanft* gelesen und sich in das Buch verliebt. Danach kam er von dem Genre nicht mehr los. Er wurde wahrhaft anglophil und war besessen von Cadbury-Schokolade, dem Fußballclub Arsenal und selbst von den albernen englischen Sitcoms, die er sich mit seiner Großmutter in deren Ungetüm von Fernsehapparat im Wohnzimmer anschaute. Aber es waren die Bücher, die ihm vor allem in Erinnerung blieben. Er liebte Agatha Christie, Dick Francis und Ruth Rendell, allesamt Favoriten seiner Großmutter, und diese Bücher eröffneten ihm eine Sicht auf die Welt, die sehr viel anders war als die seines Heranwachsens in Houma, wo seine Eltern ständig wütend waren und sich schließlich in seinem letzten Highschooljahr scheiden ließen.

Sams Freunde und Kollegen waren größtenteils überrascht gewesen, als er sich für die Stelle in Kennewick, Maine bewarb, und sie hatten gewitzelt, er werde die Zahl der in Neuengland lebenden Jamaikaner verdoppeln. Aber Jean Landry, die Polizeichefin, hatte in ihrer kurzen Ansprache bei Sams Abschiedsfeier seine wahre Motivation enthüllt. »Ich wusste immer, dass Sam in seinem tiefsten Innern gern Jessica Fletcher aus Cabot Cove, Maine wäre, und jetzt hat er die Chance dazu.« Und zum Teil stimmte es. Auch wenn er selbst nach dem Tod seiner Großmutter England noch häufig besuchte, wusste er, dass er dort nicht arbeiten konnte. Aber er konnte in Neuengland arbeiten, ein neues Leben in einem Dorf in Maine beginnen und zumindest den Eindruck haben, als würde er das Leben führen, für das er geboren war.

Da er nun vor den chronologisch geordneten Agatha-Christie-Romanen seiner Großmutter stand, zog er seine Hardcoverausgabe des Buches heraus, das schließlich unter dem Titel *Und dann gab's keines mehr* bekannt wurde. Aber die Version, die Sam Hamilton besaß, trug noch den Originaltitel: *Zehn kleine Negerlein*.

Sam erinnerte sich, dass er seine Oma Pat nach der Lektüre von *Ruhe unsanft* gefragt hatte, was er als Nächstes lesen sollte.

»Es gibt ein Buch, das dir sehr gefallen würde, glaube ich«, sagte sie. »Aber ich sollte wohl eine neue Ausgabe für dich kaufen.«

»Du hast es nicht?«

»Doch, aber es hat einen nicht sehr netten Titel. Tatsächlich war er so wenig nett, dass sie ihn geändert haben. Sie haben ihn sogar ein paar Mal geändert.«

Sie hatte ihm das Buch gezeigt und erklärt, dass es auf einen Kinderreim zurückging, der vor vielen Jahren populär gewesen war. Sam war fasziniert gewesen, vor allem vom Cover – eine weiße geisterhafte Hand, die eine von zehn kleinen afrikanischen Gestalten herauspflückte. Einige der Gestalten standen, andere schwangen Speere oder lagen auf dem Boden. Er hatte das Buch natürlich gelesen, an einem spannungsgeladenen Nachmittag, da er nicht warten wollte, bis Nana Pat eine angemessener betitelte Version aus dem Buchladen im Dorf geholt hatte. Anschließend war er ihr durch das Haus gefolgt, während sie sauber machte, und wollte über die Geschehnisse in dem Buch reden, über die erschreckendsten Morde, die phonographische Aufnahme, in der alle Opfer ihrer Verbrechen beschuldigt werden, darüber, wie lange die Leichen noch auf der Insel bleiben, nachdem alle tot sind.

»Willst du nichts über den Titel wissen?«, hatte sie gefragt.

»Ich dachte, es bedeutet, dass alle, die auf die Insel eingeladen werden, schwarz sind, aber das stimmt wohl nicht.«

»Nein, sie waren alle weiß. Aber erzähl deinen Eltern nicht, dass ich dich ein Buch mit diesem Wort im Titel habe lesen lassen. Sag ihnen, es hieß *Und dann gab's keines mehr.*«

»Dad benutzt das Wort ständig.«

»Welches Wort?«

»Neger.«

»Tatsächlich?«

»Nicht ständig, aber manchmal.«

»Ich schätze, er darf das, aber Agatha Christie hätte es nicht gedurft. Damals vielleicht noch, aber jetzt nicht mehr.«

»Wie lange dauert es, bis man stirbt, wenn man erhängt wird?«, hatte er gefragt.

Oder etwas in dieser Art wahrscheinlich. Sam nahm das gut erhaltene Hardcover mit zu dem ledernen Clubsessel, in dem er gerne las. Aus einer Laune heraus hatte er nachgesehen, was diese besondere Ausgabe wert war, und herausgefunden, dass man rund zehntausend Dollar dafür bekam, trotz des rassistischen Titels oder vielleicht gerade deshalb. Nicht dass er beabsichtigte, sie zu verkaufen, auch keines seiner anderen geliebten Bücher. Aber er hatte nicht zum ersten Mal beschlossen, es noch einmal zu lesen. Was immer mit Frank Hopkins und den acht anderen unglücklichen Seelen auf dieser Liste geschah, hatte eine gewisse Ähnlichkeit mit diesem speziellen Roman. Er schlug ihn bei Kapitel eins auf und las den ersten Satz. *In der Ecke eines Raucherabteils erster Klasse saß Richter Wargrave, frisch pensioniert, paffte eine Zigarre und überflog mit aufmerksamem Auge die politischen Nachrichten in der* Times.

9

Genau wie er es an einem schönen Samstagnachmittag erwartet hatte, war Arthur der einzige Besucher im Mead Art Museum gewesen, der die Ausstellung über mittelalterliche Sakralgegenstände sehen wollte. Es waren rund fünfzig Exponate, alle von einem Museum in Deutschland ausgeliehen, und Arthur nahm sich die Zeit, jedes einzelne anzusehen und jede Beschreibung zu lesen. Er war interessiert, aber auch merkwürdig unberührt. Es gab eine hübsche, aus Holz geschnitzte Büste einer Heiligen, mehrere Kruzifixe und zahlreiche Bilder der Jungfrau Maria. Er liebte es, sich diese Objekte in ihrer rechtmäßigen Zeit und an ihrem rechtmäßigen Ort vorzustellen, die hypnotisierende Wirkung, die sie auf damalige Gemeindemitglieder gehabt haben mussten, auf jene armen Menschen, die das Pech gehabt hatten, im Mittelalter zur Welt gekommen zu sein. Aber die Objekte hatten keine echte emotionale Wirkung auf ihn, bis auf eines vielleicht. Zwei im Grunde, ein Paar Perlen, die als Teil eines Rosenkranzes geschnitzt worden waren. Die Perlen trugen jeweils ein Gesicht, ein männliches und ein weibliches, gesund und mit vollen Wangen auf der eine Seite, auf der anderen jedoch als Schädel mit ein paar Fetzen Haut dargestellt. Einer davon sah aus, als hätte sich eine Eidechse in das Kinn gegraben. In der Beschreibung stand, dass es Memento-Mori-Perlen waren, eine schlichte Erinnerung daran, dass wir alle nur für eine kurze Zeit leben, uns alle dasselbe Schicksal ereilt und wir eines Tages verfaulen.

Arthur war so angetan von den Perlen, dass er fünf Minuten lang ernsthaft erwog, eine zu stehlen. Er suchte sogar die Decke nach Kameras ab, aber dann spazierte eine Museumswächterin vorbei, eine hochgewachsene, gebeugt gehende Frau mit Brillengläsern so dick wie Colaflaschenböden, und Arthur gab den Plan auf.

Aber er dachte den ganzen restlichen Tag an die Perlen. Die Wahrheit war, dass Arthur, auch wenn er in die Kirche ging, seit Richards Tod mit seinem Glauben haderte. Im Grunde hatte er schon vorher damit gehadert, etwa seit der Zeit, als er von seinem religiösen Vater wegen seiner sexuellen Orientierung zurückgewiesen worden war. Aber nach dem Unfall – nachdem er im Krankenhaus zu sich gekommen war und erfahren hatte, dass Richard und ihr Hund Misty auf der Stelle tot gewesen waren, während er allein und verkrüppelt zurückblieb – war ihm jegliche Vorstellung, er würde irgendwie in einem geordneten und gutartigen Universum leben, abhandengekommen. Er ging weiter zu den Gottesdiensten, und gelegentlich kümmerte er sich sonntags um den Blumenschmuck, aber nur aus einem Gefühl der Verpflichtung heraus und um die Zeit totzuschlagen. Und weil er die Sorte Menschen mochte, die in die Kirche gingen, insbesondere die älteren Frauen. Sie schienen eine Wertschätzung für das Leben zu haben, auch für die kleinen Freuden. Und vielleicht gefiel es ihm, dass sie einen Narren an ihm gefressen hatten.

Das Schöne an den Perlen war, dass sie für jedermann eine Bedeutung besaßen, für einen Gläubigen wie für einen Agnostiker, als den sich Arthur jetzt sah. Wir alle wissen, dass unsere Zeit auf Erden kurz ist, schienen die Perlen zu sagen. Wir wissen es, auch wenn wir es nicht immer spüren. Unsere Gesichter und Körper sind nur für eine kurze Zeit schön. Unsere Knochen überdauern uns. Doch die Memento-Mori-Perlen bewirkten nicht, dass es ihm schlechter ging, er fühlte sich im Gegenteil besser. Welches Glück, dass Richard für diese Jahre in seinem Leben gewesen war. Welches Glück, dass er noch lebte, die Sonne im Gesicht spürte und den gepflegten Campusrasen unter den Füßen. In einiger Entfernung warfen zwei Studenten eine Frisbeescheibe hin und her, und es erschien ihm unbeschreiblich schön. Das Leben mochte nur ein Wimpernschlag sein, aber irgendwie existierte er darin.

Zu Hause fand er zu seiner Überraschung zwei fremde Fahrzeuge in seiner Einfahrt vor, einen Streifenwagen und eine schwarze Limousine, die ihn kurz an einen Leichenwagen erinnerte, aber das war vermutlich eine Nachwirkung der Ausstellung, die er gesehen hatte.

Man teilte ihm mit, er stünde vorübergehend unter Polizeischutz, und ein FBI-Agent befragte ihn am Küchentisch, während ein Officer kurz das Haus durchsuchte. Es hatte mit dem Brief zu tun, den er bekommen hatte, den mit den neun Namen. Der FBI-Mann erzählte ihm nicht viel, aber es war klar, dass mindestens einer der übrigen Personen, die die Liste erhalten hatten, etwas Schlimmes widerfahren sein musste. Er wurde über alle Namen befragt und antwortete wie zuvor, dass ihm keiner bekannt war.

»Wie sieht es mit den Nachnamen aus?«, fragte der Agent namens Tom Urbino. Er war jung, dachte Arthur, vielleicht gerade mal dreißig, mit olivfarbener Haut und tief liegenden Augen.

Arthur warf noch einmal einen Blick auf die Fotokopie der Liste, die vor ihm auf dem Küchentisch mit der Emailoberfläche lag. »Nein«, sagte er und dachte an sein Telefongespräch mit der anderen FBI-Agentin, Jessica Winslow. Sie hatte gemeint, sein Vater und ihr Vater könnten Freunde gewesen sein. Hatte sein Vater einen Freund namens Winslow? Wenn ja, erinnerte sich Arthur nicht daran.

Er erklärte sich damit einverstanden, dass ein Polizist für

die Dauer der Nacht vor seinem Haus parkte, und der Agent ging, während der Officer, ein weiterer junger Mann, dieser sehr blond und mit einem pickligen Kinn, Arthur mitteilte, er würde die erste Schicht im Streifenwagen übernehmen. »Schließen Sie die Türen. Lassen Sie niemanden ins Haus. Wenn Sie etwas brauchen, können Sie mich anrufen.«

»Können Sie mir mehr darüber sagen, was los ist?«, fragte Arthur, teils, weil er es unbedingt wissen wollte, und teils, weil seine Angst allein schon nachließ, wenn er mit jemandem sprechen konnte.

»Ehrlich gesagt weiß ich selbst nicht viel darüber. Ich schätze, ich bin eine niedrige Sprosse an einer hohen Leiter.«

»Aber passieren solche Dinge oft? Ihrer Erfahrung nach …?«

»Ich würde sagen, nein. Aber ich bin neu hier.«

Arthur, dem klar wurde, dass er nicht mehr erfahren würde, sagte zu dem Beamten – dessen Vornamen er bereits vergessen hatte, aber der Nachname war Clift, wie der Schauspieler – er könne im Haus bleiben, wenn er wolle. Aber der Officer sagte, er habe Anweisung, draußen in seinem Wagen zu sein.

Als Arthur an diesem Abend im Bett lag, dachte er an den surrealen Tag zurück: diese geschnitzten Gesichter, durch Tod und Zeit zu grinsenden Schädeln reduziert; die beiden jungen Männer, die im Innenhof des Colleges Frisbee gespielt hatten; Arthurs Gedanken bei seinem Spaziergang, wie er sich plötzlich im Reinen mit den Verlusten in seinem Leben gefühlt hatte. Er hatte sich immer gefragt, was schlimmer war: eine Leere zu empfinden und nicht zu wissen, wie man sie füllen konnte, oder eine Leere zu empfinden und genau zu wissen, was fehlte. Heute Abend schien er, warum auch immer, die Antwort zu kennen. Er verstand mit biblischer Klarheit, wie flüchtig das Leben ist, und wie töricht es ist, jene zu betrauern, die zu früh gegangen sind.

Es war kälter in dieser Nacht als in der Nacht zuvor, und

Arthur stand auf, um das Fenster zu schließen. Zurück im Bett wickelte er sich fest in die Decke, legte die Hände auf die Brust und begann mit dem nötigen Prozedere, um einschlafen zu können. Es war dieser Tage kein so großes Problem, aber Arthur hatte den größten Teil seines Erwachsenenlebens immer wieder unter Schlaflosigkeit gelitten. Er war sogar bei einer Schlafspezialistin gewesen, und als er ihr erzählte, dass er auf dem Rücken und mit auf der Brust gefalteten Händen schlief, hatte sie ihm erklärt, das sei die Sargstellung. Und jetzt dachte er jedes Mal beim Einschlafen an diesen sonderbaren Ausdruck.

Zwei Stunden später begann ein Edelstahlbehälter, der in einem von Arthurs leeren Koffern auf dem Boden des Schranks versteckt war, lautlos Kohlenmonoxid in den Raum entweichen zu lassen. Er war mit einem speziellen Ventil ausgerüstet, das sich nach einer festgelegten Zeit öffnete. Binnen einer Stunde betrug die Kohlenmonoxidkonzentration im Schlafzimmer 3200 ppm, und Arthur, immer noch in der Sargstellung in seine Decke gewickelt, hatte diese Welt verlassen.

SECHS

Matthew Beaumont

Jay Coates

Ethan Dart

Caroline Geddes

Frank Hopkins

Alison Horne

Arthur Kruse

Jack Radebaugh

Jessica Winslow

I

Gibt es einen Ort, an den du gehen kannst? An den du gehen willst?«

»Ich habe schon darüber nachgedacht«, sagte Jessica. Sie saß in ihrem bequemsten Sessel, dem ledernen Fernsehsessel, und Aaron Berlin lief in ihrem Wohnzimmer auf und ab und machte sie nervös. »Setz dich doch, ja? Willst du ein Bier?«

»Ich weiß nicht, wieso du das so locker nimmst. Drei Leute von dieser Liste sind tot, einer davon trotz Polizeischutz.«

»Ich nehme es nicht locker, das kannst du mir glauben. Aber meinen Teppich durchzulaufen, wird nicht weiterhelfen.«

»Hast du Bier im Kühlschrank?«

»Ja.«

»Okay. Willst du auch eins?«

»Sicher, warum nicht?«

Aaron kam mit zwei IPA-Bieren ins Wohnzimmer zurück. »Habe ich die hiergelassen?«, sagte er, als er ihr eine der Dosen gab.

»Wahrscheinlich. Ich trinke nicht viel Bier.«

Aaron setzte sich, was schon mal ein Anfang war, allerdings hockte er nur mit einer halben Arschbacke auf dem Stuhl neben dem Eingang zum Wohnzimmer. Es war der Stuhl, auf den Jessica normalerweise ihre Post warf.

»Also, kannst du nun irgendwohin? An einen Ort, den man absolut nicht mit dir in Verbindung bringen kann?«

»Wurde Arthur Kruse gestern Nachmittag befragt?« Jessica ignorierte seine Frage. »Du sagtest Ja, oder? Weißt du, ob er etwas über seinen Vater gesagt hat?«

»Keine Ahnung, ehrlich. Es ist inzwischen genauso wenig mein Fall wie deiner.«

»Aber du kannst trotzdem noch für mich herausfinden, wie ich seinen Vater kontaktieren kann, oder?«

Er trank einen großen Schluck von seinem Bier, und an seiner unrasierten Oberlippe blieb Schaum hängen. Jessica trank ihrerseits einen Schluck und fand, es schmeckte, als würde ihr jemand einen Kiefernzapfen in den Mund stecken.

»Ich habe weitergegeben, was du über eine mögliche Verbindung zwischen deinem Vater und dem von Arthur Kruse gesagt hast. Ich kann dir seine Telefonnummer besorgen, aber du darfst ihn erst anrufen, nachdem er vernommen wurde, das weißt du.«

»Ja, weiß ich. Ich komme nur nicht von dem Gedanken los, dass da etwas ist. Ich meine, es muss eine Verbindung zwischen uns geben.«

»Das sagst du die ganze Zeit, und ich gebe dir recht. Aber hältst du es nicht zumindest für eine Möglichkeit, dass ihr zufällig ausgewählt wurdet?«

»Nein, eigentlich nicht.« Jessica trank noch ein wenig Bier. Sie gewöhnte sich allmählich an den Geschmack. »Ich glaube, wenn man neun Personen in den Vereinigten Staaten wahllos aussuchen würde, wäre das Ergebnis diverser. Hautfarbe, Alter, Einkommensspanne.«

»Beim Alter gibt es Unterschiede. Leute in den Dreißigern und Vierzigern. Frank Hopkins war über siebzig. Du bist eine Frau mit dunkler Hautfarbe. Ich weiß nicht genau, wie es mit den Einkommen aussieht, aber es scheint mir nicht so, als würde Ethan Dart in Geld schwimmen.«

»Nein, aber er ist nicht arm, oder? Er gehört nicht zur Unterschicht, auch wenn er kein hohes Einkommen hat. Und ich bin nicht weiß, aber ich wurde adoptiert. Das ist von Bedeutung, ich weiß es. Es gibt keine Diversität unter den Eltern der neun Leute auf dieser Liste.«

»Das weißt du nicht.«

»Ich weiß es nicht, aber ich vermute es. Und wenn es eine absolut wahllos zusammengestellte Liste wäre, stellt sich immer noch die Frage, warum nicht zehn Personen statt neun? Ich weiß, das sind nur Mutmaßungen, aber es ist ja nicht so, als würde ich an dem Fall arbeiten, also kann ich ruhig von unbewiesenen Annahmen ausgehen. Und würde ich doch an dem Fall arbeiten, würde ich Profile aller Eltern erstellen und bei ihnen nach Gemeinsamkeiten suchen. Dort wird man welche finden. Und ich würde nach merkwürdigen Ereignissen in der Vergangenheit der Eltern suchen, wie etwa ungelöste Kriminalfälle, so was.«

Jessica redete schnell, und Aaron sagte: »Mach mal ein bisschen langsamer, okay?«

»Entschuldigung. Ich habe laut gedacht. Ich weiß einfach, dass die neun Leute nicht zufällig ausgewählt wurden, dass es eine Verbindung gibt, und der Täter wird nicht aufhören, bis wir alle tot sind. Himmel, ich höre mich an, als wäre ich in einem Film. Ich fühle mich, als wäre ich in einem Film.«

»Der Täter oder die Täterin wird es von nun an immer schwerer haben. Es wird sehr viel Polizeischutz geben.«

»Wie bei Arthur Kruse? Nein, ich weiß. Aber es gibt im Augenblick keinen Schutz für Jay Coates, Alison Horne oder Jack Radebaugh.«

»Es wird ihn geben. Wir finden sie.« Aaron stellte seine Bierdose vor sich auf den Boden. Sie schien leer zu sein. »Hör zu, du weichst der Frage zwar aus, aber ich glaube wirklich, es wäre besser, du würdest irgendwo anders hingehen, solange dieser Fall nicht gelöst ist. Hier zu bleiben ist nicht gut. Weiter in den Supermarkt oder den Club Room zu gehen. Keine gute Idee. Du weißt, wir können dich irgendwohin schicken, aber wenn dir etwas einfällt, wo du gern hinwillst …«

»Es gibt da einen Ort. Vielleicht.«

»Okay, gut. Erzähl mir nichts darüber. Ich hole mir noch ein Bier, bevor ich mich wieder auf den Weg mache, und dann solltest du deine Vorbereitungen treffen.«

Aaron verschwand noch rasch auf die Toilette, bevor er in die Küche ging, und Jessica dachte über den Ort nach, den sie im Sinn hatte. Er lag irgendwo im mittleren Küstenabschnitt Maines, das war alles, was sie wusste. Vor zwei Jahren war sie auf der Hochzeit ihrer Studienfreundin Darlene gewesen, und dort hatte sie fast die ganze Zeit mit einer Frau namens Gwen Murphy verbracht. Sie hatte Gwen ebenfalls schon im College gekannt, aber die beiden hatten sich damals nicht nahegestanden. An diesem Wochenende hatte es jedoch geklickt zwischen ihnen, und nach dem offiziellen Empfang hatten sie sogar ein wenig rumgemacht. Mit einer Frau hatte Jessica zuletzt im College rumgemacht, als sie sich noch für bisexuell hielt. Und zu den Dingen, an die sie sich von dieser Hochzeit noch erinnerte, gehörte, dass Gwen ihr von einem Haus erzählt hatte, das sie von ihrer Großmutter geerbt hatte, ein Cottage auf einer Halbinsel in Maine. Sie hatte angeboten, dass Jessica es für ihren nächsten Urlaub benutzen könnte. Sie war nicht auf Gwens Angebot zurückgekommen, wahrscheinlich weil sie nicht wusste, ob es ein Angebot war, einen Urlaub mit Gwen zu verbringen, aber sie dachte, sie könnte jetzt mit ihr Kontakt aufnehmen. Wenn das Cottage zu haben war, könnte es genau das Richtige sein. Und es gab so gut wie nichts, was sie mit Gwen verband. Sie hatten sich seit der Hochzeit nicht einmal mehr Nachrichten oder E-Mails geschickt.

Aaron lief jetzt wieder auf und ab, sein zweites Bier in der Hand. Er hatte Jessica nicht gefragt, ob sie auch eines wollte, wahrscheinlich nicht aus Unhöflichkeit, sondern weil er sie gut genug kannte, um zu wissen, dass sie keins wollte.

»Du solltest zur Arbeit fahren«, sagte sie.

»Das sollte ich. Pass auf, ich habe etwas für dich.« Er zog ein Klapphandy aus der Tasche. »Es ist ein Prepaid-Gerät, falls du mir Bescheid geben musst, wo du bist. Ich würde deinem eigenen Handy oder dem Festnetz an deiner Stelle nicht trauen.«

»Ich weiß.« Sie nahm das Telefon.

An der Tür küsste sie ihn auf den Mund, und als sie spürte, dass er im Begriff war zu fragen, ob er bleiben sollte, schob sie ihn auf die Eingangstreppe. Ehe sie die Tür schloss, bemerkte sie das zivile Polizeifahrzeug rund fünfzig Meter entfernt.

Als sie wieder allein in ihrem Townhouse war, ging sie an den Schreibtisch und zog die übervolle, unordentliche Schublade heraus, in der sie all den Kram aufbewahrte, den sie nicht wirklich brauchte, aber auch nicht wegwerfen wollte. Sie trug die Schublade in ihr Schlafzimmer und leerte sie auf dem Bett aus. Da waren Programme von Beerdigungen, bei denen sie gewesen war, Speisekarten von Take-aways, alte Quittungen, Weihnachtskarten, ein abgelaufener Reisepass. Außerdem mehrere Visitenkarten, und sie brauchte eine Weile, bis sie Gwen Murphys Karte gefunden hatte. Sie war Immobilienmaklerin in Jamaica Plain, außerhalb von Boston. Jessica rief die Nummer von ihrem Prepaid-Handy an.

»Hier ist Gwen Murphy.«

»Hallo, Gwen, hier spricht Jessica Winslow«, sagte sie. »Vom College«, fügte sie an, nachdem sie ein leichtes Zögern bemerkte.

»Ja, natürlich. Tut mir leid, ich fahre gerade.«

»Bist du allein?«

»Ja. Nur zu, ich hab dich auf Lautsprecher.«

»Ich muss dich um einen großen Gefallen bitten. Zwei

große Gefallen. Erinnerst du dich, dass du bei Darlenes Hochzeit von einem Cottage in Maine erzählt hast, das dir gehört?«

»Natürlich. Ich habe es immer noch.«

»Ist da gerade jemand?«

»Nein. Es ist frei. Wieso? Willst du es benutzen?«

»Tatsächlich habe ich gehofft, dass ich es benutzen kann. Ich weiß, es ist viel verlangt, aber ich dachte, ich könnte vielleicht auf der Stelle nach Maine hoch fahren.«

»Kein Problem«, sagte Gwen. »Alles in Ordnung bei dir?«

»Ohne allzu sehr ins Detail zu gehen, ich muss verschwinden, und keiner darf wissen, wohin.«

»Ach so, okay«, sagte Gwen, und Jessica hörte, wie sich ihr Tonfall veränderte. Ihre Freundin dachte wahrscheinlich, dass sie aus einer gewalttätigen Beziehung flüchtete.

»Deshalb muss ich dich bitten, niemandem zu sagen, dass ich in dein Haus fahre. Dieses Gespräch muss absolut geheim bleiben.«

»Natürlich. Kann ich machen.«

»Ich meine es ernst, Gwen. Du musst versprechen, dass du vollkommen vergisst, dass ich dort bin.«

»Ich meine es auch ernst, Jessica, das werde ich.« Gwen flüsterte beinahe, als müsste sie beweisen, wie ernst sie es nahm. Dann gab sie Jessica die Adresse des Häuschens auf der Saint George Peninsula und erklärte ihr, wo der Schlüssel versteckt war. Und sie versprach ihr, dass niemand sonst im Cottage auftauchen würde.

Nach Beendigung des Gesprächs dachte Jessica fünf Minuten nach und überzeugte sich, dass es am besten für sie war, wenn sie sich in Maine versteckte, auch wenn es sich wie weglaufen anfühlte. Sie schüttete ihr Bier in den Ausguss und begann zu packen.

2

Es war später Nachmittag, und Alison hatte die Wohnung nicht mehr verlassen, seit sie am Samstagvormittag von der Pediküre nach Hause gekommen war.

Sie sagte sich, dass es ein seltener Luxus war, ein ganzes Wochenende für sich allein zu haben, aber jetzt war sie unruhig und langweilte sich. Vor zehn Jahren hätte sie jede Menge Freunde anrufen können, die noch in New York lebten, aber sie waren alle weggegangen, bis auf Doug, der verreist war, und Natalie, die ihres Wissens noch in Downtown wohnte und nur mit Mühe über die Runden kam, eine ausgewachsene Alkoholikerin, die von einem schwindenden Treuhandvermögen lebte. Wann waren sie und Natalie das letzte Mal um die Häuser gezogen? Es war mindestens ein halbes Jahr her, vielleicht ein ganzes. Sie schaute in ihrem Handy nach – sie hatte Natalies Nummer noch – und beschloss spontan, sie anzurufen. Vielleicht konnten sie ins Swan unten im East Village gehen, Bloody Marys zum Abendessen trinken und sich dann die ganze Nacht herumtreiben und schauen, was sich ergab. Wie früher.

Sie wählte die Nummer, aber eine Computerstimme teilte ihr mit, dass die Nummer nicht mehr vergeben war. Sie schaute nach, stellte fest, dass sie Natalies E-Mail-Adresse noch hatte und schrieb: *Hey, Nat, Al hier, wollte fragen, ob du um der alten Zeiten willen Lust auf ein Sonntagabendbesäufnis hast. Das Swan existiert noch, oder?* Dann, nachdem sie die Nachricht abgeschickt und ein komisches Gefühl dabei hatte, beschloss sie herauszufinden, ob Natalie überhaupt noch in New York lebte. Sie brauchte einen Moment, bis ihr der Nachname einfiel – in ihren Kontakten war sie, schlicht als Nat G aufgeführt –, aber dann erinnerte sie sich. Gimbel, wie das alte Kaufhaus. Sie gab Natalie Gimbel bei Google ein, und das erste Ergebnis war ein zwei Monate alter Nachruf. Sie klickte ihn an und sah ein Bild ihrer alten Freundin, die mit von der Sonne faltiger Haut und grauen Strähnen im Haar in die Kamera lächelte. Sie hatte New York tatsächlich verlassen und war nach Sedona, Arizona gezogen. Eine Todesursache war nicht angeführt, aber in der Traueranzeige wurde an Stelle von Blumen um eine Spende an das Honeysuckle Treatment Center gebeten, und Alison zählte eins und eins zusammen. Wieso hatte sie nichts erfahren? Hatte es keiner ihrer alten Freunde gewusst? Und wenn doch, warum hatten sie ihr nicht Bescheid gesagt.

Alison holte tief Luft, aber sie hatte ein Gefühl, als wäre ihre Luftröhre verengt und sie würde nicht genügend Sauerstoff bekommen. Ihre Brust schmerzte, und ihr makelloses Wohnzimmer und die Gegenstände darin erschienen ihr plötzlich fremdartig, als würde sie sie zum ersten Mal sehen. Ihre Gliedmaßen fühlten sich hohl an, und eine Stimme in ihrem Kopf sagte: Du stirbst, das ist es. Aber eine andere Stimme sagte: Es ist eine Panikattacke. Du hattest schon einmal eine, im College. Sie hat sich genauso angefühlt. Und die zweite Stimme gewann. Sie rief nicht die Notrufnummer an, sondern wartete ruhig darauf, dass das Gefühl verging, was es schließlich auch tat.

Bis zur Abendessenszeit fühlte sie sich fast wieder wie ein Mensch, erschöpft und hungrig genug, um einen Joghurt zu essen. Während sie aß, zappte sie durch die Fernsehkanäle, fand aber nichts, was sie sehen wollte, deshalb loggte sie sich bei Amazon Prime ein, um sich in einem Rutsch den größten Teil der zweiten Staffel von *Fleabag* anzuschauen, eine

Serie, die sie schon einige Male gesehen hatte. Zwischen der zweiten und der dritten Folge machte sie eine Flasche Vermentino auf und knabberte rohe Mandeln dazu. Während der letzten Folge erhielt sie einen Anruf von Jonathan, sehr überraschend für einen späten Sonntagabend. Sie drückte auf Pause und meldete sich. »Hi.«

»Al«, sagte er. Er rief selten an, und wenn er es tat, dachte sie immer, dass seine Stimme sehr viel älter klang, als er aussah. Eine Stimme aus einem alten Film, männlich und kurz angebunden.

Sie wollte schon einen Witz darüber machen, dass sie an einem Sonntag von ihm hörte, aber dann sagte sie stattdessen: »Alles in Ordnung?«

»Ja und nein«, sagte er. »Jane hat mich verlassen.« Jane war seine Frau, und nach allem, was er Alison über sie erzählt hatte, war sie eigentlich die Sorte Frau, die eine Ehe niemals aufgeben würde.

»Wie meinst du das? Für immer?«

Er räusperte sich. »Es ist ein totaler Schock, aber sie hat tatsächlich jemand anderen kennengelernt, und sie ist gestern Nachmittag auf und davon. Sie haben bereits eine Wohnung zusammen.«

»O mein Gott, Jonathan. Wie geht es dir jetzt?«

»Ich bin ehrlich gesagt wie betäubt, aber ich bin … Ich schätze, ich bin jetzt außerdem frei.«

»Hört sich so an.«

»Und der erste Mensch, an den ich gedacht habe, warst du.«

»Sweetheart«, sagte sie. Es war ihr Kosewort für ihn, und sie benutzte es nicht sehr oft.

»Hast du Lust, ein paar Tage wegzufahren? Ich dachte, ich könnte dich in mein Haus auf den Bermudas mitnehmen. Das Wetter wird …«

»Ja. Ja«, sagte sie und setzte sich so schnell auf, dass sie die

Weinflasche umwarf, die auf dem Boden stand. Der kleine Rest darin lief aus.

»Ich habe noch ein paar Dinge zu erledigen, aber ich dachte, wir könnten vielleicht zum Ende der Woche hin aufbrechen, dann wären wir nächstes Wochenende schon dort.«

»Das würde mir sehr gefallen.«

»Wunderbar. Ich melde mich wieder bei dir mit den Einzelheiten zur Reise. Ich kann einen Privatflug von Teterboro buchen und einen Wagen schicken, der dich dorthin bringt. Bist du dir sicher, dass du so viel Zeit mit einem alten Mann verbringen willst?«

»Ich bin begeistert. Wirklich. Ich sage das nicht nur, Jonathan.«

Nach dem Ende des Gesprächs spielte Alison ihre »Ausgeh«-Spotify-Playlist so laut sie glaubte, es tun zu können, ohne dass sich jemand beschwerte, und checkte den Wetterbericht für die Bermudas. Dann fing sie an, verschiedene Outfits auf dem Bett auszulegen, obwohl es bis zur Abreise noch mehrere Tage waren.

Nachdem sie eine Liste der Dinge zusammengestellt hatte, die sie in dieser Woche noch würde kaufen müssen, hörte sie sich eine sehr sonderbare Nachricht von einem Mann an, der sich als Agent Berlin vom FBI zu erkennen gab, und wissen wollte, ob sie mit der Post eine Liste mit Namen erhalten hatte, darunter ihr eigener. Er hinterließ ihr seine Nummer, dazu die Nummer des FBI-Büros in Manhattan, wo sie nach einem Agent Garrett fragen konnte. Sie hatte gewusst, dass diese Liste nichts Gutes zu bedeuten hatte, und sie löschte die Nachricht, ohne sich eine der Nummern zu notieren. Sie war bereits zu dem Schluss gekommen, dass sie lieber nichts darüber wusste. Außerdem würde sie in einer Woche auf den Bermudas sein.

3

Jack hatte an diesem Tag zu viel Zeit im Haus verbracht, sich durch Google-Nachrichten geklickt und verschiedene Leute angerufen, und er beschloss, sich einen Drink zu machen und ihn draußen zu genießen, bevor es zu dunkel wurde.

Im Esszimmer stand ein Einbauschrank, und dort hatte er seine Bar eingerichtet.

Er öffnete eine neue Flasche Plymouth, weil er sich einen Martini machen wollte, aber dann fiel ihm ein, dass er keine Oliven hatte. Egal, dachte er, und entschied sich stattdessen für einen Drink, den er für sich den »Travis McGee« nannte, nach dem Lieblingsdrink der Hauptfigur in einer Reihe von Thrillern, die er früher verschlungen hatte. Sie hatten alle eine Farbe im Titel, die Bücher, und er glaubte, sich an eins zu erinnern, das *Ein blauer Ort zum Sterben* hieß, oder so ähnlich. Der Autor hieß irgendwas MacDonald, John vielleicht oder Gregory, aber der Held war Travis McGee, und aus irgendeinem Grund, vielleicht weil es ein verdammt guter Drink war, hatte Jack sich gemerkt, wie man Travis McGees Lieblingsgetränk machte.

Nachdem er eine Handvoll Eis in ein Whiskeyglas geworfen hatte, goss er ein wenig trockenen Sherry darüber. Dann schüttete er den Sherry aus und füllte das Glas mit Plymouth Gin. Er nahm eine Zitrone aus dem Kühlschrank und fügte ein paar Tropfen Zitronensaft hinzu. Er wusste nicht mehr, ob Zitronenschale dazugehörte, aber er beschloss, welche hineinzugeben. Es sah hübsch aus, und Jack hatte Trinken immer als eine vor allem ästhetische Beschäftigung angesehen. Er war im Begriff, mit seinem Drink auf die Terrasse hinter dem Haus zu gehen, aber dann überlegte er es sich anders und ging vorne raus, wo er sich auf die Bank rechts neben der Haustür setzte. Sie war nicht sehr bequem, aber es würde nett sein, die Autos und Leute mit Hunden zu beobachten, die vorbeikamen.

Er stellte das Glas vorsichtig auf den Metallsitz der Bank und knöpfte seine Strickjacke zu. Dann trank er einen großen Schluck von dem köstlichen Gin und prostete dem Autor, der Travis McGee erschaffen hatte – wie immer er genau hieß –, lautlos zu.

Es fuhren weniger Autos vorbei, als er gedacht hatte, dann wurde ihm klar, dass Sonntag war. Aber es gab jede Menge Fußgänger, von denen die meisten mit einer gewissen Zielgerichtetheit ausschritten, zumindest wirkte es so. Mehrere Jogger liefen vorbei, hauptsächlich Männer. Aber selbst die Spaziergänger, vor allem die Frauen, schienen übertrieben große und schnelle Schritte zu machen, und sie trugen alle Sportkleidung, enge schwarze Leggins und grellfarbige Tops. Und nicht nur liefen sie mit grimmiger Entschlossenheit, sie redeten alle auch noch dabei, und Jack brauchte einen Moment, bis er begriff, dass sie telefonierten und in die Mikrofone an ihren Kopfhörern sprachen.

Er trank sein Glas aus und wollte eben wieder ins Haus gehen, als er seine Nachbarin – deren Name ihm schon wieder entfallen war – den Gehsteig entlangkommen sah. Selbst wenn er sie nicht gekannt hätte, wäre sie ihm aufgefallen. Zum einen trug sie keine Sportkleidung, sondern Jeans und einen Rollkragenpullover, und sie ging langsam und schaute zu dem Laub an den Bäumen hinauf. Sie hatte nicht einmal Kopfhörer auf.

»Hallo«, sagte er, und als sie ihn nicht zu hören schien, wiederholte er es etwas lauter.

Sie fuhr leicht zusammen, dann wandte sie den Kopf. »Sie haben mich erschreckt. Ich war völlig in Gedanken.«

»Dann lassen Sie sich bitte nicht stören. Tut mir leid.«

»Himmel, nein. Wenn Sie meine Gedanken kennen würden, würden sie sich auch gern herausreißen lassen. Ich habe Sie nicht gesehen. Sie heben sich kaum von der Hauswand ab.«

Jack sah an sich hinab. Er trug eine braune Hose und eine rostrote Strickjacke, und ihm wurde klar, dass er optisch mit der Ziegelwand verschmolz.

»Stimmt«, sagte er. »Ich wollte gerade ins Haus gehen und mir noch etwas zu trinken holen. Wollen Sie mir auf einen Drink Gesellschaft leisten?«

Seine Nachbarin, die inzwischen auf seinem Rasen stand, zuckte mit den Achseln und sagte Ja.

»Was darf ich Ihnen bringen?«, fragte er und versuchte, sich an ihren Namen zu erinnern.

»Was trinken Sie?«

»Gin on the Rocks, was sich für einen Sonntagabend nach ernsthaftem Alkoholkonsum anhört, wie mir jetzt bewusst wird.«

»Das ist wahr. Wenn Sie allerdings Tonic Water haben, würde ich einen Gin Tonic trinken.«

»Ich glaube, es ist noch welches da.«

Als Jack mit zwei Gin Tonic zurückkam, saß sie auf der Bank und wartete auf ihn. Er gab ihr das Glas, und sie sagte: »Es könnte sein, dass ich Sie plötzlich verlassen muss. Mein Mann war heute im Büro, und er müsste bald zurück sein, es macht Ihnen also hoffentlich nichts aus ...«

»Ich verspreche, nicht gekränkt zu sein, wenn Sie mich verlassen. Das ist ein guter Platz hier. Sie können ihn sehen, wenn er kommt.«

»Ja«, sagte sie und nippte an ihrem Drink.

»Es ist mir peinlich, es zuzugeben«, sagte Jack, »aber ich

habe Ihren Namen schon wieder vergessen. Ich schiebe es auf das Alter.«

»Margaret«, sagte sie. »Und Sie wirken ganz und gar nicht alt.«

»Margaret, richtig. Und werden Sie so genannt? Oder haben Sie einen Spitznamen?«

»Ich glaube, ich bin die einzige Margaret, die es noch gibt auf der Welt. Nicht Maggie oder Megan oder Meg.«

»Oder Peg«, sagte Jack.

»Richtig. Oder Peg. Ich bezweifle allerdings, dass heutzutage noch jemand Peg genannt wird. Nein, ich bin einfach Margaret. Im College hatte ich einen Freund, der mich Maggie nannte, und damals hat es mir sehr gefallen, aber dann haben wir uns getrennt und …«

»Keine Maggie mehr.«

»So ist es.«

Sie schwiegen einen Moment und nippten beide an ihren Drinks, dann sagte Jack: »Arbeitet Ihr Mann immer am Sonntag?«

»Er ist ehrgeizig, und er sagt, wenn er sonntags ins Büro geht, erledigt er in acht Stunden mehr als in der ganzen Woche. Mir macht es nichts aus. Ich habe den Tag mit Lesen verbracht und dann beschlossen, dass ich ein bisschen Bewegung brauche. Sie sollten ihn kennenlernen. Ich habe ihm von Ihnen erzählt, und er hat Ihr Buch nachgeschlagen und gesagt, dass er sich eindeutig daran erinnert. Kommen Sie doch zum Abendessen zu uns.«

»Oh«, sagte Jack, ein wenig stutzig darüber, wie schnell sie gesprochen hatte. »Ich würde sehr gern mit Ihnen und Ihrem Mann zu Abend essen.«

»Okay. Lassen Sie mich überlegen. Wie wäre es mit kommendem Donnerstag? Glauben Sie, das könnte gehen?«

»Ich weiß, ich sollte jetzt herumdrucksen und so tun, als würde ich im Kopf all meine gesellschaftlichen Verpflichtungen durchgehen, aber ich bin mir ziemlich sicher, dass ich am Donnerstag Zeit habe. Ich würde gern kommen.«

»Wunderbar. Kommen Sie um sechs. Ich weiß, es ist ein wenig früh, aber wir essen gern früh. Gibt es etwas, was Sie nicht essen?«

»Ich esse alles außer Oktopus, aber irgendwie bezweifle ich, dass Sie vorhatten, welchen zu machen.«

»Warum essen Sie keinen Oktopus?«

»Er schmeckt sehr gut, aber ich habe eine Dokumentation über die Tiere gesehen und mich gewissermaßen in sie verliebt. Sie sind sehr intelligent und ziemlich geheimnisvoll. Ich kann den Gedanken einfach nicht ertragen. Ich meine, ich weiß, dass Schweine intelligent sind und Hühner eine Bindung an Menschen entwickeln können, aber irgendwie ist es anders. Oder ich bin einfach nur ein Heuchler.«

»Kein Problem. Kein Oktopus. Und Sie müssen nichts mitbringen außer sich selbst. Und da kommt er, wie aufs Stichwort.«

Sie schaute die Straße hinunter, wo ein schwarzer SUV in ihre Einfahrt bog. Ein adretter Mann in Golfkleidung stieg aus. Eng geschnittene Chinos und ein Polohemd, das in die Hose gesteckt war. Margaret trank rasch leer, gab Jack das Glas und stand auf. Sie ging ein paar Schritte auf Jacks Rasen hinaus und winkte dann ihren Mann zu sich. Er kam zu ihnen herüber, und Jack fand, dass Margaret angespannt wirkte.

»Jack, das ist Eric. Eric, das ist der Nachbar, von dem ich dir erzählt habe. Der das Buch geschrieben hat.«

Jack stand auf und schüttelte Eric die Hand. Er war auf den kräftigen Händedruck eines jungen Finanztypen gefasst gewesen, war aber trotzdem überrascht, wie weh es tat.

»Ja, sie hat mir von Ihrem Buch erzählt«, sagte Eric, »aber konnte mir natürlich nichts darüber sagen. Ich habe nachgesehen. Sechs Monate auf der Bestsellerliste der *Times*. Nicht übel.«

»Das ist lange her«, sagte Jack.

»Jack kommt am Donnerstag zu uns zum Abendessen«, sagte Margaret und sah von der Seite zu Eric hoch. »Es ist alles geplant. Es wird keinen Oktopus geben.«

»Oo-kay …«, sagte Eric und sah Jack stirnrunzelnd an, als wären sie beide alte Freunde und Margaret die Fremde, die merkwürdige Dinge sagte.

»Margaret hat mich gefragt, was ich esse, und ich habe gesagt, alles außer Oktopus.«

»O Mann. Waren Sie mal in dem spanischen Laden in Downtown? Irgendwas mit Tapas-Bar. Der Oktopus dort schmeckt wahnsinnig gut. Sie würden Ihre Meinung ändern, das verspreche ich Ihnen.«

Margaret hängte sich bei Eric ein. »Komm, wir lassen Jack jetzt allein. Ich muss sowieso das Abendessen machen.«

Ihr Mann wandte sich ihr zu, und Jack konzentrierte sich, wie er feststellte, auf die Sehnen an Erics Hals. »Hast du getrunken?«, sagte Eric.

»Ich hatte einen Drink, dank Jacks Gastfreundschaft.«

»Du stinkst nur irgendwie nach Gin. Was gibt es zum Abendessen?«

»Komm mit, und ich erzähl es dir. Jack, danke für den Drink. Ich freue mich auf Donnerstag.«

Sie machten sich auf den Weg zu ihrem Haus, und Jack blieb noch eine kleine Weile stehen, von unverhältnismäßiger Trauer überfallen.

Bei sich zu Hause ging er von einem Raum zum andern und machte die Lichter an. Die Dämmerung war hereingebrochen, die Tageszeit, die er am wenigsten mochte, und das Einzige, was verhinderte, dass ihn das trübe Licht niedergeschlagen machte, war ein hell erleuchtetes Haus. In der Küche öffnete er den Kühlschrank und überlegte, was er zu Abend essen könnte, aber hauptsächlich war ihm nach einem weiteren Gin zumute.

4

Jessica blickte zu ihrer Reisetasche, die auf dem Kaffeetisch stand. Sie trug eine Jogginghose und ein Sweatshirt mit Kapuze. Bis zu Gwens Cottage in Maine waren es mindestens acht Stunden Fahrtzeit, und sie wollte es bequem haben.

Sie traf eine spontane Entscheidung, ging in ihr Arbeitszimmer und holte einen großen Pappkarton mit altem Papierkram, den sie seit Monaten schreddern wollte, aus dem Schrank. Sie schüttete die Papiere auf den Boden des Schranks und trug den Karton ins Wohnzimmer zurück, dann packte sie ihre Kleidung und die Toilettensachen in den Karton um. Das war besser.

Sie hatte ihr iPhone bereits ausgeschaltet und in die Schreibtischschublade gelegt. Es würde sich merkwürdig anfühlen, ohne ihr Handy unterwegs zu sein, aber ihr Leben war jetzt so oder so merkwürdig.

Sie hob den Pappkarton mit beiden Armen hoch und schwang umständlich die Tür auf, dann trat sie auf die Eingangstreppe hinaus und schloss die Tür hinter sich. Sie ging zu ihrem Camry und verstaute den Karton auf dem Rücksitz, wobei ihr bewusst war, dass sie von der blauen Limousine beobachtet wurde, die drüben beim Swimmingpool der Wohnanlage stand. Sie ging auf den Wagen zu und gab dem Mann darin winkend ein Zeichen. Das Fenster fuhr nach unten, als sie nahe genug war.

»Wollte Ihnen nur Bescheid geben, dass ich ins Büro fahre,

um ein paar Sachen vorbeizubringen. Dann komme ich sofort hierher zurück.«

Der Mann auf dem Fahrersitz war ihr als neuer Agent in ihrer Dienststelle bekannt. Er hatte die breiten Schultern und den unbeteiligten Blick eines früheren Militärangehörigen. »Gutes Timing. Meine Schicht geht gerade zu Ende.«

»Haben Sie letzte Nacht etwas gesehen?«

»Nur einen spätabendlichen Nacktbader.«

Jessica lachte. »Sie meinen Bob. Täglich gegen Mitternacht, bis Oktober. Tut mir leid, dass Sie das sehen mussten.«

»Mir auch.«

»Fahren Sie zum Büro zurück?«

»Ich folge Ihnen dorthin, dann gebe ich den Wagen ab. Sie melden sich bei Agent Berlin, oder?«

»Ja, mach ich.«

Jessica fuhr zum FBI-Büro, wobei sie den Agent hinter sich im Auge behielt. Sie bog in den Besucherparkplatz ein, und er lenkte seinen Wagen dorthin, wo die Dienstfahrzeuge abgestellt waren. Jessica wendete sofort wieder, verließ den Parkplatz und fuhr auf der 787 in Richtung Norden. Sie beabsichtigte, durch Vermont und New Hampshire nach Maine zu fahren und die gebührenpflichtigen Straßen zu meiden. Sie hatte ihren alten Straßenatlas mitgenommen und freute sich tatsächlich darauf, einen Ort mit Hilfe einer echten Karte statt GPS zu finden.

In der Gegend von Concord in New Hampshire verfuhr sie sich ein wenig und hielt zum Mittagessen bei einem Diner. Als sie an einem Tisch auf ihren Hamburger wartete und ihre Pepsi trank, wusste sie buchstäblich nicht, was sie ohne ihr Handy anfangen sollte. Normalerweise hätte sie durch Nachrichten gescrollt, Threes! gespielt oder einfach geschaut, wie das Wetter wurde. Sie fühlte sich losgelöst und konzentrierte sich auf ihre Umgebung, den abgenutzten Kunststofftisch, die Kellnerin, die sichtbar hinkte, das ältere Paar, das schweigend jeweils eine Suppe aß. Sie fragte sich, wie es in Gwens Cottage in Maine wohl sein würde. Sie wusste, es gab Wi-Fi, und sie hatte ihren privaten Laptop mitgenommen, damit sie alle öffentlichen Nachrichten über die Leute auf der Liste verfolgen konnte. Die eine konkrete Sache, die sie tun wollte, war Arthur Kruses Vater anzurufen und herauszufinden, ob er ihren Dad gekannt hatte. Davon abgesehen hatte sie keine Pläne, außer unsichtbar zu sein, bis der Mörder gefasst war. Hoffentlich gab es ein paar gute Bücher im Cottage, da sie es dummerweise versäumt hatte, welche einzupacken.

Nachdem Jessica ihren Hamburger gegessen hatte, ging sie zu ihrem Wagen hinaus und studierte die Karte, um die beste Route zu finden. Es hatte zu nieseln begonnen, ein feiner Sprühregen, der alles leicht unscharf werden ließ. Sie fand einen College-Radiosender, der einen Song von Valerie June spielte, stellte die Scheibenwischer auf die niedrigste Stufe und machte sich auf den Weg nach Maine.

Sie erreichte das Cottage auf der Halbinsel Saint George kurz nach der Dämmerung. Das feine Nieseln hatte sich in windgepeitschte Regengüsse verwandelt. Sie stellte den Wagen so nahe wie möglich vor der Eingangstür des mit Schindeln bedeckten Häuschens ab, aber sie brauchte fünf Minuten, um den Schlüssel zu finden, der unter dem herzförmigen Stein im Vorgarten versteckt war. Bis sie mit ihrem Karton voll Sachen im Cottage war, war sie völlig durchnässt und fror. Ehe sie das Haus erkundete, zog sie sich aus und duschte heiß und ausgiebig im Badezimmer im Erdgeschoss. Anschließend schlüpfte sie in ihren Flanellpyjama, packte ihren Karton aus und sah in der Küche nach, ob es etwas zu essen gab. Der Kühlschrank war hauptsächlich mit Gewürzsaucen gefüllt, allerdings gab es eine Flasche Bier, die sich nach einem entsetzlich unangenehmen Schluck als Cider herausstellte. In einem der Küchenschränke stand eine Dose italienische Hochzeitssuppe, und sie machte sie in einer Pfanne heiß. Das und der Cider würden ihr Abendessen sein.

Das Cottage hatte zwei Schlafzimmer und war klein, mit frei liegenden Deckenbalken, die weiß gestrichen waren, und vielen abstrakten Gemälden an den Wänden, die bei näherer Betrachtung Meereslandschaften zu sein schienen. Jessica brachte ihre Sachen im größeren der beiden Schlafzimmer unter, dann ging sie und suchte in dem Bücherregal im Flur des Obergeschosses nach Lesestoff. Normalerweise las sie gern Thriller, aber Gwens Bücher waren größtenteils zeitgenössische Belletristik. Sie zog eins mit dem Titel *Das vergessene Kind* heraus und beschloss, es damit zu versuchen. Sie las, in das fremde Bett gepackt, ein Viertel des Buchs, dann machte sie die Nachttischlampe aus und lauschte eine Stunde dem Wind, bis sie endlich in einen flachen, nervösen Schlaf sank.

5

Montag, 19. September, 15:33 Uhr

Hallo, Detective«, sagte Clara.

Sam Hamilton war überrascht gewesen, sie an der Rezeption des Windward Resorts zu sehen. Als er Clara das letzte Mal über den Weg gelaufen war, hatte sie im Kennewick Harbor Inn bedient.

»Sind Sie jetzt wieder hier, Clara?«, sagte er.

»Ich helfe nur aus, weil Karen im Urlaub ist. Ich bin außerdem immer noch im Harbor Inn.«

»Viel los da drüben?«

»Im Inn? Wie verrückt. Hier weniger.«

Sam hatte den leicht muffigen Geruch des Windward bemerkt, als er über das abgenutzte Linoleum zum Empfangstisch gegangen war. Vermutlich war die Hartnäckigkeit seines Besitzers der einzige Grund gewesen, warum das alte Hotel noch in Betrieb war. Jetzt, da Frank tot war, bezweifelte Sam, dass das Windward auch nur ein Jahr länger offen bleiben würde.

Sam kannte die meisten der ganzjährigen Bewohner von Kennewick zumindest vom Sehen, wenn nicht gar namentlich, aber Clara kannte er besonders gut, weil sie vor etwa acht Jahren ein paar Tage bei ihm mitgelaufen war, als sie in ihrem letzten Highschooljahr eine Reportage für die Schulzeitung gemacht hatte. Er wusste, sie hatte an der Boston University Journalismus studiert, aber vor ein paar Jahren war sie zurückgekommen und hatte erst im Windward Arbeit gefunden und dann als Bedienung im Kennewick Harbor Inn.

Gerüchteweise war sie wegen Brad Romer nach Kennewick zurückgekehrt, einem anderen Einheimischen, der nicht annähernd gut genug für sie war.

»Clara, meinen Sie, ich könnte einen Blick in Franks Büro werfen? Die State Police hat es sicher schon durchsucht, aber ich dachte, ich schaue selbst mal.«

Sie zuckte mit den Achseln. »Von mir aus gern. Sie wissen ja, wo es ist, oder? Ich glaube nicht, dass es abgesperrt ist.«

»Ja, ich weiß, wo es ist.«

Sam wandte sich dem Flur zu, der zu Franks Büro auf der Rückseite des Hotels führte, aber dann blieb er stehen und sagte: »Gibt es irgendwelchen Klatsch in der Stadt? Wegen Franks Tod?«

Clara runzelte die Stirn, als sie über die Frage nachdachte, und Frank fiel auf, wie ähnlich sie ihrer Mutter June sah, eine aus dem Kreis von Kennewick-Bewohnern, die reihum die Rolle des Problemtrinkers übernahmen. »Sie meinen, wer ihn zum Beispiel hätte töten wollen?«

»Das wäre schon mal ein guter Anfang.«

»Niemand, denke ich. Alle mochten Frank.«

»Okay«, sagte Sam.

Clara sah aus, als würde sie noch immer nachdenken, deshalb sagte Sam: »Wie sieht es mit Liebesgeschichten aus?«

»Frank?«, sagte sie und verzog ein wenig das Gesicht. »Das glaube ich nicht. Er war in Shelly verknallt, aber das war eine einseitige Angelegenheit, so viel steht fest. Nein, tut mir leid, Sam, ich glaube nicht, dass ich Ihnen helfen kann.«

»Sie geben mir Bescheid, wenn Sie etwas hören.«

»Mach ich, aber die einzigen Gerüchte, die hier kursieren, sind welche, die Sie nicht interessieren dürften.«

»Was meinen Sie?«, sagte Sam.

»Ach, das große Gerücht ist, dass es im Windward spukt. Wussten Sie das nicht?«

»Nein.«

»Na ja, das Personal behauptet es jedenfalls. Im zweiten Stock des Anbaus, sie wissen schon, wo ich meine, riecht es nach Phantom, und anscheinend behaupten zwei Reinigungsfrauen, dass im alten Ballsaal ein Geist haust.«

»Hm.«

»Ja, ich dachte schon, dass Sie das nicht allzu sehr interessiert«, sagte Clara. Sie hatte sich in ihrem Drehsessel hinter dem Empfangstisch zurückgelehnt, und Sam dachte, dass ihr Gesicht ein klein wenig aufgedunsen aussah.

»Was haben diese Spukgerüchte damit zu tun, dass Frank am Strand ermordet wurde?«

»Kennen Sie Milana? Sie ist eine der Reinigungsfrauen. Sie sagt, Frank wurde von den Geistern verfolgt, und sie hätten ihn dazu gebracht, da runter zu gehen und sich zu ertränken.« Clara ahmte einen unbestimmten osteuropäischen Akzent nach.

»Nur wenn ihn dieser Geist von hinten gepackt und ins Wasser gedrückt hat.«

Clara verzog wieder das Gesicht, und Sam entschuldigte sich, bevor er sich auf den Weg zu Franks Büro machte.

Es war ein winziger Raum, der durch die aufeinandergestapelten Kisten und Kartons an allen Wänden noch enger wurde. Es gab einen Schreibtisch und einen Stuhl, und die Schreibtischplatte war mit Papierkram beladen. Da er nicht wusste, wo er anfangen sollte, setzte sich Sam in den nicht gepolsterten Bürosessel, in dem Frank all die Jahre gesessen hatte. Er öffnete die mittlere Schublade, die randvoll mit alten Rechnungen und Schnapsfläschchen war, die meisten leer, manche noch mit Siegel. Die übrigen Schubladen waren ebenfalls vollgestopft mit Papierkram, der offenbar ausnahmslos mit dem Betrieb des Hotels zu tun hatte. Sam, der nicht einmal offiziell an dem Fall arbeitete, brachte nicht die Energie auf, sich durch die Stapel zu arbeiten. Er zog allerdings einen mit Gummiband zusammengehaltenen Packen starkes cremefarbenes Papier heraus, der seitlich in die größte Lade gestopft war. Das vollkommen ausgetrocknete Gummiband zerbröselte, als er es abzog, und er blickte auf einen Haufen vergilbter Speisekarten mit dem Weihnachtsmenü von 1986. Shrimpscocktail, dann Filet Wellington. Sam wurde von Traurigkeit darüber erfasst, wie die Zeit verging, und überlegte, ob sich überhaupt noch jemand an dieses besondere Dinner erinnerte. War etwas Bedeutsames geschehen? Liebesaffären, Trennungen? Wie viele der damaligen Gäste lebten noch?

Er legte die Speisekarten dorthin zurück, wo er sie gefunden hatte, und richtete den Blick geradeaus. Eine Korktafel stand, an die Wand gelehnt, auf dem Schreibtisch. Wie alles andere in diesem Büro quoll sie über von Geschäftsunterlagen des Hotels: alte Quittungen, Post-its, Bewerbungen. Größtenteils waren sie übereinandergeschichtet, aber ein Foto war ebenfalls an die Tafel gepinnt, und obwohl es an den Rändern teilweise verdeckt wurde, hatte Frank es offenbar frei halten wollen. Sam zog es heraus. Es war ein Familienfoto, schwarz-weiß und leicht verblasst. Es zeigte ein jüngeres Paar, der Mann mit Anzug und Hut, die Frau in einem gepunkteten Sommerkleid. Zwischen ihnen waren zwei Kinder, ein Mädchen von vielleicht zwölf, und ein jüngerer Junge, vielleicht acht Jahre alt. Der Junge blickte ein wenig finster drein, als hätte er ein bisschen zu lange für dieses Foto posieren müssen. Es war eindeutig Frank, sein Gesicht hatte sich in all den Jahren gar nicht so sehr verändert, und das Paar waren natürlich seine Eltern, die ursprünglichen Besitzer des Hotels. Sie standen vor dem Haupteingang des Windward, das aus Holz geschnitzte Schild war noch immer dasselbe.

Sam saß eine Weile mit dem Foto im Schoß da und dachte nach.

Hinter all dem steckt Methode, dachte er. Die Liste ist

nicht zufällig oder wahllos. Und Frank wurde als Erster getötet.

Tatsächlich hatte der Mörder ihm die Liste persönlich überbracht, sie von ihm öffnen lassen und ihn dann getötet. Sam kam zu der Überzeugung, dass etwas, was Frank getan hatte, oder etwas, was ihm widerfahren war, eine entscheidende Rolle bei der Geschichte spielte.

Und wie das Bild Sam verriet, hatte Frank, anders als heute üblich, sein ganzes Leben an einem Ort verbracht. Hier in Kennewick, Maine. Im Windward Resort. Und das ließ Sam annehmen, dass die Antwort auf die Frage, was vor sich ging, möglicherweise hier zu finden war, in diesem verfallenden Hotel. Er dachte an die Geister, die nur die ausländischen Reinigungskräfte sahen, und er dachte an all die Menschen, die im Laufe der vielen Jahre hier gewohnt hatten. Es waren mit Sicherheit Tausende. Gar Hunderttausende?

Sam befestigte das Foto wieder an der Korktafel, indem er die Stecknadel in das bereits existierende Loch am oberen Rand drückte.

Er dachte an Franks ältere Schwester und ob sie wohl noch lebte.

6

Montag, 19. September, 16:35 Uhr

Es war mehrere Monate her, seit Tod Fischer einen Anruf von der Frau erhalten hatte, die er nur als Linda kannte. Er stellte sich vor, dass Linda wahrscheinlich auch einen Anruf von jemandem bekommen hatte, vielleicht einem Fred, nur ein Vorname und eine Stimme am Telefon. Und Fred hatte Linda angewiesen, ihn anzurufen. Informationen wurden über eine Kette von Menschen weitergegeben, die einander nicht kannten und nur über nicht registrierte Mobiltelefone sprachen.

Das Lustige dabei war, dass sich Linda immer so darüber zu freuen schien, seine Stimme zu hören, als wären sie alte Freunde oder liebenswerte Kollegen, was sie in gewisser Weise wohl waren.

»Hallo«, sagte Linda. »Hier ist Linda.« Sie benutzte nie seinen Namen, vielleicht weil sie ihn nicht kannte. Er war eine Telefonnummer und eine Stimme.

»Ist eine Weile her«, sagte Fischer.

»Ja, nicht wahr?«, sagte Linda. Fischer, der zuschaute, wie sein jüngster Sohn auf einem nebelverhangenen Platz zwei Orte von seinem Wohnort entfernt Football spielte, sagte nichts, und schließlich fügte sie an: »Haben Sie etwas zu schreiben zur Hand?«

Das fragte sie immer, und Fischer antwortete immer mit Ja, obwohl er einfach ein sehr gutes Gedächtnis zur Hand hatte.

»Also gut, dann. Jessica Albers Winslow. Ich buchstabiere es vorsichtshalber für Sie.« Als sie den Namen buchstabierte,

stellte Fischer sich vor, wie die Buchstaben an eine Kreide-
tafel geschrieben wurden. Er wusste, sobald der Name dort
stand, würde er ihn nie mehr vergessen. »Ihr Geburtsdatum
ist der 3. Dezember 1975, und ihre gegenwärtige Adresse
ist 17 Tamarack Meadow Way in Thornton, New York. Ein
kleines Stück außerhalb von Albany.«

»Okay, ich hab's«, sagte Fischer. Da er fast zwanzig Meter
vom Spielfeldrand entfernt stand, war es unmöglich geworden zu erkennen, welcher der winzigen schwarzroten Foot-
ballspieler sein Sohn Jerome war. Was er allerdings erkennen
konnte, war, dass das Team seines Sohnes, die Trojans, gerade die Chance auf einen Touchdown verpasst hatten.

»Sie ist FBI-Agentin im Außenbüro Albany.« In Lindas
Stimme schwang ein kleines Fragezeichen mit, das Fischer
ignorierte.

»Okay«, sagte er.

»Aber die Sache ist die, sie ist zurzeit nicht in New York.
Der Klient glaubt, dass sie in Maine ist, aber er weiß nicht,
wo genau in Maine. Sie wurde beschattet, aber sie haben
sie irgendwo auf der Route 1 nördlich von Thomaston und
Rockland verloren. Sie fährt einen weißen Toyota Camry,
das 2012er Modell, und ihr Kennzeichen ist …«

»Einen Moment, bitte, Linda«, sagte Fischer. Ja, er hatte
ein sehr gutes Gedächtnis, aber er war sich nicht sicher, ob
er sich neben allen anderen Informationen ein Autokenn-
zeichen korrekt einprägen konnte. Er trabte zu Suzie Maris
hinüber, einer Mutter, die nie ein Footballspiel ihres Sohnes
versäumte und die immer eine Handtasche von der Größe
eines Thanksgiving-Truthahns mit sich herumschleppte. Er
war sich ziemlich sicher, dass sie irgendwo in dieser Tasche
einen Kugelscheiber und ein Stück Papier hatte.

Sie hatte, und er kehrte an seinen alten Platz zurück und
notierte das Kennzeichen.

»Bereit für den angenehmen Teil?«, sagte Linda.

»Ich bin immer bereit«, sagte er.

»Fünfzehntausend, die direkt nach Annahme des Jobs auf Ihr Konto überwiesen werden. Fünfunddreißigtausend nach Erledigung. Nicht übel.«

»Nicht übel«, sagte er. »Irgendwelche besonderen Anweisungen?«

»Ja, in der Tat. Ein Wort. Schmerzlos.« Sie sagte es mit einem leichten Säuseln in der Stimme, als würde sie ihm den Namen ihrer Katze verraten.

»Okay, verstanden«, sagte er. Es war kein Problem. »Schmerzlos« war seine Spezialität.

»Nehmen Sie an, oder brauchen Sie noch Zeit, um darüber nachzudenken?«

»Wie sieht der Zeitrahmen aus?«

»Ach so, Verzeihung. Das habe ich vergessen. Es hieß nur schnellstmöglich. Davon abgesehen gibt es keine bestimmte Frist.«

»Okay.«

»Okay, Sie nehmen an?«

»Sicher«, sagte Fischer.

»Wunderbar«, sagte Linda und klang aufrichtig erfreut, obwohl Fischer noch nie einen Auftrag nicht angenommen hatte. »Sie haben alle Einzelheiten?«

»Ich habe sie alle, Linda, danke.«

Nachdem Valerie, seine Frau, an diesem Abend über einer Heimwerkersendung auf der Couch eingeschlafen war, ging Fischer in sein Arbeitszimmer im ausgebauten Keller hinunter. Er fuhr den Computer hoch, den er für Aufträge benutzte, und besorgte sich weitere Informationen über Jessica Winslow, einschließlich eines Fotos von ihr auf LinkedIn. Er fand es witzig, wie schnell er an ein Bild von ihr gelangte, aber er hatte viele Polizeibeamte gekannt, und die eine Sache, die sie alle gemeinsam hatten, war, dass sie sich für unbesiegbar hielten. Beim Betrachten des Fotos stellte er emotionslos fest, dass sie sehr schön war, rein äußerlich seiner eigenen Frau gar nicht unähnlich. Derselbe Hautton, die hohen Wangenknochen, die hellbraunen Augen. Es löste keine besondere Empfindung bei ihm aus, außer vielleicht einer Spur Interesse. Er fragte sich, ob sie genau wie er und seine Frau beim Militär gedient hatte. Sie hatte diesen Blick. Und er fragte sich, ob sie Familie hatte, Kinder vielleicht. Er stellte sich diese Fragen, wie er sie sich bei jemandem stellen würde, dessen Todesanzeige er las. Er blickte auf eine tote Frau. Sie war in dem Moment tot gewesen, in dem er den Auftrag angenommen hatte, der gleichzeitig die Sicherheit seiner eigenen Familie erhöhte, wirtschaftlich und anderweitig. So lief das Ganze, so war es immer gelaufen.

Fischer fand ein weiteres Foto von Jessica, diesmal aus einer Kleinstadtzeitung, in der sie als Highschoolsportlerin des Jahres bezeichnet wurde. Sie stand in einem kastanienbraunen Fußballdress allein auf einem Spielfeld, den Fuß auf einem Ball. Während er das Foto betrachtete und sich ihre Züge einprägte, dachte er weiter über diese Gleichung zwischen ihrem Tod und der Sicherheit seiner Familie nach. Es gehörte zu dem Ritual, das er jedes Mal absolvierte, wenn er einen Auftrag annahm. Es war nicht schwer zu verstehen. Die Ressourcen auf diesem Planeten waren begrenzt, auch wenn sich die Menschen dessen nicht immer bewusst waren. Und die Welt war ein grausamer und unbarmherziger Ort, eine weitere Tatsache, die Amerikaner nicht immer begriffen. Es hieß du oder sie, denn es reichte nicht für alle, und das bedeutete, hatte immer bedeutet, dass die eigene Familie Schutz brauchte. Geld war nicht das Einzige, was in dieser Welt Schutz bot, aber es war das Wichtigste. Davon war Fischer überzeugt.

Er wusste, dass er unmoralisch handelte, aber was er in Afghanistan hatte tun müssen, war ebenfalls unmoralisch gewesen. So lief es nun mal auf dieser Welt.

Er schickte eine Nachricht an Steve und ließ ihn wissen, dass er die nächsten Tage nicht da sein würde, um ihm in der Werkstatt zu helfen, und erhielt umgehend die Antwort, das sei kein Problem. Dann holte Fischer den hinter dem Sicherungskasten versteckten Schlüssel hervor und ging seinen Waffenschrank öffnen.

7

Nachdem sich Ethan mit seiner Freundin Meghan *La La Land* angesehen hatte, waren sie in einer Kneipe in North Austin gewesen, in die sie gerne ging. Sie hatten über den Film geredet, den sie klasse und den Ethan annehmbar fand. Na ja, vielleicht mehr als annehmbar. Er hatte seinen inneren Widerstand den ganzen Film lang nicht aufgegeben, bis zur Schlussszene, die er ziemlich gut fand. Trotzdem verstand er nicht, warum der von Ryan Gosling gespielte Jazzmusiker keinen Jazz komponierte. »Das hat dich gestört?«, sagte Meghan. »Nicht, dass sie spontan zu singen und tanzen anfangen?« Sie trank Tequila, und er trank das Drei-Dollar-Bier vom Fass, und es machte ihn schläfrig. Als Meghan ein paar Freunden über den Weg lief, entschuldigte er sich und fuhr nach Hause, obwohl es noch nicht spät war.

Caroline hatte ihm am Nachmittag geschrieben, sie werde mit Kollegen zu Abend essen, und er war seltsam eifersüchtig gewesen. Er hatte sich vorgenommen, ihr bis zum nächsten Tag keine Nachricht mehr zu schicken, aber er konnte sich nicht beherrschen, und nachdem er sich mit seiner mit vielen Anmerkungen versehenen Ausgabe von John Berrymans *Dream Songs* ins Bett gelegt hatte, schrieb er ihr eine kurze Nachricht, ob sie schon zu Hause sei. Fünf Minuten später antwortete sie. *Eben angekommen. Und Sie?*

Dasselbe, schrieb er. Dann fügte er, bevor ihn der Mut verließ, rasch an: *Darf ich Sie anrufen?* Sie hatten noch nie telefoniert.

Nach etwa dreißig sehr langen Sekunden schrieb sie zurück: *Sind Sie sicher, dass wir bereit für diesen Schritt sind?* Dann schickte sie ein Emoji, ein lachendes Gesicht, auch das etwas, was sie noch nie getan hatte.

Es hat Sie eindeutig aus der Bahn geworfen, weil Sie auf ein Emoji zurückgreifen.

Haha, schrieb sie. Dann: *Sicher, rufen Sie mich an.*

Ethan setzte sich im Bett auf, packte Kissen hinter seinen Rücken und rief an. »Hallo«, sagte sie, und ihre Stimme war eine Spur tiefer, als er sich vorgestellt hatte.

»Hi. Danke, dass ich anrufen darf.« Er fragte sich, was sie von seiner Stimme hielt, die sich im Moment in seinem Kopf irgendwie dumm anhörte.

»Sind Sie im Begriff, mir etwas Ernsthaftes mitzuteilen? Ich mache mir plötzlich Sorgen.«

»Nein, nein. Wir haben uns nur so viel geschrieben, und ich wollte einfach Ihre Stimme hören. Ist das merkwürdig?«

»Alles ist merkwürdig im Augenblick«, sagte Caroline. »Finden Sie nicht?«

»Sie meinen wegen des Polizeischutzes? Den bemerke ich schon kaum mehr. Manchmal sehe ich ihn gar nicht.«

»Ich sehe ihn, weil ich nie an neue Orte gehe. Sie parken immer an derselben Stelle auf der anderen Straßenseite.«

»Sie waren heute Abend an einem neuen Ort.«

»Das stimmt. Und ich wollte beim Abendessen allen von der Geschichte erzählen, aber ich habe es nicht getan. Erzählen Sie es anderen Leuten?«

»Nein. Ich meine, das stimmt nicht ganz. Ich habe es meiner Freundin Hannah erzählt, aber das war spätnachts, und ich weiß nicht, ob sie es mir überhaupt geglaubt hat. Charlie hat mir allerdings geraten, es für mich zu behalten.«

»Wer ist Charlie?«

»Ach so, Verzeihung. Charlie ist der Polizist, der für meine Bewachung zuständig ist.«

»Sie nennen ihn beim Vornamen?«

»Ja. Er ist zu meinem Kumpel geworden. Wie nennen Sie Ihren Polizeischutz?«

»Officer Hanley. Sie ist nett, aber sehr ernst, und ich kann mir nicht vorstellen, sie mit dem Vornamen anzusprechen.«

»Das ist wahrscheinlich besser so. Officer Hanley klingt nach jemandem, der dafür sorgt, dass Sie am Leben bleiben. Charlie klingt nach dem Typen, der neben Ihnen verblutet, nachdem Sie beide angeschossen wurden.«

»Aber Sie würden neben Ihrem neuen besten Kumpel sterben«, sagte Caroline. »Das wäre romantisch.«

»Ja, Sie haben recht. Wenn ich abtreten muss, hätte ich gern Charlie an meiner Seite.« Ethan war im Bett nach unten gerutscht und hatte sich entspannt. Das Gespräch mit Caroline lief gut.

»Haben Sie Angst?«, sagte sie.

»Zu sterben?«

»Na ja, nicht nur zu sterben, sondern bald zu sterben. Zu sterben, weil wir auf dieser Liste stehen.«

»Ich denke schon, dass ich Angst habe. Ich hatte große Angst, als mir eröffnet wurde, dass ich unter Polizeischutz gestellt werde, aber inzwischen habe ich mich fast daran gewöhnt. Außerdem google ich die Namen auf der Liste jeden Tag und suche nach Meldungen von Todesfällen, und seit Matthew Beaumont ist keiner der Namen mehr aufgetaucht.«

»Dann haben Sie Arthur Kruse nicht gesehen?«

»Was?« Ethan stieß sich in eine etwas aufrechtere Position in seinem Kissenberg.

»Ich habe es heute gesehen. Für einen Arthur Kruse wurde in Massachusetts ein Gedächtnisgottesdienst abgehalten. Nichts darüber, wie er gestorben ist.«

»Wie konnte ich das übersehen?«

»Ich glaube, es ist brandneu. Ich habe es heute Nachmittag gesehen.«

»Das sind dann drei.«

»Ja, jetzt sind es drei«, sagte Caroline. »Zumindest drei, von denen wir wissen. Ich dachte, Sie wollten mich deshalb anrufen.«

»Nein, ich … Ich wollte tatsächlich nur zur Abwechslung mit Ihnen reden, statt Nachrichten zu schreiben.«

»Ich bin froh, dass Sie es getan haben. Es ist nett, Ihre Stimme zu hören.«

»Großer Gott. Steht in dem Artikel, wann er gestorben ist?«

»Nein. Nichts. Es war nur eine kurze Notiz wegen des Gottesdienstes und dass er Krankenpfleger in der Onkologie war. Sie sollten Charlie danach fragen. Vielleicht weiß er etwas.«

»Charlie und ich reden nicht über die Arbeit. Wir sind mehr Musikkumpel. Und Bierkumpel. Er redet viel über Craft-Brauereien. Ich werde wirklich mit Charlie an der Seite sterben, was?«

»Hört sich so an.«

Sie lachten beide, dann schwiegen sie einen Moment.

»Verlegene Pause«, sagte Ethan.

»Das war nicht verlegen. Wir haben beide nachgedacht. Es sollte mehr Pausen in Unterhaltungen geben, nicht weniger, finde ich.«

»Sehr tiefgründig, Frau Professorin.«

»Danke schön.«

»Wie sieht es denn bei Ihnen aus, haben Sie Angst vor dem Sterben?«

»Ich bin natürlich nervös. Aber die Sache ist die, ich bin immer nervös, wegen allem. Ich werde wegen jedes Kurses, den ich halte, nervös, ich werde nervös, wenn ich im Coffeeshop mit meiner Bestellung an der Reihe bin, und ich bin vor meinem wöchentlichen Anruf bei meiner Mutter nervös, obwohl wir uns nur über Fernsehen unterhalten und darüber, was sie am Abend vorher zum Essen gemacht hat. Aber jetzt habe ich etwas, weshalb ich wirklich nervös sein kann. Mein Name steht auf einer Liste von Menschen, die offenbar sterben, und es fühlt sich okay an, nervös zu sein. Es ist, als wären meine Gefühle mit der Realität im Einklang, und es geht mir plötzlich besser. Ist das irgendwie verständlich für Sie?«

»Ich denke, schon«, sagte Ethan. »Wozu sich wegen seiner Kaffeebestellung Sorgen machen, wenn man sich Sorgen machen kann, dass man ermordet wird.«

»Ja, darauf läuft es so ziemlich hinaus.«

»Tut mir leid. Ich wollte das Ganze nicht herunterspielen.«

»Nein, das haben Sie nicht«, sagte Caroline, aber Ethan merkte, dass sein Ton die Unterhaltung irgendwie geschmälert hatte. »Zum Sterben bestimmt zu sein, rückt alles in eine andere Perspektive, würde ich sagen.«

»Obwohl wir immer zum Sterben bestimmt sind.«

»Richtig.«

Es gab eine weitere kleine Pause, und Ethan zwang sich, keine Bemerkung darüber zu machen. Stattdessen sagte er: »Ich weiß, ich habe Sie das schon gefragt, aber haben Sie irgendeine neue Theorie darüber, was uns verbindet? Warum wir alle auf dieser Liste stehen?«

»Nein, nichts Neues. Ich glaube, es ist Zufall, wir wurden rein zufällig ausgewählt.«

»Meine neueste Theorie ist, dass die Liste ein Deckmantel ist«, sagte Ethan. »Dass zum Beispiel jemand Frank Hopkins töten wollte, den ersten, der ermordet wurde. Also macht er eine Liste mit acht beliebigen Leuten plus Frank und verschickt diese Liste, dann tötet er Frank, und die Polizei ist so sehr mit der Liste beschäftigt, dass sie den naheliegenden Verdächtigen vor ihrer Nase gar nicht sehen.«

»Nur dass zwei weitere Leute gestorben sind«, sagte Caroline.

»Vielleicht ist es Zufall. Ich meine, wenn man darüber nachdenkt, ist jede Liste mit neun Personen eine Liste mit neun Personen, die sterben werden.«

»Aber nicht eine Liste mit neun Personen, die ermordet werden.«

»Stimmt.«

»Was Sie da beschrieben haben, ist der Plot eines Romans von Agatha Christie, aber ich weiß nicht mehr, welcher«, sagte Caroline.

»Sie meinen *Die Morde des Herrn ABC*, einer der Poirot-Krimis.«

»Richtig. Sind Sie ein Krimi-Fan?«

»Ich war als Kind einer«, sagte Ethan. »Ich habe alle Agatha-Christie-Bücher gelesen, alle Fletch-Bücher und Pater Braun und solches Zeug. Dann habe ich Charles Bukowski und Jack Kerouac entdeckt und aufgehört, Krimis zu lesen.«

»Ich habe als Mädchen ebenfalls alle Agatha Christies gelesen. Aber dann habe ich Jane Austen entdeckt.«

»Wenigstens haben wir Agatha Christie gemeinsam.«

»Wir haben viele Dinge gemeinsam. Wir lieben beide Lyrik. Wir haben einen ähnlichen Humor. Was noch?«

»Wir stehen auf einer Todesliste?«

»Ja, wir stehen auf einer Todesliste«, sagte Caroline.

Ein weiteres kurzes Schweigen, und Ethan zwang sich, es nicht zu füllen. Caroline sagte: »Ich glaube, ich sollte schlafen gehen.«

»Okay. Ich bin froh, dass wir telefoniert haben. Es war nett.«

»Ja, es war nett. Jetzt haben wir noch etwas gemeinsam.«

»Wir sind uns einig, dass Telefonieren nett ist.«

»Das ist sehr altmodisch von uns.«

»Ja, die Kids heutzutage telefonieren eigentlich nicht mehr.«

»Nein.«

»Darf ich Sie wieder anrufen?«, sagte Ethan.

»Jederzeit.«

8

Fischer, der auf der Route 1 nach Norden fuhr, erreichte die Vororte von Rockland, Maine und wendete seinen Equinox auf dem Parkplatz einer Fischbude. Er wollte sich gerade auf die Fahrt in Richtung Süden machen, als er beschloss, dass er besser etwas im Magen haben sollte. Er sollte außerdem Brandon anrufen, um zu sehen, ob er weitere Informationen darüber erhalten hatte, wo sich Jessica Winslow möglicherweise versteckte. Brandon war ein weiterer Kollege Fischers, den er nur als Stimme am Telefon kannte, und sein Vorname war fraglos erfunden, aber seit er als Auftragskiller arbeitete, war Brandon der Mann, den er wegen Informationen über seine Beute anrief. Fischer stellte sich Brandon als eine Art besonderer Auskunftsbibliothekar vor.

Er war noch nie in Maine gewesen, deshalb bestellte sich Fischer zur Feier des Tages ein Hummerbrötchen, auch wenn es zwanzig Dollar kostete. Er wurde gefragt, ob er Mayonnaise oder Butter wollte, und da er zögerte, sagte das hübsche junge Mädchen: »Wie wär's mit beidem?«, und er war einverstanden.

Es war kühl draußen, und es sah nach Regen aus, aber Fischer setzte sich an einen der Picknicktische. In seinem Handy war ein einziger Kontakt eingespeichert. Er rief Brandon an.

»Falls sie auf der Flucht ist«, sagte Brandon, »kann ich in diesem Teil von Maine zumindest niemanden finden, zu dem sie irgendeine Verbindung hat.«

»Was ist mit Maine im Allgemeinen?«

»Einer ihrer Freunde lebt in Portland, Maine.«

»Welche Art Freund?«

»Weiß ich nicht genau. Es ist nur jemand, mit dem sie auf ihrem erloschenen Facebook-Account befreundet war. Ein Jay Anderson. Er ist Barista. Das ist alles, was ich habe.«

»Okay, danke.«

Nachdem er sein Hummerbrötchen gegessen hatte – besser mit geschmolzener Butter war seine laienhafte Meinung –, schaute Fischer in seine Karten-App. Jessica Winslow wusste ganz offensichtlich, dass es jemand auf sie abgesehen hatte, und war geflohen. Wer immer sie tot sehen wollte, hatte sie beschatten lassen, aber irgendwo entlang der Route 1 war sie ihren Verfolgern entwischt. Es war wahrscheinlich nur ein einzelnes Fahrzeug gewesen, und es war nicht überraschend, dass sie sie ein Stück vorausfahren ließen, vor allem auf einer Hauptstraße. Aber dann würden sie Gas gegeben haben, um sie wieder einzuholen, und wenn sie sie nicht wieder entdeckt hatten, war sie vermutlich von der Route 1 abgebogen. Sie konnte natürlich landeinwärts gefahren sein, aber Fischer hielt es für wahrscheinlicher, dass sie die Saint George Peninsula angesteuert hatte. Dort würde er zu suchen anfangen. Die Halbinsel war nicht gerade klein und bestand aus drei Dörfern, aber es gab nur eine wichtige Straße. Fischer beschloss, sich auf die Cottages und Häuser zu konzentrieren, die der Küste am nächsten lagen und nach ihrem Wagen zu suchen. Jessica Winslow gehörte zur gehobenen Mittelschicht. Wenn sie einen Ort suchte, an dem sie sich verstecken konnte, würde sie sich der Sommerunterkunft von Freunden bedienen. Das ergab am meisten Sinn.

Fischer fuhr auf die Halbinsel. Zu beiden Seiten der Straße war Farmland, durchsetzt von Waldgebieten, in denen sich die Blätter teilweise bereits verfärbten. Je weiter er kam, desto nebliger wurde es. Als er den Ozean erreichte, konnte er nichts weiter erkennen als dunkle Felsen und weißen Schaum. Nebel hüllte alles andere ein, auch wenn er stellenweise aufriss und Fischer eine dunkle, bewaldete Insel nicht weit von der Küste sehen konnte. Er überlegte kurz, ob Jessica Winslow auf eine Insel gefahren war – er hatte Schilder gesehen, die für Fähren warben –, und dachte, dass es in dem Fall sehr schwer sein würde, sie zu finden. Fischer verbannte den Gedanken aus seinem Kopf und konzentrierte sich darauf, Einfahrten nach weißen Fahrzeugen abzusuchen, um dann festzustellen, ob es sich um Camrys handelte. In Tenants Harbor sah er einen weißen Camry vor einem Gemischtwarenladen stehen und glaubte für einen Moment, er hätte den Jackpot geknackt, aber das Kennzeichen stimmte nicht.

Er fuhr in ein paar Seitenstraßen, die zumeist Sackgassen waren, und achtete vor allem auf Grundstücke, die nach Sommerhäusern aussahen. Vor etlichen standen keine Fahrzeuge – die Saison war definitiv vorbei –, und manche hatten sehr lange Zufahrten oder waren durch dichtes Kieferndickicht sichtgeschützt. Diese Häuser ignorierte er. Wenn es sein musste, würde er sie sich später ansehen, aber für den Moment hoffte er einfach, dass er Glück hatte. Er fuhr bis nach Port Clyde, das letzte der drei Dörfer, und kam an einen hübschen Leuchtturm mit einem Besucherzentrum. Auf dem Parkplatz stand eine weiße Limousine, die sich als Corolla herausstellte. Über eine andere Route fuhr er zurück in die Dorfmitte. An einer Anlegestelle entstiegen Passagiere einer Fähre. Er stellte seinen Wagen ab, setzte seine Toronto-Raptors-Mütze auf und spazierte durch den Ort; er hielt nach Autos Ausschau, sah sich aber auch den Hafen an. Der Himmel war noch dunkel, aber durch eine Wolkenlücke fiel das Licht der tief stehenden Nachmittagssonne auf die ruhige Wasseroberfläche. Möwen kreisten am Himmel, und die Luft roch durchdringend nach Meer. Fischer war an der

Golfküste von Florida aufgewachsen, er hatte es kaum erwarten können, den Ort und seine Familie zu verlassen, und
war zum Militär gegangen, sobald er alt genug dafür gewesen war. Er hatte sich nie als jemanden gesehen, der auf die
eine oder andere Art eine besondere Beziehung zum Meer
hatte, aber als er es nun roch, ein ganz anderer Geruch als
in Florida, obwohl es dasselbe Meer war, fühlte er sich in
seine lange, angstvolle Kindheit zurückversetzt, in der sein
Vater manchmal Arbeit gehabt hatte, aber meistens nicht,
und seine Mutter oft nicht da und oft betrunken gewesen
war. Fischer war das älteste von vier Kindern gewesen und
meistens derjenige, der das Abendessen für alle machte.

Er hoffte, er würde Jessica Winslow bald finden, damit er
sich in sein Auto setzen und zu seiner eigenen Familie nach
Virginia zurückfahren konnte.

Er bemerkte, dass ihn eine junge Frau ansah; sie kam mit
einem Rucksack von einer Fähre und hatte einen Hund an
der Leine, der mindestens zum Teil ein Pitbull war. Die
Frau hatte helle sommersprossige Haut – nicht unähnlich
Fischers – und hellrotes Haar. Er hob die Augenbrauen, um
zu zeigen, dass er sie wahrgenommen hatte, und das ließ sie
wegsehen. Ihm kam der Gedanke, dass es hier in Maine eventuell leichter war, Jessica Winslow zu entdecken als ihren
Wagen. Alle Leute, die er bisher gesehen hatte, waren weiß
gewesen – eine dunkelhäutige Frau wie Jessica würde sofort
auffallen. Als weißer Mann mit einer schwarzen Frau und
drei Kindern dachte Fischer ziemlich oft über Hautfarbe
nach. In Amerika gab man vor, alle seien gleich, aber das bedeutete nur, dass diejenigen, die das Sagen hatten, einen mit
Freude beschissen, egal welche Hautfarbe man hatte.

Zurück in seinem Wagen fuhr Fischer aus dem Dorf und
machte sich auf den Rückweg, runter von der Halbinsel. Er
nahm Seitenstraßen, wo immer es möglich war, und hielt
nach geparkten Autos in Einfahrten Ausschau. Als er wieder

auf die Route 1 kam, beschloss er, sich Rockland anzuschauen. Seinem Navi zufolge schien die Stadt einigermaßen
groß zu sein. Jessicas Verfolger, die sie unmittelbar südlich
von hier verloren hatten, würden schnurstracks durch den
Ort gebraust sein, um zu sehen, ob sie weiter nach Norden
gefahren war. Deshalb konnte es durchaus sein, dass Rockland ihr Ziel gewesen war. Fischer fuhr in die Stadt und
stellte seinen Wagen an der Hauptstraße ab, die zu beiden
Seiten von Läden in Ziegelhäusern gesäumt war.

Es dämmerte bereits, und Fischer wusste, er würde sie
heute nicht mehr finden. Wenn er ehrlich war, wäre es ein
Wunder gewesen, wenn er sie gefunden hätte. Dennoch spazierte er durch die Stadt und blickte in Schaufenster, hielt
in Wirklichkeit aber nach Spiegelbildern von weißen Autos Ausschau. Er kam an einem Restaurant vorbei und las
die Speisekarte, die draußen hing. Die Spezialität des Tages
weckte sein Interesse: kurz gebratene Kabeljaubäckchen.
Seine Frau war eine großartige Köchin, aber sie war nicht
erfinderisch. Sie mochte Hähnchen, Steak und Hamburger.
Keine große Freundin von Fisch und definitiv kein Fan von
allem, was sie zu sehr an das Tier erinnerte, das sie aß. Sie
liebte Pulled Pork, rührte aber keine Spareribs an, und oft
flippte sie schon aus, wenn sie ihren Mann etwas mit einem
Knochen darin essen sah. Wann immer Fischer also wegen
eines Auftrags unterwegs war, nutzte er die Gelegenheit
gern, um spannende Gerichte zu probieren. Auf der Speisekarte vor ihm standen Austern, und es war eine Weile her,
seit er welche gegessen hatte. Es war definitiv besser, sie zu
essen, ohne dass ihn Valerie mit einem entsetzten Gesichtsausdruck über den Tisch hinweg anstarrte.

Aber erst brauchte er einen Platz zum Schlafen. Er war an
der Route 1 an mehreren Gasthäusern und Motels vorbeige-
kommen, aber wenn er nicht unbedingt musste, übernachtete
er lieber nicht irgendwo, wo er eine Kreditkarte brauchte. Er

wusste, er war übertrieben vorsichtig, aber in seinem bisherigen Leben hatte es sich bewährt, übertrieben vorsichtig zu sein. Er stieg wieder in sein Auto und fuhr auf Nebenstraßen weiter nach Norden, bis er einen Wanderparkplatz fand, auf dem keine Fahrzeuge standen. Er ging rund hundert Meter einen schmalen, von Dickicht gesäumten Wanderweg entlang, bis er auf eine Lichtung kam, die gerade groß genug für sein Einmannzelt war. Er baute es auf, dann ging er zum Wagen zurück.

Sein Plan war, in die Stadt zurückzufahren und in dem schicken Restaurant mit den Austern und den Kabeljaubäckchen zu essen. Er würde versuchen, einen Fensterplatz zu bekommen, damit er die Autos und Leute beobachten konnte, die vorbeikamen. Dann würde er zu dem Wanderparkplatz zurückfahren, den Wagen abstellen und in seinem Zelt schlafen, um bereits im Morgengrauen wieder auf der Straße zu sein. Damit hatte er morgen einen vollen Tag, um nach einem weißen Camry und Jessica Winslow zu suchen. Sie war irgendwo hier, und er würde sie finden.

9

Zum ersten Mal seit ihrer Ankunft vor zwei Tagen nahm Jessica das Telefon an der Küchenwand des Cottages zur Hand und lauschte nach einem Freizeichen. Es gab tatsächlich eins, was sie überraschte, hauptsächlich weil das Telefon selbst so altmodisch war. Es war hellgrün, die Farbe veralteter Küchen, und der Hörer war mit einem langen, verdrehten Spiralkabel verbunden.

Am Abend zuvor hatte sie ihre Nachrichten gecheckt. Eine war von Aaron Berlin, der ihr dazu gratulierte, dass sie ihren Beschützern entwischt war, und ihr außerdem eine Telefonnummer für Arthur Stearns Kruse durchgab, den Vater von Arthur Kruse. Er hatte sie gebeten, Kruse frühestens am nächsten Tag anzurufen, da der Mann erst noch von einem der ermittelnden Agenten befragt werden sollte.

Obwohl sie es kaum erwarten konnte, mit Art Kruse zu sprechen, um herauszufinden, ob er tatsächlich ihren Vater gekannt hatte, wartete Jesica. Ihren ersten Tag in Maine hatte sie fast gänzlich in dem Cottage verbracht, allerdings hatte sie am Morgen einen Spaziergang gemacht, erst zu einem weißen Leuchtturm an der Spitze einer felsigen Halbinsel. Wegen eines kalten, undurchdringlichen Nebels konnte Jessica nicht einmal das Meer sehen, das fraglos hinter dem Leuchtturm mit seiner rotierenden Lampe und dem regelmäßigen Hornsignal lag. Es war, als hätte sich ein grauer Vorhang über die Küste gesenkt. Nein, das stimmte nicht ganz. Es war, als würde man in ein Nichts blicken, als würde die Welt jenseits eines gewissen Punkts einfach aufhören zu existieren.

Vom Leuchtturm war sie in das Dorf Port Clyde spaziert, eine kleine Ansammlung von Gebäuden um einen geschäftigen Hafen. Es gab ein Restaurant, eine Eisdiele, einen Gemischtwarenladen. Jessica ging in den Laden und kaufte genügend Lebensmittel und Wein für mehrere Tage, dann trug sie die schweren Tüten den Hügel hinauf zu ihrem Häuschen.

Den restlichen Tag versuchte sich Jessica an ihr neues vorübergehendes Dasein zu gewöhnen. Das Buch, das sie angefangen hatte, war gut – es ging um das Leben nach einer verheerenden Seuche –, aber zwischen ihren Leseschüben war sie nervös und unruhig und lief im Haus hin und her. Zur Abendessenszeit machte sie sich Pasta mit Muscheln und trank eine halbe Flasche Chardonnay. Dann schaltete sie den Fernseher ein, brauchte eine halbe Stunde, um mit drei verschiedenen Fernbedienungen klarzukommen, und schaute schließlich *Rio Bravo* auf TCM. Sie kannte den Film, weil es einer der Lieblingsfilme ihres Vaters gewesen war, allerdings hatte sie ihn nicht so lustig in Erinnerung. Es weckte den Wunsch in ihr, ihn anzurufen, aber das war nicht möglich. Ihr Vater war in der Demenzabteilung einer Einrichtung für betreutes Wohnen, und in letzter Zeit hatte er Schwierigkeiten, Angehörige zu erkennen, wenn sie zu Besuch kamen, ganz zu schweigen davon, wenn sie anriefen.

Ich sollte Mom anrufen, dachte Jessica. Wenigstens, um sie wissen zu lassen, dass sie mitten in einem Fall steckte und in nächster Zeit vielleicht schwer zu erreichen war. Sie konnte sie außerdem nach Art Kruse fragen, wenngleich sie bezweifelte, dass ihre Mutter etwas über ihn wusste. Immerhin konnte sie ihre Mutter wohl bitten, ihren Dad nach Art Kruse zu fragen. Auch wenn sich sein Zustand verschlechterte, hatte er immer noch lichte Momente, vor allem, wenn es um weit zurückliegende Dinge ging.

Der erste Anruf, den sie am nächsten Vormittag um halb zwölf machte, ging also an die Mobilnummer ihrer Mutter, die sich mit einem piepsigen »Hallo?« meldete.

»Ich bin's, Mom. Jessica.«

»Oh. Mein Telefon hat deine Nummer nicht erkannt. Wieso das denn?«

»Ich rufe von einer anderen Nummer an. Und deshalb rufe ich überhaupt an. Ich stecke bis zum Hals in Arbeit und kann mein Handy ein paar Tage nicht benutzen.«

»Was ist los? Nein, sag es mir nicht. Ich würde mir nur Sorgen machen. Bist du zu Hause? Kann ich dich auf dem Festnetz anrufen?«

»Ich habe seit drei Jahren kein Festnetz mehr, aber schick mir bei einem Notfall eine E-Mail, okay?«

»Okay, Schatz. Rate mal, wo ich gerade bin.«

»Keine Ahnung. Wo?«

»Ich bin bei Margie Lowry zum Lunch. Erinnerst du dich an Margie Lowry?«

»So halbwegs, ja.«

»Erinnerst du dich an Danny Lowry?« Eine Erinnerung an einen schmerzhaft schüchternen Jungen mit dicken Brillengläsern und leuchtend roten Haaren tauchte auf. Er war vom Kindergarten bis zum letzten Jahr der Highschool in Jessicas Klasse gewesen, aber sie bezweifelte, dass sie auch nur ein einziges Wort gewechselt hatten.

»Ich erinnere mich an Danny. Du bist bei seiner Mutter?«

»Sie veranstaltet einen kleinen Wiedersehenslunch für alle ehemaligen Pfadfinderführerinnen, die Brownie-Moms.«

»Ach, wie nett. Ich halte dich nicht lange auf, aber könntest du etwas für mich tun?«

»Natürlich«, sagte ihre Mutter, und Jessica hörte im Hintergrund jetzt Geplauder, ältere Frauen, die Klatschgeschichten austauschten.

»Wann fährst du das nächste Mal Dad besuchen?«

»Ich hatte vor, heute nach dem Lunch hinzufahren, weil Margie jetzt in Westford lebt, und das liegt schon auf halbem Weg.«

»Wenn du ihn siehst, kannst du ihn nach einem seiner alten Freunde fragen? Ein gewisser Art Kruse?«

»Art Kruse? Ein alter Freund deines Vaters?«

»Ich bin mir ziemlich sicher, er war einer. Dir sagt der Name nichts?«

»Eigentlich nicht, Schatz. Du weißt, dein Vater …«

»Ich weiß. Frag ihn einfach. Ich erwarte nicht viel. Kannst du dir den Namen merken?«

»Kannst du ihn mir als Nachricht schicken?«

»Nein, leider nicht.«

»Richtig, ja – kein Handy. Art Kruse, sagst du? Kannst du es mir buchstabieren?«

Jessica buchstabierte den Namen, und ihre Mutter versprach, ihren Vater nach ihm zu fragen. Sie bezweifelte, dass etwas dabei herauskam, aber es konnte nicht schaden.

Nach dem Gespräch mit ihrer Mutter wählte sie Art Kruses Nummer in Florida, die sie von Aaron bekommen hatte. Nach mehrmaligem Läuten meldete sich eine heisere Männerstimme: »Hallo?«

»Spreche ich mit Art Kruse?«, sagte Jessica.

»Kommt drauf an, wer anruft.«

»Mr. Kruse, hier ist Jessica Winslow vom Federal Bureau of Investigation. Ich bin mir ziemlich sicher, dass Sie bereits mit meinem Kollegen gesprochen …«

»Ja, gestern. Er hat mir eine Liste mit ungefähr hundert Leuten vorgelegt, von denen ich noch nie gehört habe, wollte mir aber nicht sagen, worum es ging. Ich vermute, es hat etwas mit dem Tod meines Sohns zu tun.«

»Das tut mir übrigens sehr leid, Mr. Kruse«, sagte Jessica.

»Schon gut. Wir standen uns nicht nahe, aber klar, er war mein Sohn.«

»Ich werde Ihnen nicht viele Fragen stellen, ich wollte nur einem der Namen nachgehen und sicherstellen, dass es nicht jemand ist, den Sie kennen. Ist das in Ordnung?«

»Sicher. Ich glaube zwar nicht, dass ich heute mehr Informationen für Sie habe als gestern, aber nur zu.«

»Es geht um Gary Winslow. Er müsste etwa Ihr Alter haben. Lassen Sie sich einen Moment Zeit, und überlegen Sie.« Sie fragte sich, ob er sich daran erinnerte, dass sie sich als Agent Winslow vorgestellt hatte und die Verbindung herstellte, bezweifelte es aber.

Er räusperte sich. »Ich kannte einige Garys in meinem Leben, und es kann sein, dass einer davon Winslow hieß, ich bin mir aber nicht sicher.«

»Inwiefern kannten Sie diese Person?«

»Lassen Sie mich kurz nachdenken. Es ist lange her, aber ich glaube, es gab einen Gary, der in dem Haus am See in New Hampshire zu Besuch war. Ich müsste damals im College gewesen sein.«

»Was für ein Haus am See?«

»Meine Eltern haben ein Haus oben am Squam Lake gekauft, nachdem ich mit der Highschool fertig war. Das Haus gibt es nicht mehr, oder zumindest gehört es niemandem mehr aus der Familie Kruse. Ich weiß noch, dass da dieser Junge war, Gary, mit langen Hippiehaaren und einem Bart. Seine Eltern waren mit meinen Eltern befreundet. Und ich glaube, diese Eltern hießen Winslow. Ich bin mir bei alldem nicht wirklich sicher, aber irgendwie klingelt es da bei mir.«

»Erinnern Sie sich noch an etwas anderes von diesem Gary, außer an die langen Haare?«

Es entstand eine lange Pause, und Jessica wünschte sich sehr, sie könnte Art Kruses Gesicht in diesem Augenblick sehen. Auch wenn sie ihn nur über das Telefon hörte, war sie überzeugt, dass er etwas verschwieg. »Nö«, sagte er schließlich. »Ein bisschen ein Junkie, glaube ich mich zu erinnern.«

»Was ist mit Garys Eltern? Was wissen Sie über die noch?«

»Ich bin mir nicht sicher, ob ich sie bei einer Gegenüberstellung erkennen würde. Sie sahen aus wie meine Eltern, und sie spielten Karten zusammen. Und ich weiß noch, dass sich meine Mutter beschwert hat, sie würden ihre Gastfreundschaft überstrapazieren.«

»Wie lange sind sie geblieben?«

»Keine Ahnung. Ein paar Wochen wahrscheinlich, und Gary blieb den ganzen Sommer.«

»Den ganzen Sommer?«

»Ja, er hat einen Job in der Tankstelle am See bekommen und hat bei uns gewohnt.«

»Dann müssen Sie ihn ja ziemlich gut gekannt haben.«

»Wie gesagt, eigentlich nicht.«

Jessica stellte ihm noch einige weitere Fragen, in der Hoffnung, eine Erinnerung freizulegen, aber entweder er wusste nicht mehr viel über ihren Vater, oder er rückte nicht damit heraus. Bevor sie das Gespräch beendete, sagte sie ihm noch einmal, wie leid es ihr wegen seines Sohns täte.

»Ja«, sagte er.

»Ich habe vor nicht einmal einer Woche mit ihm telefoniert. Er schien sehr nett zu sein.«

»Na ja, ich würde sagen, er hat seine Entscheidungen getroffen.« Jessica bildete sich ein, eine kleine Gefühlsregung in seiner Stimme zu hören, aber vielleicht war es nur Heiserkeit. Wie ihr eigener Vater war er wahrscheinlich starker Raucher gewesen.

10

Mittwoch, 21. September, 15:03 Uhr

Fischer hatte den größten Teil des Tages in seinem Auto verbracht und sich von Rockland systematisch nach Süden vorgearbeitet. Er hatte jedes kleine Küstendorf erkundet, jede Seitenstraße und jede Sackgasse und nach Jessica Winslow oder ihrem Wagen Ausschau gehalten.

Er begann sich Sorgen zu machen, dass sie tatsächlich verloren gegangen war, als sie ihren Verfolgern südlich von Rockland entwischt war. Wenn sie weiter auf der Route 1 nach Norden gefahren war, konnte sie überall sein. Sie konnte sogar in Kanada sein. Und wenn das der Fall war, dann würde Fischer entweder ein Wunder brauchen oder Hilfe von außen, wenn er sie finden wollte.

Doch für den Moment ging er von der Annahme aus, dass sie irgendwo zwischen Damariscotta und Rockland von der Route 1 abgebogen war. Er saß gerade in Damariscotta in seinem geparkten Wagen und studierte eine Karte, die er in einem Gemischtwarenladen gekauft hatte, als sein Handy klingelte. Es war Brandon.

»Hey«, sagte Fischer.

»Hey. Schon Glück gehabt?«

»Nein, nichts.«

»Es kann sein, dass ich etwas habe.«

»Erzählen Sie, bitte.«

»Es ist vielleicht nichts, aber ich habe eine Liste von Jessica Winslows sämtlichen Kontakten auf ihrer stillgelegten Facebook-Seite zusammengestellt, außerdem von ihrer LinkedIn-Seite, die sie nicht mehr benutzt, und es ist mir sogar gelungen, ein paar Namen von ihrem alten Friendster-Account zusammenzukratzen. Ich bin die Social-Media-Accounts aller Leute auf dieser Liste durchgegangen, und einer ihrer Kontakte, eine Gwen Murphy, die ihren Collegeabschluss mit ihr zusammen gemacht hat, hat einen Instagram-Account. Murphy lebt in Boston, aber sie hat eine Menge Fotos von Maine gepostet. Anscheinend hat sie ein Haus dort. Die Bilder sind größtenteils von Port Clyde, das ist ein Dorf …«

»Auf der Saint George Peninsula.«

»Richtig. Sie waren schon dort, wenn ich recht verstehe?«, sagte Brandon.

»Ja, aber ich fahre noch einmal hin und sehe es mir genauer an.«

»Es ist nicht viel, aber ich dachte, ich melde es.«

Fischer startete seinen Wagen. Er war sehr froh, eine Spur zu haben, selbst wenn am Ende nichts dabei herauskommen sollte. Die ganze Zeit hatte er gedacht, Jessica Winslow könnte in einem Sommerwohnsitz eines Freundes oder einer Freundin untergekrochen sein. Es ergab Sinn. Und vielleicht war Gwen Murphy diese Freundin. Er bog von der Hauptstraße wieder auf die Halbinsel ab und fuhr durch die inzwischen vertraute Landschaft mit ihren sanft gewellten Wiesen, den frühen Herbstfarben und dem milden Nachmittagslicht. Es war hübsch in Maine, und er überlegte bereits, mit der Familie hier Urlaub zu machen, vielleicht im nächsten Sommer. Normalerweise mieteten sie ein Haus in den Smoky Mountains, aber Maine wäre eine nette Abwechslung. Meeresnähe erinnerte ihn zwar immer an seine beschissene Kindheit in Florida, aber darüber konnte er hinwegkommen. Davon abgesehen liebte seine jüngste Tochter genau wie er alle Arten von Fisch und Meeresfrüchten.

Als er den Randbezirk von Port Clyde erreichte, verlangsamte er, damit er einen Blick auf alle Fahrzeuge in den Einfahrten werfen konnte. Er fuhr wieder in Richtung Leuchtturm, weil er ihn sich im weniger dichten Nebel ansehen wollte. Er parkte und stieg aus. Er staunte, wie viele Inseln man sah, einige nicht weit von der Küste entfernt. Das Wasser war gesprenkelt mit Bojen von Hummerkörben, die im letzten Tageslicht funkelten. Er wäre gern eine Weile geblieben, nur um den Blick auszukosten, aber er stieg wieder in den Wagen, fuhr in das Dorf hinein und hielt nach Seitenstraßen Ausschau, die er noch nicht ausprobiert hatte. Die erste, die vom Gemischtwarenladen nach links in Richtung Nordwesten ging, hieß Horse Point Road, und er nahm sie. Die Straße stieg leicht an und bot ausgedehnte Blicke auf den Hafen, und vor mehreren der pittoresken Cottages stranden Schilder, dass sie zu mieten seien.

Nach gut einem Kilometer entdeckte Fischer einen weißen Camry, der vor einem zweistöckigen grauen Haus mit blauen Zierleisten stand. Er verlangsamte gerade lange genug, um zu sehen, dass das Kennzeichen stimmte, dass es Jessica Winslows Wagen war.

Er hatte sie gefunden.

Ein kleiner Schauder der Erregung lief ihm über den Rücken. Aber als er den Blick über das Haus schweifen ließ, bevor er zur Straße zurückfuhr, erhaschte er einen Blick auf eine Gestalt in einem Fenster im Erdgeschoß, die in seine Richtung schaute.

Er war ebenfalls entdeckt worden.

Die Horse Point Road war eine Sackgasse, und er drehte langsam um. Für einen kurzen Moment erwog er, in die Einfahrt des Hauses zu fahren, in dem sich Jessica Winslow versteckt hielt, die Eingangstür einzutreten und sie im Haus zu erledigen, aber das wäre in vielerlei Hinsicht töricht gewesen. Sie war FBI-Agentin und mit Sicherheit bewaffnet. Und selbst wenn es ihm gelingen sollte, sie zu überwältigen, würde er ihren Tod unmöglich schmerzlos machen können, und das war eine der Anweisungen seines Klienten.

Er fuhr die Straße zurück, ohne noch einmal einen Blick auf das Auto oder das Haus zu werfen. Mit viel Glück würde sie einfach denken, dass er versehentlich in eine Sackgasse gefahren war.

11

Mittwoch, 21. September, 16:22 Uhr

Jessica Winslow telefonierte gerade mit ihrem Vater, als sie den grauen Chevrolet Equinox vor ihrem Haus abbremsen sah. Der Mann, der ihn fuhr – obwohl es vermutlich auch eine Frau gewesen sein konnte –, wandte den Kopf, um einen Blick auf ihren Wagen zu werfen. Er trug eine Baseballmütze, aber das war alles, was sie sah.

Ihre Straße war eine Sackgasse, deshalb sagte sie zu ihrem Vater, sie würde ihn gleich noch mal anrufen, rannte nach oben ins Gästezimmer und holte das teure Fernglas, das sie auf einem Bücherregal entdeckt hatte. Sie ging ins Schlafzimmer, schob einen Stuhl vor eins der beiden Fenster, die nach vorn hinausgingen, und stellte das Fernglas scharf. Sie musste nur etwa dreißig Sekunden warten, ehe der Wagen, diesmal ohne zu verlangsamen, am Haus vorbeirollte. Sie hatte einen guten Blick auf das Nummernschild, aber es war mit Schlamm verschmiert, und alles, was sie erkennen konnte, war die Ziffer 3 und vielleicht ein L.

Die Tatsache, dass das Kennzeichen unleserlich gemacht worden war, bedeutete, dass man sie entdeckt hatte. Eine Mischung aus Angst und Triumph durchflutete sie. Er war so nahe. Und wie hatte er es geschafft? Sie nahm an, sie war seit Albany verfolgt worden, oder vielleicht war ihr Telefongespräch mit Gwen abgehört worden, doch hatte sie keine Ahnung, wie das möglich sein konnte. Und wenn sie bis hierher verfolgt worden war, dann mussten mehrere Fahrzeuge beteiligt gewesen sein, denn sie hatte nichts bemerkt.

Sie fragte sich, ob die Person in dem Wagen der Kopf hinter der Liste war oder lediglich ein Angestellter. Vielleicht jemand, der geschickt worden war, um sie zu töten, oder jemand, der sie nur finden sollte. Ihr ganzer Körper schien zu vibrieren, als stünde er unter Strom, und sie ging ihre Handfeuerwaffe – die Glock 27 – holen, nur um sie in der Nähe zu haben.

Sie überlegte, was sie als Nächstes tun sollte, als ihr einfiel, dass sie ihren Vater zurückrufen musste, und sei es nur, weil sie es versprochen hatte. Als sie ihn nach Arthur Kruse gefragt hatte, war er lange still geblieben und hatte dann zurückgefragt, ob Arthur jemand sei, den er kennen sollte.

»Nein, Dad«, hatte Jessica gesagt. »Ich war nur neugierig, *ob* du ihn gekannt hast. Er ist jemand, den du vor vielen Jahren gekannt haben müsstest.«

Erneute Pause. Dann sagte er: »Ich überlege die ganze Zeit, wo ich meinen Wagen abgestellt habe.«

Das war das Letzte gewesen, was er gesagt hatte, ehe Jessica ihn rasch auf später vertröstet hatte. Sie musste es im Grunde nicht tun; er würde sich nicht an das Telefongespräch erinnern. Aber da sie es gesagt hatte, rief sie ihn trotzdem zurück.

»Hallo, Dad, hier ist Jessica wieder. Deine Tochter.«

»Ich weiß, dass du meine Tochter bist.«

»Ich dachte nur, ich verabschiede mich anständig, nachdem wir vorhin unterbrochen wurden.«

»Das ist eine gute Sache«, sagte er und klang, als wäre er leicht erkältet.

»Was ist eine gute Sache?«

»Eine anständige Verabschiedung! Das macht heute eigentlich niemand mehr.«

Sie lachte. »Nein, da hast du recht. Okay, Dad, ich mach dann Schluss. Ich liebe dich.«

»Warst du diejenige, die mich nach dem kleinen Artie Kruse gefragt hat?«

Jessica, die noch auf dem Stuhl im Schlafzimmer saß, stand auf. »Ja, das war ich.«

»Er war ein kleiner Faschist, so viel weiß ich noch.«

»Wann hast du ihn gekannt, Dad?«

»Na ja, ich weiß nicht, wie gut ich ihn überhaupt kannte, aber ich habe einen Sommer lang im Haus seiner Eltern oben am Squam Lake gewohnt.«

»Ah ja, davon habe ich gehört.«

»Und ich wollte, dass er darüber redet, dass er darüber redet, was wir getan haben. Aber er wollte nicht. Er tat, als wäre es nie passiert.«

»Er tat, als wäre was nie passiert?«

»Was wir getan haben. Als wir Kinder waren.«

»Ach so, ja«, sagte Jessica in sanftem Ton. Ihr Vater klang jetzt aufgewühlt, so wie immer, wenn eine Erinnerung zum Greifen nahe schien, er sie aber nicht zu fassen bekam. »Wieso, glaubst du, wollte er nicht darüber sprechen?«

»Weil er nicht daran denken wollte, deshalb. Das ist meistens der Grund, warum Leute über etwas nicht reden wollen.«

»Das stimmt. Aber du wolltest es nicht vergessen, Dad. Du wolltest dich anscheinend daran erinnern, weil du mit ihm darüber sprechen wolltest.«

»Worüber reden wir gleich wieder, Rose?«

Rose war der Name von Jessicas Mutter, aber sie ignorierte den Ausrutscher. Sie wusste, ihr Vater war dabei, den Faden zu verlieren, deshalb sagte sie: »Wir reden über Arthur Kruse, den kleinen Artie Kruse, wie du ihn genannt hast, und worüber er nicht sprechen wollte.«

Es entstand ein langes Schweigen, und Jessica wusste, sie hatte ihn verloren. Als er wieder sprach, sagte er: »Sollte ich den kennen?«

»Nein, ich glaube nicht, Dad«, sagte sie. »Es muss schon bald Abendessenszeit sein bei dir.«

»Wahrscheinlich wieder Nudeln mit Käse.«

»Ist das schlimm?«

»Nein, ich denke, nicht.«

»Also gut, Dad. Ich liebe dich, und ich lege jetzt auf.«

»Ich liebe dich auch, Rosie.«

Jessica begann auf und ab zu laufen, die Glock im Halfter an der Hüfte. Es gab so vieles, worüber sie nachdenken musste, und sie bemühte sich, ihre Gedanken zu ordnen. Zunächst einmal bestand definitiv eine Verbindung zwischen ihrem Vater und Arthur Kruses Vater, und es gab etwas Schlimmes, was sie getan hatten. Was immer diese schlimme Sache war, sie war der Schlüssel zu dem, was vor sich ging. Davon war sie überzeugt. Aber die drängendere Angelegenheit war der schwarze Equinox, der vor ihrem Haus verlangsamt hatte. Sie war entdeckt worden, aber sie hatte auch ihn entdeckt. Sie fragte sich, ob er sich heute Nacht anschleichen würde, aber sie bezweifelte es. Sie befand sich in einem verriegelten Haus und hatte eine Waffe. Sie fühlte sich relativ sicher. Ein Teil von ihr hoffte sogar, er würde den Versuch wagen.

Sie hätte gern gewusst, ob er sie im Fenster gesehen hatte, als er das erste Mal vorbeigefahren war, ob er wusste, dass sie ihn bemerkt hatte. In diesem Fall würde er vielleicht einfach verschwinden, weil er annahm, dass sie Verstärkung anforderte. Aber das würde sie nicht tun, zumindest noch nicht. Sie glaubte, sich diesen Kerl schnappen zu können. Sie wusste, wie sein Wagen aussah, und sie wusste, er war in der Gegend. Es wurde jetzt dunkel, und sie würde sich auf alles vorbereiten. Morgen würde sie Jagd auf ihn machen.

12

Mittwoch, 21. September, 23:41 Uhr

Fischer hatte das letzte Spiel verloren, deshalb steckte er
acht Vierteldollar in den Münzschlitz des Billardtischs,
damit die Kugeln freigegeben wurden, und schob sie dann
zusammen, während Donald Bennett mit der angestrengten
Konzentration sehr betrunkener Menschen zusah und sich
leicht auf seinen Queue stützte.

»Aber ordne sie diesmal richtig«, sagte er.

»Alles klar, Boss«, sagte Fischer. »Aber es wird keinen
Unterschied machen. Du wirst trotzdem untergehen wie ein
Waschlappen.«

Donald gab ein Geräusch von sich, das als Wort begann,
aber als verächtliches Schnauben endete, und stolperte mit
einem breiten Grinsen auf Fischer zu, um spielerisch nach
ihm zu schlagen. Die Finger seiner rechten Hand streiften
Fischers Perücke, die dunkle mit dem Vokuhila, die ihn wie
den Idioten aussehen ließ, der tatsächlich ein Billardspiel gegen den betrunkensten Typen in der Kneipe verlieren konnte.

Er hatte Donald zwei Stunden zuvor entdeckt, als dieser
etwas zu der müden Barkeeperin gesagt hatte, was sie die
Augen verdrehen ließ, sobald sie ihm den Rücken zuwandte,
um sein Miller Lite aus dem Kühlfach zu holen. Die Kneipe
nannte sich Lobster Pot, ein Flachbau aus Beton direkt an
der Hauptstraße, auf halber Strecke von Port Clyde die
Halbinsel hinauf. Seit Fischer um acht gekommen war, hatte
er langsam drei Biere geschlürft und einen trockenen Hamburger gegessen, während er nach jemandem Ausschau hielt,

der ihm von Nutzen sein konnte. Aber es gab überraschend wenig einsame Trinker – oder auch nicht überraschend, wenn man bedachte, dass es ein Mittwoch im September war. Eine Frau stakste auf Stilettos allein herein, aber sie war gekommen, um mit der Barkeeperin zu tratschen und einen Amaretto sour zu trinken, dann ging sie wieder. Außerdem war ein männlicher Trinker da gewesen, ein Kerl in den Sechzigern, der sein Bier vom Fass beinahe so langsam trank wie Fischer seines. Aber trotz seines fettigen Haares und der abgewetzten Jacke sah der Mann intelligent aus und, was noch wichtiger war, wachsam.

Fischer hatte schon aufgeben wollen, als Donald Bennett eintraf, bereits unsicher auf den Beinen. Als er sich auf dem vinylgepolsterten Barhocker niederließ, streckte ihm die Barfrau die Hand mit der Handfläche nach oben entgegen. Er hatte sie abgeklatscht und laut und schrill gesagt: »Was geht?« Dann hatte er gelacht, in seiner Jeanstasche gewühlt und ihr seinen Autoschlüssel ausgehändigt. Anschließend hatte er noch etwas zu ihr gesagt, das Fischer nicht verstand.

»Wie immer, Donald«, antwortete sie, nachdem sie den Schlüssel in ein leeres Goldfischglas hinter der Theke fallen lassen hatte.

Fischer bemerkte ihr Augenrollen, als sie sein Bier holen ging. Der teiggesichtige Mann in der Jeansjacke und der Steelers-Mütze war ein Stammgast, und ein ungeliebter dazu.

Alles, was Fischer tun musste, war, eine Rolle Vierteldollar an der Theke zu kaufen und zum Pooltisch zu gehen. Nachdem er eine Weile allein gespielt hatte, kam der Mann zu ihm, stellte sich als Donald Bennett vor und machte ein paar Vorschläge, wie Fischer seinen Queue halten sollte, dann forderte er ihn zu einem Spiel auf. Bis sie sieben Partien gespielt hatten und Fischer Donald drei Bier und zwei Schnäpse spendiert hatte, waren sie beste Freunde. Fischer erzählte Donald, er sei aus New Hampshire und wolle sich hier oben ein paar Immobilien ansehen, die zum Verkauf standen, weil er überlege, einen Laden für Lackierpistolen zu eröffnen. Davon verstand Donald nichts – er verdiente sich seinen Lebensunterhalt, indem er die Netze an Hummerfallen flickte –, was er aber wisse, sei, dass Fischer verdammt noch mal in der falschen Kneipe gelandet sei, falls er Sex suche. Dann hatte er gelacht wie eine Hyäne und eine Zahnreihe entblößt, die nach verfaulten Stummeln aussah. Wäre das ein Film, dachte Fischer, würde seine Frau aufstöhnen und auf den Bildschirm einreden, weil dieser Typ so ein Klischee war.

»Du wohnst hier in der Nähe, oder?«, sagte Fischer.

Weniger als eine Meile entfernt, erzählte ihm Donald, und dass Teri, die Barfrau, ihm trotzdem jedes Mal den Autoschlüssel abnehme, wenn er herkam.

»Als könntest du nach ein paar Bieren nicht eine Scheißmeile fahren«, sagte Fischer in ungläubigem Ton.

»Genau. Dieses verdammte Miststück.« Er schaute zur Bar, um sich zu vergewissern, dass sie ihn nicht gehört hatte.

Fischer fuhr Donald an diesem Abend nach Hause. Er wohnte in einem Häuschen, das er nach dem Tod seiner Eltern geerbt hatte. Drinnen löste sich die Tapete von den Wänden, und es roch nach Zigarettenrauch und faulem Fleisch. Sie tranken Fireballs, und Fischer sagte: »Ich habe dich angelogen, Kumpel, was den Grund angeht, warum ich in Maine bin.«

»Ach ja?« Donald zündete sich eine Zigarette an und schnippte das verbrauchte Streichholz dann auf den Boden. Der Sessel, in dem Fischer saß, war mit irgendeinem karierten synthetischen Stoff überzogen, der einige dunkle gewellte Stellen aufwies, wo ein Streichholz geschwelt hatte. Es war ein Wunder, dass Donald Bennett nicht längst in seinem eigenen Haus verbrannt war.

»Hör zu, ich erzähle dir das nur, weil du ein anständiger Kerl bist, und vielleicht kannst du helfen«, sagte Fischer.

»Ich kann dich sogar bezahlen, Mann. Ich bin gerade gut bei Kasse. Meine Freundin lebt hier unten in Port Clyde. Sie hat mich vor ein paar Monaten sitzen lassen und ungefähr fünfzigtausend Dollar von meinem Geld mitgenommen.«

»Ach du Scheiße«, sagte Donald und wedelte mit seiner Zigarette.

»Kannst du laut sagen. Die Sache ist die, es kann sein, dass sie mich gesehen hat, und sie kennt mein Auto, und jetzt habe ich mir überlegt ...«

»Du brauchst Hilfe, dein Geld von ihr zurückzubekommen, weil, dabei helf ich dir.«

Fischer, der eigentlich nur einen Platz zum Schlafen gewollt hatte und vielleicht ein anderes Auto für den nächsten Tag, dachte über Donalds Angebot nach. Vielleicht konnte dieser menschliche Abfall nützlicher sein als gedacht.

»Wieso hat sie dein Geld genommen, Mann?«, sagte Donald mit hoher Stimme und aufrichtig neugierig, als wäre es ihm absolut unerklärlich, wieso irgendwer seinem neuen besten Freund Schaden zufügen wollte.

Fischer überlegte und antwortete nicht sofort, und als er den Blick von der abgehängten Decke wieder auf Donald Bennett richtete, war er nicht überrascht, dass sein neuer Freund im Sitzen eingeschlafen war, die glimmende Zigarette noch zwischen den Fingern. Fischer machte die Zigarette aus, dann legte er eine alte Wolldecke über die schlafende Gestalt und ging, um sich den Rest des Hauses anzusehen.

Während er herumstöberte und dabei sorgsam darauf achtete, keine Fingerabdrücke zu hinterlassen, dachte er weiter über die Möglichkeiten für den folgenden Tag nach, und wie Donald Bennett eventuell von Nutzen sein konnte. Es gab drei kleine Schlafzimmer im Obergeschoss des Hauses. Eines war eindeutig das Elternschlafzimmer gewesen, es sah unverändert aus, mit schweren braunen Vorhängen vor den Fenstern, einer Decke aus Chenille auf dem Bett und einer

weiteren selbstgestrickten Wolldecke. Eine feine Staub-
schicht lag über allem.

Donald schlief offenbar noch in seinem alten Kinderzim-
mer, das ebenfalls unverändert zu sein schien. Es gab ein
Nickelback-Poster an der Wand und einen Futon ohne Laken. Neben der Matratze stand ein überquellender Aschenbecher, und mehrere zusammengeknüllte Papiertaschen-
tücher lagen herum. Der dritte Raum im Obergeschoss war
die Quelle des schlechten Geruchs im Haus. Er war zur
Gänze mit Müllsäcken gefüllt, von denen einige aufgeplatzt
waren. Fischer betrat den Raum gerade so weit, dass er rasch
das Licht anmachen konnte, und hörte irgendeinen Nager in
ein Versteck huschen. Wer hatte angefangen, den Müll nach
oben zu bringen? Er nahm an, es war der Elternteil gewesen,
der den anderen überlebt hatte. Donald schien gerade noch
helle genug zu sein, um zu wissen, wohin der Müll kam, aber
er hatte es wohl bisher nicht geschafft, den Raum leerzu-
räumen.

Nachdem er seiner Frau eine Nachricht geschrieben hatte,
dass die Elektrowerkzeugkonferenz in Ohio gut lief, und ihr
eine gute Nacht gewünscht hatte, legte er sich vollständig
bekleidet auf das Bett im Elternschlafzimmer der Bennetts
und brachte es fertig, volle sechs Stunden zu schlafen.

13

Donnerstag, 22. September, 10:43 Uhr

Sie wusste nicht viel über die Person, die die Liste geschrieben und bisher mindestens drei Leute getötet hatte, aber sie wusste, dass sie ihre Opfer nicht wahllos auf der Straße erschoss. Zumindest bis jetzt nicht. Frank Hopkins war in einem flachen Tümpel an einem öffentlichen Strand ertränkt, Matthew Beaumont an einem abgelegenen Ort von hinten erschossen und Arthur Kruse mit einer ausgeklügelten Vorrichtung vergiftet worden. In allen drei Fällen hatte es keine Zeugen gegeben. Und weil das so war, fühlte sich Jessica relativ sicher, als sie ihren Morgenkaffe auf einer Bank vor dem Gemischtwarenladen von Port Clyde trank.

Es war ein kalter, sonniger Morgen, und sie hielt ihren To-go-Becher mit beiden Händen, um sie zu wärmen. Sie fröstelte am ganzen Leib, aber Sorge machten ihr nur die tauben Hände. Ihre Glock steckte im Halfter, und es konnte sein, dass sie flinke Finger brauchte, um sie zu ziehen.

Ein Strom von Autos bewegte sich unaufhörlich, aber langsam in beide Richtungen durch Port Clyde. Passagiere sammelten sich an der Anlegestelle für die Fähre nach Monhegan Island, und kleine Boote fuhren von nahe gelegenen Inseln herüber. Manche Leute kamen nur auf einen Kaffee oder zum Frühstück. Die Sonne lugte hinter einem dreistöckigen B&B hervor, und Jessica rutschte ein Stück auf der Bank, um in ihrem wirkungslosen Licht zu sitzen. Das war der Moment, in dem sie den Wagen sah, auf den sie gewartet hatte, den dunkelgrauen Chevy, der auf den Parkplatz für die Fähre fuhr und dann wieder von ihm runter und die Steigung hinauf, die aus dem Ort führte.

Jessica ließ ihren Kaffeebecher stehen, rannte zu ihrem eigenen Wagen am Straßenrand, startete ihn und fuhr so schnell los, dass Kies aufspritzte. Sie befahl sich, langsamer zu machen; sie waren auf einer Halbinsel, und es gab nur eine begrenzte Anzahl von Orten, zu denen man fahren konnte. Nachdem sie auf einer kleinen Anhöhe angelangt war, entdeckte sie den Wagen ein Stück voraus, er fuhr in nordöstlicher Richtung. Zwischen ihnen war ein FedEx-Lieferwagen. Eigentlich ideal, aber er tuckerte langsamer als erlaubt dahin, und sie verlor den Chevy aus den Augen, deshalb überholte sie den Lieferwagen in einer Kurve und behielt ihre Geschwindigkeit bei, bis sie den grauen Wagen wieder sah. Sie folgte ihm in einer Entfernung, die sie für vernünftig hielt. In gewisser Weise hatte sie nicht besonders viel dagegen, entdeckt zu werden. Sie war bewaffnet, und falls er bemerkte, dass sie ihn verfolgte, sollte er ruhig versuchen, schneller zu sein als sie.

Sie fuhren durch das Dorf Tenants Harbor, eine Anhöhe hinunter, um einen Meeresarm bei Ebbe zu durchqueren, dann wieder eine Steigung hinauf, wo der Chevy rechts in eine Seitenstraße bog. Jessica folgte ihm, langsamer jetzt, denn für den unwahrscheinlichen Fall, dass sie noch nicht entdeckt worden war, wollte sie es jetzt nicht mehr riskieren. Sie fuhr eine Meile bis zum Ende der Straße, ohne dass sie den Chevy wieder sah. Sie wendete und fuhr die dunkle, bewaldete Straße langsam zurück, schaute in Einfahrten und entdeckte dann eine Schotterstraße, die sie übersehen hatte. Sie fuhr hinein, die Straße machte eine scharfe Kurve und endete dann. Entweder der Chevy war in die geschlossene Garage des verwitterten Ranchhauses gefahren, dem letzten Gebäude dieser Straße, oder die schmale, von Unkraut überwucherte Zufahrt entlang, die einem verblassten Schild zufolge zum Steinbruch von Long Cove führte.

Das ist eine Falle, dachte Jessica.

Aber sie hatte auch eine Waffe, die jetzt entsichert auf dem Beifahrersitz lag, und Falle oder nicht, es war eine Gelegenheit. Ihr Körper wurde von Adrenalin durchflutet, als sie durch dichte Baumgruppen zu beiden Seiten den einspurigen Weg entlangfuhr, bis sie auf eine freie Fläche kam, wo verstreut Granithaufen lagen und verrostete Maschinen herumstanden. Ringsum waren Steilwände, und ein kleiner Badetümpel schimmerte in der Sonne und reflektierte das bunte Laub der Bäume, die den Rand der Steinwände säumten.

Der Equinox stand zwanzig Meter entfernt. Jessica hielt an, stellte den Motor ab und nahm ihre Waffe. Ein Mann stieg aus dem Wagen und sah sie direkt an. Er trug eine Baseballmütze, wie am Vortag, als sie ihn entdeckt hatte. Es war eine Steelers-Mütze, was ihr aus irgendeinem Grund falsch vorkam. Er blickte zu ihr und hob langsam die Hände, um zu zeigen, dass sie leer waren.

Sie stieg aus, die Waffe seitlich am Körper, der Zeigefinger ruhte an dem kurzen Lauf. Sie ging ein paar Schritte auf ihn zu, brüllte: »Runter auf den Boden!« und hob die Waffe leicht an, aber nicht so, dass sie auf ihn zeigte.

Jessica hörte nichts und sie spürte nichts, aber für einen wahrnehmbaren Augenblick begriff sie, dass sie sich töricht verhalten hatte. Der Mann vor ihr war ein Köder, und sie baumelte jetzt am Haken.

Die Kugel, die schneller war als der Knall, den sie erzeugt hatte, als sie aus dem Remington M24 schoss, traf Jessica in den Hinterkopf und ließ sie vorwärts auf eine fleckige Granitplatte stürzen.

Donald Bennett stand einen Moment wie erstarrt da, verwirrt, obwohl er den Schuss gehört und gesehen hatte, wie die Frau in der Vliesjacke leicht abhob, ehe sie wie ein Reh nach einem Kopfschuss auf dem Boden aufschlug. Er war den ganzen Morgen hibbelig vor Aufregung gewesen beim

Gedanken, es der Freundin seines neuen Kumpels heimzuzahlen, aber jetzt wusste er nicht, was vor sich ging. Er wusste nur, es war etwas Schlimmes.

Den nächsten Schuss hörte er nicht, den, der ihn mitten in die Brust traf.

Als Fischer seinen Equinox erreichte und das Scharfschützengewehr im Kofferraum verstaute, hörte er in der Ferne leise eine Sirene, die wahrscheinlich nichts mit ihm zu tun hatte. Dennoch fühlte er sich plötzlich angreifbar, am helllichten Tag hier draußen in einem Steinbruch mit zwei Leichen und nur einem Ausgang. Er traf rasch die Entscheidung, die Leichen liegen zu lassen, wo sie waren, und fuhr so schnell er konnte aus dem Steinbruch hinaus. Als er neu im Geschäft gewesen war, hatte er alle Spuren seiner Taten noch penibel verdeckt, aber im Lauf der Jahre zerbrach er sich immer weniger den Kopf darüber. Im richtigen Leben war die Polizei einfach nicht so gut, wie sie im Fernsehen und Kino dargestellt wurde.

Als er die Halbinsel verließ, kam ihm ein Polizeiauto entgegen. Vielleicht waren die Schüsse gemeldet worden, aber er bog bereits in südlicher Richtung auf die Route 1. Er schaute auf seine Armbanduhr. Wenn er ohne Pause durchfuhr, konnte er bis Mitternacht bei seiner Frau zu Hause im Bett sein.

FÜNF

Matthew Beaumont

Jay Coates

Ethan Dart

Caroline Geddes

Frank Hopkins

Alison Horne

Arthur Kruse

Jack Radebaugh

Jessica Winslow

I

Donnerstag, 22. September, 18:00 Uhr

Es nieselte, aber zum Haus seiner Nachbarn waren es nicht einmal fünfzig Meter, deshalb trug Jack Radebaugh keine Jacke, als er mit zwei Flaschen Wein im Arm an der Tür läutete.

Margaret machte ihm auf, und einen Moment lang dachte er, dass er sich womöglich im Tag geirrt hatte, denn ein Ausdruck von Überraschung oder möglicherweise Angst huschte über ihr Gesicht. Aber dann sagte sie: »Ach, ich habe doch gesagt, Sie sollen nichts mitbringen, und Sie kommen mit zwei Flaschen Wein.« Sie streckte die Hände aus, und er gab ihr die beiden Flaschen.

»Ich wusste nicht, was es zu essen gibt, deshalb habe ich eine Flasche Weißen und eine Flasche Roten mitgebracht.«

»Kommen Sie herein. Eric hat eben angerufen, er fährt jetzt im Büro los und müsste also jede Minute hier sein.«

»Es riecht köstlich hier drin«, sagte Jack.

»Geschmorte Rinderrippen. Ich hoffe, das ist in Ordnung.«

»Hört sich wunderbar an.«

Margaret führte ihn in ein Wohnzimmer mit hoher Decke und wies auf eine teuer aussehende weiße Couch. Auf dem Kaffeetisch davor stand eine Platte mit Appetizern. Runde Brotstücke mit etwas geräuchertem Lachs, einem Klecks von etwas, das wie Sauerrahm aussah, darüber Schnittlauch gestreut.

»Was darf ich Ihnen zu trinken anbieten?«, fragte Margaret. Sie wischte sich die Hände an ihrem Cordrock ab, und

Jack dachte, dass sie nervös wirkte, und wenn nicht nervös, dann gehetzt. Ihre Stirn glänzte vor Schweiß.

»Was trinken Sie?«

»Ich kann Ihnen machen, was Sie wollen. Seien Sie kreativ.«

Jack bat um einen Gin Martini, und Margaret verschwand in der Küche, um ihm einen zu machen. Er sah sich in dem Raum um, der makellos, aber ein wenig karg war. Nichts stand herum, und es gab keine besondere persönliche Note. Es gab auch keine Bücherregale oder Bücher, was Jack merkwürdig erschien, nachdem Margaret Bibliothekarin war.

Sie kam gerade mit seinem Drink zurück, als die Haustür aufging und Eric sehr lautstark »Entschuldigung!« ins Haus rief. Margaret verschüttete ein wenig von dem Gin, als sie Jack das große Glas gab. Er trank sofort einen Schluck, stellte es auf den Tisch und stand auf, als Eric ins Wohnzimmer kam und einen Regenmantel ablegte.

»Ja, ich bin ein Arschloch«, sagte Eric. »Der Gast ist schon da, und ich komme jetzt erst.« Er sprach theatralisch, als versuchte er eine nicht existierende hintere Reihe zu erreichen.

»Ich bin selbst gerade erst gekommen«, sagte Jack und streckte die Hand über den Tisch, um Erics zu schütteln. Diesmal war er auf den kräftigen Druck gefasst.

»Hey, ich weiß, dass *Sie nicht* denken, ich bin ein Arschloch, aber die hier schon.« Er grinste Margaret an, die verlegen wirkte.

»Soviel ich weiß, habe ich dich noch nie als Arschloch bezeichnet, und du bist genau pünktlich, Eric, also keine Sorge.«

»Sagt sie. Hört mal, habe ich noch Zeit für ein Bier und eine Dusche, wenn ich rechtzeitig zum Essen wieder hier bin, oder würde das alles total durcheinanderbringen?«

»Von mir aus gern«, antwortete Jack, und Margaret sagte gleichzeitig: »Kein Problem.«

Nachdem sich Eric eine Dose Bier aus dem Kühlschrank geholt hatte und nach oben gegangen war, um zu duschen, sagte Jack zu Margaret, wie sehr ihm der Martini schmeckte.

»Oh«, sagte sie. »Danke. Es ist witzig. Ich habe meinem Dad immer Martinis gemacht, als ich ein kleines Mädchen war. Hört sich heutzutage wohl nicht mehr angemessen an.«

»Ich finde, es klingt süß.«

»Ich hole meinen Wein und setze mich zu Ihnen, da wir noch nicht gleich essen.«

Nachdem Sie sich in einem unbequem aussehenden modernen Sessel niedergelassen hatte, sagte sie. »Eric kann den Leuten manchmal zu viel werden. Er ist im Grunde ein guter Kerl, aber ich fürchte, er wird versuchen, Sie zu beeindrucken, und am Ende wie ein Idiot aussehen.«

»Ich habe in meinem Leben alle möglichen Leute kennengelernt, und ich mag Eric jetzt schon, weil Sie ihn mögen, also keine Sorge.«

»Okay. Danke. Wenigstens schmeckt das Essen, denke ich.«

»Wie haben Sie beide sich kennengelernt?«

Während sie eine ausführliche Version davon erzählte, wie sie und Eric sich im College kennengelernt hatten, fragte sich Jack einmal mehr, wieso sich gute Frauen mit üblen Männern einließen. Es war nicht das größte Mysterium des Lebens, aber es war ohne Frage eines. Eric würde sich natürlich als haargenau das herausstellen, was er auf den ersten Eindruck war: ein unsicherer Haustyrann, der alle herumkommandierte, denen er sich überlegen fühlte, und vor allen kuschte, von denen er dachte, dass sie mehr Macht besaßen als er. Und er würde diese arme Frau unterdrücken, bis sie ihn entweder verließ oder einen Nervenzusammenbruch erlitt. Jack wusste, dass er eine Menge Annahmen über einen Mann traf, mit dem er noch keine zehn Minuten verbracht hatte, aber er war überzeugt, dass er richtig lag.

Der Rest des Abends entwickelte sich in etwa so, wie er gedacht hatte. Nachdem Eric in Jeans und einem grünen Oxford-Hemd aus der Dusche zurückkam, war er zunächst in Ordnung, als hätte ihn das Bier so weit beruhigt, dass er einigermaßen Small Talk mit Jack machen konnte. Aber als der Abend fortschritt und alle schon ein bisschen zu viel getrunken hatten, begann Eric, seine Frau zu kritisieren. Es fing mit dem Essen an. Er bat darum, dass Salz und Pfeffer an den Tisch gebracht wurden, obwohl er den kürzesten Weg zur Küche hatte. Nachdem es ihm Margaret gebracht hatte, streute er große Mengen davon über seine geschmorten Rippen, dann gab er die Streuer an Jack weiter. »Sie müssen nicht höflich sein, Jack«, sagte er. »Margaret versteht sich nicht darauf, Essen zu würzen.«

»Ich finde, es schmeckt genau richtig«, sagte Jack, obwohl er zugeben musste, dass es tatsächlich ein wenig zu schwach gewürzt war.

»Er will nur höflich sein, Schatz. Nichts für ungut, aber Salz hat wirklich gefehlt.«

»Vermutlich haben wir verschiedene Geschmacksknospen«, sagte Margaret.

Mit einer Stimme, die klang, als könnte er seine Wut kaum bezähmen, sagte Eric: »Das stimmt wissenschaftlich gesehen nicht, aber wir müssen das jetzt nicht weiter vertiefen.«

Nach diesem Wortwechsel entstand eine kleine Pause in der Unterhaltung, und alle schaufelten ihr Essen in sich hinein. Jack brach das Schweigen, indem er ihnen von der Liste erzählte, die er mit der Post bekommen hatte. Er hatte nicht vorgehabt, irgendwem davon zu erzählen, aber er dachte, es sei neutrales Terrain und könnte den Abend wieder in die richtige Spur lenken.

»Dann nimmt das fbi die Sache also ziemlich ernst«, sagte Margaret, als Jack ihnen von dem angebotenen Polizeischutz erzählte.

»Scheint so. Sie haben auf jeden Fall mehr Fragen gestellt als beantwortet, deshalb habe ich keine Ahnung, worum es eigentlich geht.«

»Sie sind ein bekannter Autor«, sagte Eric. »Sie werden bestimmt ein paar Feinde haben.«

»Kann sein. Ich weiß es nicht. Aber ich kenne keinen der anderen Namen.«

»Dann sitzt in diesem Moment also ein Polizist draußen in seinem Wagen?«

»Nein, ich habe den Polizeischutz abgelehnt. Sie haben sich große Mühe gegeben, mich zu überzeugen, aber es erschien mir als Zeitverschwendung. Außerdem verreise ich morgen. Ich zerbreche mir einfach nicht den Kopf darüber.«

»Andere Leute auf der Liste sind gestorben?«, fragte Margaret.

»Wie gesagt, sie haben mir nicht viel verraten, aber ich habe ein paar der Namen recherchiert, und es gab in letzter Zeit einige verdächtige Todesfälle, also, wer weiß. Vielleicht interessiert es mich einfach zu wenig. Es mag schrecklich klingen, aber ich bin ein alter Mann und habe den größten Teil meines Lebens hinter mir. Falls es also jemand auf mich abgesehen hat, was kümmert es mich?«

Zum Dessert gab es Karamellpudding, wie ihn Jacks Mutter vor Jahrtausenden gemacht hatte. Der erste Bissen versetzte ihn mit solcher Heftigkeit in diese Zeit zurück, dass es beinahe unerträglich war.

»Ich habe seit meiner Kindheit keinen Karamellpudding mehr gegessen«, sagte Jack, dann fragte er sich, ob es womöglich wie eine Beleidigung klang.

»Er ist sehr süß«, sagte Eric und schürzte die Lippen.

»Er ist köstlich«, sagte Jack.

»Danke«, sagte Margaret. Jack fand, dass sie müde aussah, als hätte der Abend sie angestrengt. Er beschloss, sich unmittelbar nach dem Dessert zu verabschieden. Unglücklicherweise fragte ihn Eric gerade, als er seinen Aufbruch ankündigen wollte, nach seinem Buch, fast als hätte er bis nach dem Essen damit gewartet.

»Ich habe es bei Amazon bestellt, es also noch nicht gelesen, aber ich habe mir die Kommentare angesehen. Sie sind ein Guru, Mann.«

Jack hatte schon vor langer Zeit jedes Interesse an der Geschäftswelt oder seinem Buch verloren, aber er saß höflich mit Eric zusammen, schaltete in seinen Beratermodus und schilderte ihm in groben Zügen die Philosophie hinter seinem Ansatz. Er gab sogar einige amüsante Geschichten von der sechsmonatigen Lesereise zum Besten, die er absolviert hatte, nachdem das Buch auf der Bestsellerliste der *New York Times* gelandet war. Margaret räumte den Tisch ab, und Eric trank ein Bier, während Jack eine Tasse Tee nahm. In einer vollkommeneren Welt, dachte Jack, würde Eric den Tisch abräumen, während Margaret und er über alles, nur nicht über geschäftliche Dinge sprachen. Nachdem er seinen Tee getrunken hatte, stand Jack auf und erklärte, es sei bereits nach seiner Bettzeit. An der Tür dankte ihm Margaret dafür, dass er gekommen war. Ihr Gesicht glänzte vom Abwasch, und Jack sagte, es sei das beste Essen gewesen, das er seit Jahren genossen habe.

Eric, der einen halben Meter hinter Margaret stand, sagte: »Dann müssen Sie ins Quarto in der Innenstadt gehen, Mann, wenn Sie noch nicht dort waren. Es ist das beste Restaurant in Hartford. Eine ganze Ecke besser als das, was wir heute Abend gegessen haben, das können Sie mir glauben.« Er schwankte leicht und hatte seine große Pranke um die Bierflasche geschlossen, und Jack stellte sich einen Moment lang vor, was für ein reines Vergnügen es wäre, diesem Mann eins auf die Nase zu geben.

Es war kalt draußen, aber es hatte zu regnen aufgehört, und Jack stand einen Moment vor seiner Tür und atmete tief die frische Luft ein. Ein Wagen fuhr langsam vorbei und wühlte die Pfützen auf der Straße auf. Er fürchtete sich nicht, auch wenn er sich sehr wohl fragte, wie es wäre, Angst vor dem Sterben zu haben. Er versuchte es sich vorzustellen, aber dann stellte er sich stattdessen die Unterhaltung im Nachbarhaus in diesem Augenblick vor. Eric machte Margaret wahrscheinlich wegen irgendetwas nieder, was sie an diesem Abend gesagt, getan oder gekocht hatte. Vielleicht würde sie ihn eines Tages verlassen, aber Jack bezweifelte es. Er öffnete die Tür zum Haus seiner Kindheit und betrat die Eingangshalle, und einen Moment lang war er verwirrt, weil er Karamellpudding im Haus roch, obwohl das unmöglich war.

2

Er will ihnen nicht wehtun«, sagte Aaron Berlin. Er war in Ruth Jacksons Büro, die Tür war geschlossen. Sie hatte ihm einen Stuhl angeboten, aber er stand noch.

»Er hat Frank Hopkins wehgetan, oder nicht?«

»Frank ist ein Sonderfall. Das dachte Jessica ebenfalls. Er wurde ertränkt, also wusste er, dass er sterben würde. Er hatte den Brief, aber einen ohne Briefmarke, er ist ihm also direkt überbracht worden. Und er war in den Siebzigern.«

»Jack Radebaugh ist siebzig.«

»Dann sind sie beide Sonderfälle.«

»Wie viele Sonderfälle sind bei einer Liste erlaubt, die aus neun Namen besteht?«, sagte Ruth. Sie saß immer noch in derselben zurückgelehnten Haltung in ihrem ergonomischen Sessel, wie sie es getan hatte, als Aaron das Büro betrat.

»Woher zum Teufel soll ich das wissen, Ruth. Herrgott noch mal.«

Sie runzelte die Stirn. »Ich weiß, dass die Sache mit Jessica Sie mitnimmt, aber lassen Sie es nicht an mir aus, okay?«

»Tut mir leid. Sie haben recht. Ich weiß nicht einmal mehr, was ich Ihnen sagen wollte, als ich reinkam.«

»Dass er ihnen nicht wehtun will.«

»Richtig. Außer Frank Hopkins. Matthew Beaumont wurde in den Rücken geschossen. Arthur Kruse wurde im Schlaf vergast, und Jessica wurde ebenfalls von hinten getroffen. Als wollte er nicht, dass sie es kommen sehen.«

»Donald Bennett hat es kommen sehen, oder hätte es sehen können.«

Aaron brauchte einen Moment, um den Namen zuzuordnen. Donald Bennett war der zweite Tote am Tatort gewesen, ein Einheimischer, den wahrscheinlich der Täter dorthin gebracht hatte. Zumindest war klar, dass er nicht in Jessicas Wagen gefahren war. Teri Michaud, die Barfrau im Lobster Pot, hatte ausgesagt, Donald Bennett, ein Stammgast, habe die Kneipe mit einem Fremden verlassen, der bar bezahlt hatte, einem schmierig aussehenden Kerl mit Vokuhila. Die aktuelle Theorie lautete, dass Bennett von dem Mann, der auf Jessica geschossen hatte, für seine Zwecke eingespannt worden war.

»Über ihn hab ich auch nachgedacht«, sagte Aaron. »Wenn Bennett sich bereit erklärt hat, dem Schützen zu helfen und Jessica irgendwie an diesen abgelegenen Ort zu führen, dann war er ebenfalls schuldig. Also spielte es keine Rolle, wie er starb.« Aaron schnippte einen Fussel von seiner Anzughose. »Wenn man unschuldig ist, stellt er sicher, dass man unvorhergesehen stirbt.«

»Eine mögliche Theorie«, sagte Ruth.

»Was bedeutet, Frank war in irgendeiner Weise schuldig. Aber er starb als erster, deshalb können wir ihn schlecht danach fragen.«

»Hören Sie«, sagte Ruth. »Können wir das für den Moment zurückstellen? Ich muss ein paar Anrufe erledigen.«

»Ach so, klar. Tut mir leid. Eigentlich bin ich nur gekommen, um zu hören, ob es etwas Neues gibt.«

»Es ist erst eine Stunde vergangen.«

»Und?«

»Tatsächlich gibt es etwas Neues«, sagte Ruth. Sie lächelte, und Aaron, der Ruth eigentlich mochte, wollte ihr plötzlich dieses Grinsen aus dem Gesicht ohrfeigen. »Sie haben Jay Coates gefunden.«

»Was? Tot oder lebendig?«

»Lebend. Er wohnt in Decatur, Georgia. Er hat den Brief bekommen, aber weggeworfen. Das ist alles, was ich darüber weiß.«

»Wie alt ist er?«

»Wie gesagt, mehr weiß ich nicht. Er ist ein IT-Typ oder so, also wahrscheinlich noch nicht so alt. Jedenfalls noch nicht im Ruhestand.«

»Okay. Das wären dann alle, bis auf Alison Horne.«

»Ganz recht.«

»Werden sie Jay Coates wegen seiner Eltern befragen?«, sagte Aaron und blickte aus Ruths Fenster auf den Parkplatz darunter.

»Ich bin mir sicher, das werden sie, Aaron. Ich bin mir sicher, sie werden ihn über alles befragen.«

»Das hat zu den Dingen gehört, die Jessica zu mir gesagt hat, als wir das letzte Mal von Angesicht zu Angesicht miteinander gesprochen haben. Sie sagte, wenn sie für die Ermittlungen verantwortlich wäre, würde sie Profile der Eltern erstellen und dort nach Gemeinsamkeiten suchen. Dass die Antwort dort zu finden sei.«

»Ich glaube, damit lag sie richtig«, sagte Ruth und kippte in ihrem Sessel ein klein wenig nach vorn.

»Haben Sie etwas gehört?«

»Ich werde Ihnen nicht alles sagen, was ich höre, Aaron, denn im Augenblick mache ich mir ein wenig Sorgen um Sie.«

»Aha. Es gibt also eine Verbindung zwischen den Eltern?«

Ruth bewegte sich in ihrem Sessel noch einen Zentimeter vor und stellte die Füße auf den Boden. »Das weiß ich nicht. Was ich aber weiß, ist, dass die Eltern geographisch im Allgemeinen im Gebiet von Neuengland angesiedelt sind.«

»Das ist interessant.«

»So, nachdem ich Ihnen jetzt die eine Information verraten

habe, die ich besitze, muss ich Sie wegschicken. Ich möchte, dass Sie den Fall Brundy übernehmen und dort weitermachen, wo Jessica aufgehört hat.«

»Ich dachte, das sollte Ellen machen.«

»Das sollte sie, aber jetzt soll sie es nicht mehr, sondern Sie, und das bedeutet, Sie müssen darauf vorbereitet sein auszusagen, auch wenn die Chancen, dass die Sache vor Gericht geht, gleich null sind.«

An seinem Schreibtisch warf Aaron einen Blick in die Akte Brundy, aber er konnte sich nicht konzentrieren. Ganz hinten in seiner Schublade waren ein Fläschchen Dewar's und zwei Schnapsgläser. Er hatte sich immer vorgestellt, er würde eines Nachts, wenn er noch spät arbeitete, die Flasche hervorholen und mit einem Kollegen etwas trinken. Er hatte es oft genug in dämlichen Polizeifilmen gesehen. Aber irgendwie war es nie dazu gekommen. Er ließ die Flasche in die Innentasche seines Sakkos gleiten und ging nach oben zu der ruhigen Toilette im vierten Stock. Dort schloss er sich in einer Kabine ein, setzte sich auf den Klodeckel und trank von dem Whiskey. Dann legte er beide Hände vors Gesicht und weinte etwa zwei Minuten lang, so leise er konnte.

3

Mittwoch, 28. September, 17:45

J ay Coates, ein einundvierzigjähriger Cloud-Security-Spe-
zialist aus Decatur, Georgia war endlich zu dem Schluss
gekommen, dass er einen großen Fehler gemacht hatte, als
er zu der Polizistin, die sich anhörte, als wäre sie hübsch, am
Telefon gesagt hatte, ja, er habe tatsächlich vor etwa einem
Monat eine geheimnisvolle Liste mit der Post erhalten. Er
hätte seine Lüge sofort einräumen sollen, als die beiden
FBI-Agenten bei ihm zu Hause aufkreuzten und ihn baten,
sie auf die Dienststelle zu begleiten, um ein paar Fragen zu
beantworten. Aber die zwei Männer, beide in grauen Anzügen, beide mit grauem Haar, auch wenn einer von ihnen
weiß und der andere schwarz war, sahen so ernst aus und
hatten so tiefe Stimmen, dass Jay sich nicht dazu durchrin-
gen konnte zuzugeben, dass er nie eine Liste erhalten hatte.

»Werde ich von der Frau befragt, die mich angerufen hat?
Sie hat sich als Officer Chen vorgestellt«, sagte Jay, und die
Männer schauten kurz verwundert drein.

Der ältere der beiden, der Schwarze, schüttelte langsam
den Kopf und sagte: »Wir befragen Sie.«

Er wurde in einen Vernehmungsraum gebracht, der für
Aufnahmen ausgerüstet war und schalldichte Wände hatte,
und da wusste er, dass er nicht die Wahrheit sagen konnte.
Glücklicherweise war es nicht allzu schwer zu lügen. Die
nette Polizistin hatte ihm bei ihrem Anruf genügend Einzelheiten über die Liste verraten, damit er glaubwürdig darüber
reden konnte.

»Ich habe tatsächlich eine solche Liste erhalten. Glaube ich jedenfalls«, hatte er zu ihr gesagt.

»Können Sie sie beschreiben?«

»Äh, es ist eine Weile her. Wie Sie sagten, vielleicht einen Monat.«

»Waren es neun Namen auf einem leeren Blatt Papier, darunter Ihr eigener?«

»Ja, doch, das kommt mir bekannt vor.«

»Kannten Sie welche von den anderen Namen?«

»Ich glaube, nicht.«

»Erinnern Sie sich noch an welche von den Namen?«

»Nein. Ich weiß nur, dass mein Name auf der Liste stand. Tut mir leid.«

»Es muss Ihnen nicht leidtun. Das ist absolut in Ordnung. Ich meine, warum sollten Sie denken, dass es irgendetwas zu bedeuten hat ...«

»Ja, ich weiß.«

Also erzählte er den beiden Männern einfach, was er Officer Chen am Telefon erzählt hatte. Er erinnere sich nicht an das genaue Datum oder an einen der anderen Namen, aber seiner habe draufgestanden. Jay Coates. Nach dem Ende der Befragung ging er davon aus, dass schon alles gut gehen und niemand herausfinden würde, dass er gelogen hatte, so wie es damals auf der Highschool niemand herausgefunden hatte, als er seinen beiden besten Freunden gegenüber behauptete, er hätte seine Unschuld im Sommercamp der Fechter verloren.

Aber inzwischen war fast eine Woche vergangen, und wenn er sein Wohnhaus mit den vierundvierzig Apartments verließ, in dem er lebte, war er sich immer des unscheinbaren Chevrolets bewusst, der ihm zu dem Büroviertel folgte, in dem er arbeitete. Und wenn er abends zurückkam und in der frühen Dämmerung vom Parkplatz zum Gebäudeeingang ging, fühlte er Blicke auf sich ruhen. Man hatte ihn angewiesen, sein Leben so normal wie möglich zu führen, aber immer den leitenden Agent – ein weiterer Mann im grauen Anzug, aber ohne Haar, das ergrauen konnte – darüber in Kenntnis zu setzen, wenn er etwas außerhalb seines gewohnten Ablaufs unternehmen wollte. Aber das tat er nicht. Er fuhr nur zur Arbeit und zurück und bestellte sich jeden Abend Essen bei einem Lieferdienst. Heute bestellte er wieder Pizza, auch wenn er wusste, er sollte es nicht tun, und er ertappte sich sogar dabei, dass er zusätzlichen Käse zu seiner großen Peperoni orderte, und dann bestellte er noch die Zwei-Liter-Flasche Dr. Pepper. Er spielte Dark Souls II, während er auf seine Pizza wartete, und dann schaute er eine Dokumentation über Haie, während er aß.

Als er sich in dieser Nacht schlafen legte, auf mehreren Kissen, weil sein Sodbrennen wieder da war, dachte er an eine Phantasie, der er regelmäßig nachhing, und in der er der ahnungslose Gegenstand eines Experiments war. Ohne sein Wissen hatten ihm Wissenschaftler Aufzeichnungsgeräte in Augen und Ohren implantiert, sodass ein Team rund um die Uhr ein durchschnittliches Leben – sein durchschnittliches Leben – beobachten konnte. Sie würden die Welt so sehen, wie er sie sah. In seiner Phantasie verfolgte die Beobachtergruppe jede seiner Bewegungen, sie sahen, wie er sich am Morgen Rührei machte und sein Geschirr abwusch, und sie sahen die Leute, mit denen er sich auf der Arbeit herumschlagen musste, ohne sich je zu beklagen oder auszurasten. Die Wissenschaftler würden sich Notizen machen und versuchen, unparteiisch zu sein, aber sie würden bei ihrer Beobachtung nicht umhinkönnen, sein einfaches Leben zu bewundern, seine Intelligenz und Güte, und sie würden auch erkennen, dass es niemanden in seiner Umgebung zu interessieren schien. Sie würden erkennen, dass ihm die Anerkennung, die er verdiente, immer versagt blieb. Die Leute nahmen ihn als selbstverständlich oder verhielten sich unhöflich oder abfällig. Manchmal ließ er zu, dass seine Phantasie mit ihm durchging, und er stellte sich vor, wie eine der Wissenschaftlerinnen ihre Arbeit, ihren Beruf aufgab, damit sie kommen und mit ihm zusammen sein konnte. Es würde ein cooles Buch ergeben, dachte er immer, und vielleicht sogar einen noch besseren Film, und er überlegte, es selbst zu schreiben, aber wahrscheinlich würde er es nie tun.

Aber jetzt, da er tatsächlich von anonymen Polizisten in grauen Fahrzeugen beobachtet wurde, war er sich nicht sicher, wie sehr es ihm gefiel. Er fragte sich, ob sie sich auch seinen Browserverlauf ansahen, und aus diesem Grund besuchte er gewisse Webseiten nicht mehr, seit er der Frau am Telefon erzählt hatte, dass er auf einer Liste stand. Und er vermisste diese Seiten. Als er jetzt mit geschlossenen Augen im Bett lag, beschwor er das Bild von Evie Aurora herauf, einem Cam Girl, das sich immer gefreut hatte, ihn zu sehen, damals in der guten alten Zeit, bevor er diesen Anruf vom FBI bekommen hatte.

4

Jay Coates, der Jay Coates, der in Los Angeles, Kalifornien lebte, bereitete sich auf das wöchentliche Gespräch mit seiner Mutter vor, indem er eine Reihe von Tai-Chi-Bewegungen ausführte, während er aus dem Fenster seines Apartments auf den smogverhangenen Himmel hinausschaute.

Sein Telefon läutete auf die Minute genau. 10:30 Uhr seiner Zeit, 12:30 Uhr ihrer.

»Hallo, Mom«, sagte er.

»Hallo, Schatz. Ich rufe doch nicht etwa zu einer ungünstigen Zeit an, oder?«

»Nein, nein. Ich habe deinen Anruf erwartet.«

»Ah, gut. Ich bin gerade fertig mit Lunch.«

»Was gab's?«, sagte Jay und beendete seine Bewegungen mit dem Telefon in der Hand, während er sie etwas über einen Tomatensalat sagen hörte.

»Bist du noch da, Schatz? Ich glaube, die Verbindung setzt aus.«

»Ich bin da.«

»Ah, gut. Erzähl mir von dir. Hast du diesen Werbespot bekommen, für den du vorgesprochen hast?«

»Sie wollten mich, aber ich habe abgelehnt. Ich meine, das Geld wäre okay gewesen, aber für so was bin ich nicht hierhergekommen, verstehst du?« Anschließend erzählte er ihr etwas von einem phantastischen Stück, in dem er mitspielen würde, und als sie fragte, ob sie kommen und es sich ansehen könne, sagte er, es würde nur für Branchen-Insider aufgeführt. Er war sich nicht sicher, ob sie es ihm abkaufte, aber sie wechselte das Thema. Es war schwer, über schauspielerischen Erfolg zu lügen, da Schauspielerei öffentlich stattfand. Manchmal erzählte er ihr, dass er auch Drehbücher schrieb und ein paar davon verkauft habe, aber man könne nicht wissen, wann sie in Produktion gingen. Sie wollte immer wissen, ob er eine Rolle für sich selbst geschrieben hatte, so wie Matt und Ben in *Good Will Hunting*, und er antwortete, so egoistisch sei er nicht. Seine Mutter war in Cambridge, Massachusetts aufgewachsen und benahm sich, als wäre sie irgendwie mit Matt Damon und Ben Affleck verwandt und redete ständig von ihnen.

»Hast du gehört, was ich gerade gesagt habe, Jay?«

»Was? Entschuldigung, du warst für einen Moment weg.«

»Ich habe Neuigkeiten über deinen Vater.«

Sie hatte oft Neuigkeiten über seinen Vater, trotz der Tatsache, dass er sie vor mehr als zwanzig Jahren verlassen hatte. »Ach, und was?«, sagte Jay.

»Du weißt, ich folge ihm nicht auf Facebook, aber meine Freundin Stella folgt ihm, und sie hat mir erzählt, dass er Vitaminpräparate oder so etwas zu verkaufen versucht. Laut ihr sieht es nach einem totalen Schwindel aus, und ich musste denken, dass er anscheinend verzweifelt Geld braucht.«

»Er ist ein Loser, Mom, das weißt du.«

»Du weißt, dass ich deinem Vater nicht sehr zugetan bin, Jay, aber ich mag es nicht, wenn du das sagst.«

»Dann fang nicht immer von ihm an.«

»Okay, das war deutlich, mein Lieber. Ich verliere kein Wort mehr darüber. Welche Filme hast du in letzter Zeit gesehen? Ich habe gerade etwas mit Bradley Cooper gesehen, das sehr gut war.«

Nach mehreren gescheiterten Versuchen gelang es Jay zwanzig Minuten später, das Gespräch mit seiner Mutter zu beenden. Um sich zu beruhigen, beschloss er, laufen zu gehen. Als er sich die Laufschuhe band, gingen seine Gedanken zu Jeremy Evans, seinem besten Freund auf der Grundschule, und wie er zum zwölften Geburtstag ein Paar Air Jordans bekommen hatte. Jay war so neidisch auf die schicken Sneaker gewesen, dass er zur Gottesdienstzeit durch ein offenes Fenster in Jeremys Zimmer im Erdgeschoss eingestiegen war, die Air Jordans gestohlen und sie in einen Müllcontainer hinter einem Mini-Supermarkt geworfen hatte. Er hatte seit Jahren nicht daran gedacht. Wahrscheinlich hatte die Kombination aus der Stimme seiner Mutter am Telefon und dem Binden seiner Laufschuhe die Geschichte wachgerufen. Er schwelgte in der Erinnerung. Jeremys Trauer über den Verlust dieser Schuhe war ein Erlebnis von großer Tragweite für Jay gewesen. Er hatte heimlich etwas getan, das dazu führte, dass es jemand anderem schlecht ging und ihm selbst gut. Es war ein Moment gewesen, der alles veränderte.

Nachdem er seine Lauf-Playlist gestartet hatte, verließ er seine Eigentumswohnung und dachte, dass er mindestens drei Meilen laufen würde.

5

Ethan und Caroline schrieben sich immer noch E-Mails, aber in letzter Zeit hatten sie mehr telefoniert und sogar zu skypen angefangen. Ethan glaubte manchmal, dass Skype die sicherste Art der Kommunikation war. Er ging davon aus, dass die Polizei, das FBI oder ein geisteskranker Killer jedes Gespräch belauschte, das zwischen ihren Handys stattfand. Skype fühlte sich irgendwie ungestört an, auch wenn es nicht so war. Es bedeutete außerdem, dass er Caroline ansehen konnte, statt nur die Worte zu sehen, die sie tippte, oder ihre Stimme am Handy zu hören. Er hatte sich in ihr Gesicht verliebt. Seine Mutter hatte früher kleine Tiere aus Keramik gesammelt, die wie winzige Menschen gekleidet waren. Sie hatten einen Namen gehabt, auch wenn sich Ethan nicht mehr genau an ihn erinnerte – etwas wie Geschöpfe des Waldes oder so –, und jedes Mal, wenn sie ein neues Stück für ihre Sammlung bekam, betrachtete sie all die kleinen Gesichter und sagte immer wieder, wie süß sie seien.

Carolines Gesicht erinnerte Ethan an so ein Waldgeschöpf, was er ihr natürlich niemals sagen würde. Sie hatte einen kleinen Mund und eine kleine Nase, aber große Augen und eine breite Stirn, die noch größer wirkte, weil sie das braune Haar immer zu einem lockeren Knoten zusammensteckte. Ihre Haut war so hell, dass sie beinahe zu reflektieren schien, genau wie ihre hellbraunen Augen. Ethan dachte, dass sie abwechselnd wie ein junges Mädchen und wie eine alte Dame aussah. Auch das war etwas, was er ihr nie sagen würde.

Aber sonst hatte er ihr fast alles erzählt. Dass er sich mit den mageren Tantiemen aus dem einen Song über Wasser hielt, den er vor mehr als fünf Jahren verkauft hatte, ein Song, der für einen landesweit ausgestrahlten Jeans-Werbespot verwendet worden war. Von all seinen Beziehungen zu Frauen, von seiner Angst, dass er kein Talent hatte und sein Leben damit vergeudete, einem unerreichbaren Traum nachzujagen. Er erzählte ihr von seiner jahrelangen Beziehung mit Phoebe Faunce, einer anderen Singer-Songwriterin, und wie sie an einer Überdosis Oxycodon gestorben war, während er neben ihr geschlafen hatte. Und er erzählte ihr sogar, was ein Freund seiner Eltern ihm in den Dünen hinter einem gemeinsam gemieteten Ferienhaus in Cape Cod angetan hatte, als Ethan zwölf war. Im Gegenzug hatte Caroline ausführlich von der Dynamik in ihrer Familie gesprochen und von der besonders heimtückischen Grausamkeit ihres Vaters, und wie ihre Mutter, als Caroline sie nach dem Tod des Vaters vor einigen Jahren endlich darauf angesprochen hatte, geantwortet hatte, sie hätte ihren Vater *wegen* und nicht trotz seiner Grausamkeit geheiratet.

Und sie sprachen über die Liste und die Polizeipräsenz, die jetzt zu ihrem Leben gehörte, und einmal hatten sie bis spät in die Nacht über ihren eigenen bevorstehenden Tod gesprochen, und ob sie glaubten, die Polizei würde die Person fassen, die Frank Hopkins, Matthew Beaumont und Arthur Kruse getötet hatte.

»Ich glaube, sie werden sie oder ihn kriegen«, sagte Ethan. Er hatte mehrere Kissen unter seinen Kopf getürmt und lag auf der Seite, und er sah Caroline dasselbe in ihrem Haus in Michigan tun.

»Wirklich?«

»Ich weiß nicht. So oder so hat er seit einer Weile aufgehört.«

»Das liegt daran, dass wir alle bewacht werden«, sagte Caroline. »Aber sie können uns nicht bis in alle Ewigkeit bewachen. Ich denke, er lässt sich einfach Zeit.«

»Wahrscheinlich hast du recht. Er hat so viele von uns getötet, wie er konnte, bevor die Polizeipräsenz zu groß wurde, und jetzt wartet er einfach. Kein Grund zur Eile, es sei denn, sie finden heraus, wer er ist.«

»Das hoffe ich«, sagte Caroline.

»Ich habe irgendwo gelesen, dass sich Menschen den eigenen Tod nicht wirklich vorstellen können, weil wir sonst alle vor Angst gelähmt wären.«

»Ich verdiene meinen Lebensunterhalt mit dem Studium von Lyrik, und glaub mir, Dichter müssen die Ausnahme von dieser Regel sein. Die haben jede Menge Vorstellung von Sterblichkeit.«

»Was ist mit deinen Studenten?«, sagte Ethan.

Caroline runzelte die Stirn, dann lachte sie. »Interessante Frage. Meine Studenten haben definitiv keinen Begriff davon, dass sie eines Tages sterben werden, und wahrscheinlich wirken sie deshalb so, als könnte Poesie sie nicht berühren.«

Ethan antwortete nicht sofort. Er versuchte, einen Gedanken zu greifen. Diese Schweigepausen – die zumeist angenehm waren – gehörten inzwischen zu ihrer normalen Kommunikation, vor allem, wenn sie über Skype sprachen. »Kann sein, dass sie ihn erwischen«, sagte er schließlich. »Sie haben eindeutig eine Spur.«

»Ach, sind wir wieder bei dem Thema. Du meinst, unsere Eltern sind die Spur?«

»Mhm.«

Einige Tage zuvor waren Ethan und Caroline von jeweils verschiedenen FBI-Agenten kontaktiert worden, die ihnen Fragen nach ihren Eltern stellten. Kurz darauf waren ihre Eltern ebenfalls befragt worden. Ethan hatte unmittelbar danach mit seiner Mutter gesprochen, und sie hatte ihm erzählt, sie hätten ihr eine lange Liste mit Namen vorgelegt und wissen wollen, ob sie die Leute kenne.

»Caroline Geddes? Jay Coates? Jessica Winslow?«, hatte Ethan gefragt.

»Ich glaube, nicht. Aber die Nachnamen kommen mir bekannt vor. Sie haben mich nach einem Wayne Coates gefragt, und ich habe ihnen erzählt, dass ich einen Wayne Chalfant kannte, du erinnerst dich doch an ihn, oder? Dieser nette, zurückgebliebene Mann, der im Lebensmittelladen gearbeitet hat?«

»Du kanntest also niemanden von den Leuten, die sie dir genannt haben?«

»Nein, mein Schatz, aber vielleicht werde ich alt und vergesslich. Dein Vater behauptet das ohnehin schon.«

»Ich glaube nicht, dass du vergesslich wirst, Mom«, log er. »Und die FBI-Leute stochern eigentlich nur im Nebel. Was ist mit Mary Louise Gauthier? Oder Meg Gauthier?«

Sie zögerte kurz, dann sagte sie. »Ja, ich glaube, nach der haben sie mich gefragt. Warum? Kennst du alle diese Menschen? Ich wünschte, du würdest mir mehr sagen, Ethan. Es gefällt mir nicht, was mit meinem kleinen Jungen passiert.«

Gauthier war der Mädchenname von Carolines Mutter, und Ethan wusste, dass die Agenten sie ihrerseits nach seiner Mutter gefragt hatten. Deshalb war es offensichtlich, dass das FBI einer Spur folgte. Es konnte eine falsche Spur sein – wahrscheinlich war es eine falsche Spur –, aber sie glaubten, eine Verbindung gefunden zu haben, die mit den Eltern der Leute auf der Liste zu tun hatte.

»Mom«, hatte Ethan während des Gesprächs mit seiner Mutter gesagt, »das ist eine sonderbare Frage, aber könnte sich irgendwer an dir rächen wollen? Hattest du je etwas damit zu tun, dass vielleicht ein Kind zu Schaden kam? Nur versehentlich, meine ich.«

Es gab eine winzige Pause, vielleicht nur für Ethan wahrnehmbar, weil ihm der Sprachrhythmus seiner Mutter so vertraut war, aber dann sagte sie: »Natürlich nicht. Ich würde nie jemandem etwas antun.«

»Nein, ich weiß, Mom. Aber was, wenn es ein Unfall oder so war?«

Wieder ein kurzes Zögern, und für einen Augenblick dachte er, sie würde ihm etwas Wichtiges mitteilen, aber stattdessen sagte sie: »Ich weiß nicht, warum du mir diese Fragen stellst.«

Caroline war jetzt im Begriff einzuschlafen – er erkannte es daran, wie sie ihr Kissen gefaltet und den Kopf darauf gebettet hatte –, und Ethan sagte: »Ich lasse dich jetzt lieber schlafen. Willst du morgen wieder skypen?«

Sie gähnte, stützte sich aber auf den Ellenbogen. »Ich habe neulich ein Gedicht gelesen und an uns gedacht.«

»Ach ja?«

»Es war ein kürzlich von Philip Larkin veröffentlichtes Gedicht mit dem Titel ›Ich traf dich am Ende der Party‹.«

»Wie kann es sein, dass es von Larkin ist und erst kürzlich veröffentlicht wurde?«

»Posthum veröffentlicht, meinte ich.«

»Willst du es mir vorlesen?«

»Nein, nicht jetzt. Du hast recht, ich bin müde. Ich musste nur an uns denken dabei, als hätten wir uns jetzt kennengelernt, wo es möglicherweise zu spät ist.«

»Das ist hart.«

Caroline lächelte. Sie hatte einen kleinen Mund aber ein großes Lächeln. Er konnte einen Streifen ihres rosa Zahnfleisches sehen. »Ja, ich weiß, aber das habe ich nun einmal empfunden, ich kann es nicht ändern. Schlag es nach, und lies es selbst.«

»Okay, mach ich.«

Nach dem Ende des Gesprächs ging Ethan auf die Toilette, putzte sich die Zähne und holte sich ein Glas Wasser aus der

Küche. Als er an der gläsernen Schiebetür zu seinem kleinen Garten vorbeikam, glaubte er, draußen etwas zu hören.
Er zog den Vorhang beiseite und sah die Wildkatze, die er
Townes getauft hatte, an dem Katzenfutter kauen, das er ihr
auf die Steinterrasse gestellt hatte. Es war Vollmond, und ein
gelblicher Schein lag auf dem von Buschwerk überwachse-
nen Garten mit den beiden Liegestühlen und dem verroste-
ten Weber-Grill.

Zurück im Bett suchte er im Internet nach dem Gedicht
von Larkin; es war einige Jahre zuvor im *New Yorker* veröffentlicht worden. Es ging eindeutig darum, alt zu sein, jemanden kennenzulernen und sich zu verlieben, wenn nicht
mehr viel Zeit bleibt, und es beunruhigte ihn, dass Caroline
an sie beide gedacht hatte, als sie es las. Er hätte sie beinahe
noch einmal angerufen, aber dann beschloss er, sie schlafen
zu lassen. Er würde ihr gleich morgen früh eine Nachricht
schicken.

6

Donnerstag, 13. Oktober, 11:11 Uhr

Jonathans Haus auf den Bermudas war nicht das, was sie erwartet hatte. Sie hatte sich eine protzige Neubauvilla in einer Gated Community vorgestellt, aber sie war zu einem windschiefen Haus im Kolonialstil aus dem 19. Jahrhundert gebracht worden, das an einer schmalen, kurvenreichen Straße in Saint George's lag. Es gab einen verwilderten Garten, das Mobiliar roch muffig, und die Orientteppiche waren durchgelaufen. Alison gefiel es sehr dort. Jeden Morgen fuhr sie mit einem Motorroller zur Tobacco Bay hinunter und schwamm, bis sie erschöpft war, dann briet sie in der Sonne. An den Nachmittagen zog sie sich in die Kühle des Hauses mit seinen hohen Decken zurück. Es gab natürlich WLAN, aber davon abgesehen war nichts in dem Haus modern. Wahrscheinlich war die Küche der zuletzt erneuerte Raum, und das musste irgendwann in den Fünfzigern passiert sein.

Den ganzen Tag mit Jonathan zusammen zu sein, war ebenfalls nicht so, wie sie es erwartet hatte. Er verbrachte viel Zeit an seinem Laptop in seinem Arbeitszimmer oder nahm im Garten Anrufe entgegen, aber er machte jeden Abend gegen sechs, wenn es kühler geworden war, einen Spaziergang mit ihr. Alison hakte sich bei ihm ein, und sie drehten eine Runde durch einen ruhigen Park, wo es nach Blumen roch. Seit dem Weggang seiner Frau hatte sich etwas verändert an ihm; er war distanzierter, stiller, neigte aber dazu, unversehens merkwürdige Fragen zu stellen. Ob Alison glaubte, dass irgendwer auf der Welt wahrhaft glücklich war. Ob sie an einen interventionistischen Gott glaubte. Es konnte sein, dass das Jonathans wahre Persönlichkeit war, die bei ihren wöchentlichen Zusammenkünften nie zum Vorschein gekommen war. Er hatte sogar aufgehört, mit ihr schlafen zu wollen, wenngleich er glücklich zu sein schien, sie in dem großen Himmelbett bei sich zu haben. Er schlief immer mit einer Hand auf ihrem Schenkel und einem Taschenbuchroman auf der Brust ein. In manchen Nächten träumte er schlecht und murmelte unverständliche Worte. Einmal hatte sie ihn aufgeweckt, als er stöhnte, und er hatte sie angesehen, als hätte er keine Ahnung, wer sie war.

Das Haus hatte seinen Eltern gehört, und er kam seit seiner Kindheit hierher. Im Flur des oberen Stockwerks hingen Familienfotos, und in dem großen Wohnzimmer Ölgemälde, eines zeigte seine Eltern und jeweils eins Jonathan und seine Schwester als Kinder, wahrscheinlich mit acht und zehn. Sie fragte ihn nach seiner Familie, doch er erzählte nicht viel, nur dass sie jetzt alle tot seien und er das Haus lieber früher als später verkaufen sollte. Eine Frau aus dem Ort kam jeden Nachmittag, um sauber zu machen, und Jonathan ließ es sich immer angelegen sein, mit ihr zu plaudern; sie kannten sich seit fünfzig Jahren, sagte er, länger als er irgendwen sonst kannte. Sie putzte sehr wenig, wischte nur ein bisschen Staub und saugte, deshalb hatte Alison ihrerseits einige Projekte im Haus begonnen, vor allem arbeitete sie sich durch Schränke und Lagerräume, suchte nach Silber, das sie polieren, oder nach neuen Kunstwerken, die sie aufhängen konnte. Eines Tages fand sie einen Satz gravierter Cocktailgläser aus den Sechzigern, reinigte sie und servierte Jonathan zur Cocktailstunde Rum Swizzles. Aber ihr bester Fund war eine alte Kodak-Instamatic-Kamera, wahrscheinlich ebenfalls aus den Sechzigern, dazu eine ganze Schachtel Filme. Sie fing an, Fotos vom Haus zu machen, ohne zu wissen, ob der Film noch gut war. Nachdem sie eine Rolle verschossen hatte, brachte sie sie zu einem kleinen Laden in Hamilton und ließ sie entwickeln. Die Bilder waren wunderschön, fand sie. Und jetzt arbeitete sie sich durch die restlichen Filme und hatte den Eindruck, als hätte die alte Kamera, vielleicht in Kombination mit dem alten Haus und diesem für sie neuen Teil der Welt, ihre Leidenschaft für Fotografie neu entfacht.

Sie waren eineinhalb Wochen dort, als Jonathan sagte, er müsse geschäftlich an die Westküste reisen. Noch bevor er zu Ende gesprochen hatte, wurde sie von einer unbestimmten Furcht erfasst. Sie wollte nicht nach New York zurück. Sie wollte dieses Haus nicht verlassen. Er musste es ihr angesehen haben, denn er fügte rasch an: »Bleib hier, wenn du willst. Ich bin nur etwa eine Woche fort, dann komme ich zu dir zurück.«

Sie war erleichtert, aber an dem Tag, an dem er zum Flughafen aufbrach, goss es den ganzen Nachmittag in Strömen, und das kalte schleichende Gefühl, dass etwas in ihrem Leben nicht stimmte, kehrte zurück. Es war keine richtige Vorahnung, aber sie spürte eine negative Energie in ihren Knochen. Als sie in dieser Nacht in dem riesigen Bett lag und auf die Risse in der vergilbten Decke starrte, versuchte sie, das Gefühl zu unterdrücken, indem sie sich vorstellte, wie sie im warmen Atlantik schwamm, aber das Bild der Tobacco Bay verwandelte sich ständig in etwas anderes. Kaltes graues Wasser, gesprenkelt von unablässigem Regen. Zurückgehende Flut. Kreisende Möwen. Dunkle, mit Seegras bewachsene Felsen.

Sie stand auf und spazierte durch das obere Stockwerk des Hauses, bis sie schließlich unter die leicht modrig riechenden Laken eines Einzelbetts in einem Eckzimmer schlüpfte. Die Tapete hatte ein Muster aus kleinen blauen Blumen.

7

Es war jetzt vollständig Herbst, Carolines Lieblingsjahreszeit, und die Fahrt von ihrem Cottage zum Haus ihrer Mutter auf der anderen Seite von Ann Arbor war so friedlich, dass sie versucht war, den Lunch mit ihrer Mutter auszulassen und einfach weiterzufahren.

Sie hörte ein Album von Lucinda Williams, das Ethan empfohlen hatte. Die Verfärbung der meisten Bäume hatte ihren Höhepunkt erreicht, Orange-, Gelb- und Rottöne wohin sie sah. Der Himmel war von einem kalten Blau, und ein unablässiger Wind wirbelte Laub durch die Luft. Sie hätte für alle Zeit in diesem Augenblick verharren können, aber ihre Mutter wartete auf sie, und ein Polizeibeamter verfolgte jeden ihrer Schritte. Sie parkte hinter dem Taurus ihrer Mutter und ging über den mit Laub übersäten Rasen zur offenen Eingangstür des Ranch-Hauses, das ihre Mutter vor zwei Jahren gekauft hatte, um näher bei ihrer Tochter zu sein.

Das Mittagessen bestand aus einer raffinierten Hähnchen-Kasserolle und einem Spinatsalat mit Nüssen und Granatapfelkernen. Ein Zeichen dafür, dass es ihrer Mutter gut ging. Wenn sie depressiv war, »bluesy« nannte sie selbst es, hörte sie mit als Erstes auf, leckere Mahlzeiten zuzubereiten.

Sie speisten im Esszimmer, während Megs betagter Labrador unter dem Tisch schlief.

»Ich habe jemanden kennengelernt«, sagte Caroline zu ihrer eigenen Überraschung.

»Oh.« Megs Augen leuchteten. »Wer ist es?«

»Ich sollte weiter ausholen. Ich habe einen netten Menschen kennengelernt, aber ich habe ihn noch nicht richtig getroffen, nicht von Angesicht zu Angesicht. Wir telefonieren. Er ist ein Singer-Songwriter aus Texas.«

»Interessant. Und wie hast du ihn kennengelernt?«

Sie überlegte, ob sie lügen sollte, aber ihre Mutter hatte immer einen guten Riecher für Lügen gehabt. »Er steht auf dieser dämlichen Liste. So kamen wir ins Gespräch.«

Ihre Mutter trank einen Schluck Riesling. »Haben sie noch niemanden gefasst? Erzählen sie dir etwas?«

»Wenn sie jemanden erwischt haben, dann haben sie mir nichts davon gesagt, und ich werde immer noch von Polizisten beschattet, deshalb halte ich es für unwahrscheinlich. Und ich weiß nicht mehr darüber als du.«

Meg rieb sich die Wange, dann sah sie auf ihr Essen hinab. »Ich weiß, sie bewachen dich, aber ich hoffe trotzdem, dass du besonders vorsichtig bist. Ich mache mir solche Sorgen …«

»Ich weiß nicht, was ich noch tun könnte, um noch vorsichtiger zu sein. Ich warte einfach, bis sie den Täter finden. Bei dir haben sie sich nicht noch einmal gemeldet, oder?«

»Wer sollte sich gemeldet haben?«

»Das FBI. Die dich befragt haben. Sie haben sich nicht mehr gemeldet, oder?«

»Sollten sie? Ich habe ihnen alles gesagt, was ich weiß, und es war nicht viel, denke ich.«

Caroline hatte ihre Mutter bereits wegen der Fragen gelöchert, die ihr das FBI gestellt hatte, und ihre Mutter hatte geschworen, sie wahrheitsgemäß beantwortet zu haben. Obwohl Caroline ihr glaubte, hatte sie auch den Verdacht, dass ihre Mutter wichtige Erinnerungen möglicherweise unterdrückte. Es wäre nicht das erste Mal.

»Mom, erinnerst du dich daran, wie du und Dad euch das erste Mal getrennt habt, unmittelbar nachdem Julius ins College aufgebrochen ist?«

»Ich erinnere mich, wie Julius zum College abgereist ist. Er war so froh, aus dem Haus zu kommen, dass wir dachten, wir würden ihn nie wieder sehen.«

»Aber weißt du noch, dass du Dad rausgeworfen hast?«

»Er ist um diese Zeit gegangen, nicht? Er sagte, er würde sich ein Hotel nehmen, stattdessen hat er bei dieser Studentin gewohnt, die damals seine Freundin war.«

»Du hast ihn rausgeworfen, Mom. Du hast die Schlösser ausgetauscht und alle seine Bücher aus dem Fenster seines Arbeitszimmers geworfen. Ein paar Jahre später habe ich dich mal danach gefragt, und du hast gesagt, du erinnerst dich nicht mehr daran.«

Meg holte tief Luft und richtete den Blick auf das breite Fenster, das auf den Zuckerahorn hinausging, der den Garten dominierte.

»Ich hatte vor einer Weile eine Ärztin, ich glaube, es war Dr. Penny, und sie sagte, einer der Vorteile von Depression ist, dass viele von uns, die daran leiden, sich nicht immer erinnern. Es gibt Teile meines Lebens, an die erinnere ich mich anscheinend einfach nicht, und es stellt sich heraus, dass sie es nicht wert sind, dass man sich an sie erinnert.«

Trotz ihrer Höhen und Tiefen hatte Caroline ihre Mutter wahrscheinlich nur ein, zwei Mal weinen sehen. Aber jetzt schien Meg den Tränen nahe, ihre Stimme war heiser, und eins ihrer Augen glänzte.

»Es tut mir leid, dass ich davon anfange«, sagte Caroline. »Es ist nur … Ganz offensichtlich glauben die FBI-Leute, die wegen dieser Liste ermitteln, dass die Verbindung zwischen den Eltern der Leute auf der Liste bestehen könnte. Deshalb haben sie dich angerufen, richtig? Sie haben dich nach einer Reihe von Namen gefragt.«

»Ich habe ihnen gesagt, dass ich keine dieser Namen kenne. Glaub mir, Caroline, andernfalls hätte ich es ihnen gesagt.«

»Ich weiß, Mom. Ich beschuldige dich nicht, etwas zu verschweigen, aber ich frage mich, ob es etwas gibt, das weit zurückliegt, vielleicht aus der Zeit, als du selbst noch ein Kind warst, und das möglicherweise wichtig ist. Du erinnerst dich wahrscheinlich auch daran nicht mehr, aber wenn du sehr depressiv warst, hast du manchmal gesagt, dass du es verdienst, und einmal hast du gesagt, dass du ein böses Kind warst und dafür bezahlst.«

»Na ja, ich bin mir tatsächlich nicht sicher, ob ich ein sehr nettes Kind war. Zumindest deiner Großmutter zufolge.« Meg schob ein Stück Hähnchen auf ihre Gabel und steckte es in den Mund.

»Aber du erinnerst dich an nichts Konkretes?«

»Wir hatten Nachbarn, ich glaube, sie hießen Landry, und der Junge dürfte etwa drei Jahre älter als ich gewesen sein. Er kam jeden Tag herüber, um zu fragen, ob ich mit ihm spielen wollte. Was ich natürlich nicht wollte. Erst habe ich meine Mutter behaupten lassen, dass ich nicht da bin, aber später ging ich selbst zur Tür, wenn er geläutet hat, und sagte zu ihm, dass wir uns in fünf Minuten unten im Park treffen. Und dann bin ich einfach nicht hingegangen. Das Traurige war, dass er immer weiter gekommen ist.«

Caroline hatte diese Geschichte als Beispiel für die Grausamkeit ihrer Mutter als Kind schon gehört. »Das FBI hat dich aber nicht nach jemandem namens Landry gefragt, oder?«

»Oh, nein. Der einzige Name, der mir irgendwie bekannt war, war Jack Radebaugh, aber dann fiel mir ein, dass er der Autor eines Buchs ist, das dein Vater gekauft hat, wenn ich mich nicht irre. Nein, Holly, kein Hähnchen für dich. Vielleicht wenn wir abgeräumt haben.« Der Hund war aufgewacht.

Normalerweise hätten sie nach dem Mittagessen einen Spaziergang gemacht, vor allem, wenn das Wetter so schön war, aber es erschien ihnen als unnötiges Risiko, deshalb machten sie Kaffee und setzten sich draußen auf die Terrasse. Sie sprachen über *Grey's Anatomy*, Megs Lieblingsserie, und sie sprachen natürlich über Julius, der ausgerechnet in der Mongolei einen Motorradunfall gehabt hatte, und fürs erste dortblieb, um sich zu erholen. Dunkle Wolken waren aufgezogen, und Carolines Fingerspitzen hatten sich weiß verfärbt, aber ihre Mutter schien es nicht zu bemerken. Eine Pause in der Unterhaltung entstand, und Caroline wollte gerade aufstehen und vorschlagen, ins Haus zu gehen, als ihre Mutter sagte: »Als Kind hatte ich mal einen schrecklichen Traum, und er ist mir nie richtig aus dem Kopf gegangen.«

»Ach ja?«, sagte Caroline.

»Ich weiß, es klingt albern, aber er war so lebhaft, und ich sehe es immer noch vor mir. Ich glaube, manchmal träume ich immer noch davon, so wie ich immer noch träume, dass ich die Kombination für meinen Spind in der Schule vergessen habe.«

»Was war das für ein Traum?«

»Ich bin wahrscheinlich so zehn, elf Jahre alt, und ich bin mit einer Schar anderer Kinder von zu Hause weggelaufen. Meine Freunde vermutlich, auch wenn ich mich nicht wirklich erinnere, wer sie waren. Aber wir sind alle weggelaufen, und irgendwie ist es uns gelungen, ein phantastisches großes Boot zu stehlen, und wir segeln über das Meer. Es hat zwei Masten und ein Segel, und es ist aus Holz, wie ein altes Piratenschiff, würde man wohl sagen. Und es gibt natürlich eine Schiffsplanke. Und besonders erinnere ich mich daran, dass wir in dem Traum beschließen, eins von uns Kindern muss über die Planke gehen. Ich habe Angst, dass es mich trifft, aber wir wählen ein anderes Mädchen aus, und wir fesseln es und erklären ihm, es muss über die Planke ins Meer gehen, weil wir sonst alle sterben.«

Eine Bö wehte ihrer Mutter den Schal vor den Mund, und sie zog ihn weg, um weiterzusprechen.

»Das ist alles. Das war der Traum.«

»Das Mädchen ist also über die Planke gegangen?«

»Ja. Wir haben es gefesselt, und es hat geweint, aber es ist ins Meer gegangen und kam nicht wieder nach oben. Es war furchtbar. Mir wird jetzt noch schlecht, wenn ich daran denke.«

»Du erinnerst dich an keine Namen?«

»Aus dem Traum?«, sagte Meg. »Nein. Es waren einfach andere Kinder wie ich.«

»Was das wohl bedeutet?«

Meg stand auf, und Caroline tat es ihr gleich. Sie gingen zusammen ins warme Haus zurück. »Muss es immer etwas bedeuten?«, sagte Meg. »Es war einfach ein Angsttraum. Kinder haben Angstträume.«

8

Jack kam in der Abenddämmerung in seinem Haus in West Hartford an und ging von einem Zimmer zum anderen, um die Lampen anzumachen. Er war von Summit, New Jersey heraufgefahren, wo er mit seinem Anwalt zu Mittag gegessen hatte, dann hatte er einen sehr kurzen Besuch bei seiner Frau gemacht. Sie hatten vor ihrem Haus gestanden, wo sie ihm die Unterlagen aushändigte, um die er gebeten hatte.

»Du siehst dünn aus«, sagte sie. Er dankte ihr, und sie entgegnete, es sei kein Kompliment gewesen.

Später, als er unter einem stark bewölkten Himmel über den Parkway fuhr, wünschte er, er hätte gesagt: »Das bin ich im Winter meines Lebens.« Dieser Ausdruck – der Winter meines Lebens – spukte ihm schon eine ganze Weile im Kopf herum. Er hatte ihn auch jetzt noch im Kopf, als er wieder im Haus seiner Kindheit in West Hartford war, Lampen anmachte und Vorhänge zuzog. Er würde nur für eine Nacht hier sein, deshalb ging er zum Kühlschrank, um zu sehen, ob er etwas für ein Abendessen zusammenkratzen konnte oder ob er essen gehen sollte. Aber als er das welke Gemüse, den uralten Käse und ein halbes Dutzend Eier sah, die wahrscheinlich über das Haltbarkeitsdatum hinaus waren, merkte er, dass er nicht hungrig war, nur nervös. Er zog seine Jacke an und verließ das Haus, um einen Spaziergang zu machen.

Er ging nicht weit, nur eine Runde durch die benachbarten Wohnstraßen. Es war eine interessante Zeit für einen Spaziergang, noch nicht vollständig dunkel, aber in den Häusern

brannte schon Licht, und die Leute darin gingen bei noch offenen Vorhängen ihren Verrichtungen nach. Er sah eine Frau,
die sich in ihrer Küche ein Glas Wein eingoss, einen Mann
auf einem schicken Fitnessrad mit eigenem Fernsehschirm,
Kinder, die Zeichentrickfilme schauten, und er sah sogar ein
junges Paar, das sich vor einem Fernsehschirm, der die ganze
Wand einnahm und auf dem die Nachrichten liefen, lange
umarmte. Zurück in seiner eigenen Straße warf er einen Blick
zum Haus seiner Nachbarn und fragte sich, ob Margaret und
ihr schrecklicher Mann – Eric war sein Name – zu Hause
waren. Ohne nachzudenken schlich er seine Zufahrt entlang,
die unmittelbar neben ihrem Grundstück verlief, bis er mitten im Schatten einer hohen Hecke stand, mit Blick auf den
gut beleuchteten Wintergarten auf der Rückseite des Hauses.

Der Wintergarten war leer, aber ein Glas Wasser stand
auf dem Kaffeetisch vor dem Sofa, daneben lag ein Hardco-
ver-Buch, aufgeschlagen und mit dem Gesicht nach unten.
Jack wartete, und Margaret tauchte mit einem Glas Rotwein
in der Hand auf und nahm auf dem Sofa Platz. Sie strich
sich das lange Haar aus der Stirn, zog ein Bein unter das Ge-
säß und stützte sich auf die Sofalehne. Er dachte, sie würde
wieder nach ihrem Buch greifen, aber sie saß nur da, hielt
den Wein in der Hand, ohne davon zu trinken, und starrte
ins Dunkel hinaus. Eine Schrecksekunde lang dachte er, sie
würde ihn ansehen, aber ihr Blick ging leicht an ihm vorbei,
und außerdem konnte sie ihn hier draußen im Dunkeln unmöglich sehen.

Das Furchtbare an Einsamkeit, dachte Jack nicht zum ersten Mal, ist, dass sie durch andere Menschen nicht immer
kuriert wird. Das war zumindest seine Erfahrung. Zeit in
Gesellschaft anderer Menschen zu verbringen, selbst wenn
es Menschen waren, die er liebte, ließ ihn sich einsamer fühlen, als wenn er für sich allein war. So war es ihm fast sein
ganzes Leben lang gegangen, im Grunde, seit seine Schwes-

ter vor vielen Jahren gestorben war und seine Eltern sich von diesem Verlust nie mehr erholt hatten.

Er hörte ein Auto und zuckte zusammen, als ihn dessen Scheinwerfer kurz beleuchteten. Eric kam nach Hause und bog in die Einfahrt, dann löschte er rasch das Licht. Jack fragte sich, ob er ihn entdeckt hatte. Er glaubte es nicht, stand aber so still er konnte im Schatten der Hecke und überlegte, was er sagen sollte, falls er erwischt wurde.

Margaret musste den Wagen ebenfalls gehört haben, denn sie drehte den Kopf. Sie hatte einen langen, eleganten Hals, und etwas an der Pose, den Kopf zur Seite gedreht, ein Glas Wein in der Hand, ließ sie wie ein klassisches Gemälde aussehen. Sie stellte den Wein ab und holte tief Luft, und Jack sah alles in ihrem Gesicht. Trauer, Wachsamkeit und vielleicht einen Hauch echter Liebe. Sie stand auf und ging ihren Mann begrüßen, und Jack nutzte die Gelegenheit, um zur Seitentür seines Hauses zu gehen.

Ehe er nach drinnen ging, hörte er Erics laute Stimme von der Haustür der Nachbarn.

»Sieht aus, als wäre dein Liebhaber wieder da«, sagte er, und Jack brauchte einen Moment, bis er begriff, dass er von ihm sprach.

9

Die Nachricht war von Madison. Zwei atemlose Sätze: »Ruf mich sofort an. Du glaubst nicht, was es Neues gibt bei mir.« Und dazu eine Textnachricht. RUF MICH AN und ein Emoji, das Jack nicht ganz kapierte, ein gerötetes Gesicht mit winzigen Händen davor, irgendein Jubel-Ding. Einen Moment lang dachte Jay tatsächlich, ihm würde übel. Madison hatte eindeutig einen Job bekommen, und soweit er wusste – und sie erzählte ihm alles – konnte es nur der Werbespot in dem Lokalsender sein (der die atemlose Nachricht nicht wert wäre) oder die drei Folgen dieser beschissenen FX-Sitcom, die gerade für eine zweite Staffel verlängert worden war. Es musste die Sitcom sein, und Jay wusste beim besten Willen nicht, ob er momentan in der Verfassung war, mit Madison zu reden, so zu tun, als würde er sich für sie freuen, und ihr zu sagen, wie sehr sie es verdient hatte. Himmel. Ihm wurde wirklich übel.

Er hatte Madison vor zwei Jahren bei einem Schauspielkurs im Valley kennengelernt. Sie waren nach Abschluss des Kurses etwas trinken gegangen, dann hatte er sie im Bungalow seines Freundes Michael gefickt, um den er sich kümmerte, während Michael in London war. Madison teilte sich eine Ein-Zimmer-Wohnung mit einer anderen Schauspielerin, die an jenem Abend zu Hause war, und nie im Leben hätte Jay sie mit zu sich nach Hause genommen, sodass sie wusste, wo er wohnte, also waren sie in dem Bungalow gelandet.

Er dachte, er würde sie nie wiedersehen, aber dann war

er ihr sechs Wochen später in einer Bar in Hollywood über den Weg gelaufen, und sie hatten sich bei ein paar Drinks unterhalten. Sie hatte ihm mit übertrieben betrübter Miene erzählt, sie sei jetzt mit jemand Neuem zusammen, einem ihrer Baristakollegen aus dem Starbucks, in dem sie jobbte. Er war erleichtert gewesen, da er null Ambition auf eine weitere mittelmäßige sexuelle Begegnung hatte. Aber es hatte Spaß gemacht, etwas mit ihr zu trinken. Sie war dumm, was Jay gefiel, denn somit konnte er ihr Dinge erklären. Und sie war eine miserable Schauspielerin, was ihm doppelt gefiel, denn es bedeutete, dass sie auf keinen Fall vor ihm einen Job bekäme.

Und jetzt würde er ihr dazu gratulieren müssen, dass sie sich eine gottverdammte Sitcom geangelt hatte. Es war unerträglich. Anstatt es hinauszuschieben, beschloss er, das Pflaster mit einem Ruck abzuziehen und sie sofort zurückzurufen.

»Du hast die Sitcom?«, sagte er.

»Mhm«, sagte sie wie beiläufig, und dann stieß sie ein Kreischen aus, das Jay veranlasste, das Telefon vom Ohr wegzuhalten.

Er ließ sie etwa zwei Minuten lang reden, mehr ertrug er nicht, dann sagte er: »Ich wollte es dir nicht gleich sagen, um dir deinen großen Augenblick nicht zu ruinieren, und ich freue mich so für dich, Mads, aber ich habe gerade mit meiner Mom gesprochen, und sie hatte eine schlechte Nachricht.«

»O nein.«

»Sie hat praktisch Lungenkrebs im Endstadium.«

»O nein!«

»Ja. Deshalb muss ich mich um das kümmern, verstehst du, überlegen, wie es weitergehen soll. Falls ich also nicht …«

»Natürlich nicht. Das verstehe ich. Geh und kümmere dich um deine Mom, Jay. Sag Bescheid, wenn du etwas brauchst.«

»Mach ich. Versprochen.«

Nach dem Telefongespräch überlegte Jay, ob er es hinbekommen würde, nie mehr mit Madison zu reden. Wahrscheinlich. Sie war vermutlich daran gewöhnt, dass Kerle sie links liegen ließen. Trotzdem, sie hatte ihn einmal ihren »neuen besten Freund« genannt ...

Er könnte sie umbringen.

Und allein dieser Gedanke versetzte ihn in wesentlich bessere Laune.

Sie würde heute Abend mit Sicherheit ausgehen, um zu feiern, und wenn er es richtig anstellte, konnte er vor ihrer Wohnanlage auf sie warten ... Nein, es würde nicht funktionieren. Er kannte sie schließlich. Wenn es auch sonst keine Spuren gäbe, könnte man zumindest ihre Telefonate zurückverfolgen. Sie würde zwar vollkommen unerträglich werden, je mehr Jobs sie als Schauspielerin bekam, aber es lohnte nicht die Mühe, ihr den Schädel einzuschlagen. Es wäre, wie ein Vogeljunges totzutrampeln. So leicht und so bedeutungslos.

Er legte das Telefon auf die Armlehne der Couch. Seine Knöchel waren weiß, weil er es so heftig umklammert hatte. Er ging in die Küche und trank einen kräftigen Schluck aus der Wodkaflasche, die er im Gefrierfach aufbewahrte, dann machte er im Schlafzimmer ein wenig Tai-Chi, um sich zu beruhigen. Anschließend gestattete er sich einige Phantasien, zwang sich dann aber aufzuhören. Er musste tatsächlich etwas tun und nicht nur daran denken – nur dann würde es ihm wieder besser gehen.

An diesem Abend fand er eine Speakeasy-Bar in Downtown LA, ein Laden, in dem er mit Sicherheit weder Madison noch einem ihrer Freunde über den Weg laufen würde. Er setzte sich an einen Ecktisch, trank Wodka Soda mit zwei Limettenschnitzen und beobachtete, wie die Mädchen kamen und gingen und über Leonardo DiCaprio redeten. Am schlimmsten waren die ganz jungen in Miniröcken und hochhackigen Schuhen, die wie Hyänen über alles lachten, was irgendein wesentlich älterer Kerl sagte. Sie waren so von sich eingenommen und glaubten, sie seien irgendwie heiß genug, um es in Hollywood zu schaffen, während sie irgendwelchen Möchtegerns lauschten, die von ihren Drehbüchern erzählten. Es dauerte eine Weile, aber schließlich entdeckte er die Richtige. Sie hatte hellrotes Haar und trug Jeans und ein nuttiges Oberteil. Sie war mit einer Freundin gekommen, aber jetzt redete ihre Freundin mit einem Typen, und er wusste, die Rothaarige würde bald genug haben. Sie schaute ständig auf ihr Handy, trank winzige Schlucke von ihrem Wodka Soda und wünschte, ihre blöde Freundin mit dem lauten, gackernden Lachen würde endlich die Klappe halten. Jay wusste, er könnte sie irgendwann von der Herde separieren. Aber dann ging die Eingangstür auf, und die Rothaarige wandte den Kopf und entdeckte einen Kerl, der sie begrüßen kam, und plötzlich strahlte sie übers ganze Gesicht, warf das Haar zurück und rutschte ein Stück, damit sich dieser Blödmann mit seinem ironischen Schnauzer setzen konnte.

Jay trank aus und verließ die Kneipe. Er lief eine Weile in Downtown herum, fand einen Laden mit Sitzplätzen im Freien, von wo er die Straße im Blick hatte, und genehmigte sich einen weiteren Drink. Zwei Mädchen kamen herein, bestellten Corona Lights und setzten sich an den Tisch neben ihm. Sie waren bereits betrunken, sprachen laut mit Midwest-Akzent und warfen Blicke in seine Richtung, um festzustellen, ob er ein Filmstar war oder nicht. Jay schaute unverwandt auf sein Handy, tat sogar, als würde er eine Nachricht schreiben, damit es so aussah, als würde er auf jemanden warten. Er fragte sich, wie es wäre, diese beiden hässlichen Mädchen aus Wisconsin oder Minnesota oder woher immer abzuschleppen und ihnen zu erzählen, er hätte gerade einen Vertrag für eine große Fernsehrolle unterschrieben. Eine oder beide würden ihn wahrscheinlich ficken wollen, woran er null Interesse hatte. Falls es ihm jedoch gelang, eine von ihnen allein zu erwischen …

»Entschuldigen Sie, sind Sie Schauspieler?« Es war die ältere der beiden, mit kräftigen Schenkeln und blond gefärbtem Haar.

»Nö«, sagte er. »Was ist mit euch beiden, seid ihr Schauspielerinnen?«

Die beiden kriegten sich nicht mehr ein vor Lachen, und dann erzählen sie ihm, sie seien nur zu Besuch in Los Angeles, zum ersten Mal, und heute Vormittag hätten sie Josh Lucas die Straße überqueren und in einen SUV steigen sehen.

»Ich weiß nicht, wer das ist.«

»Er hat in *Sweet Home Alabama* mitgespielt«, sagten beide fast gleichzeitig.

»Ich schaue keine Filme«, sagte er. »Wahrscheinlich, weil ich im Filmbusiness arbeite und weiß, dass sie totaler Quatsch sind.«

»Was machen Sie?«

»Ich koordiniere Kampfszenen auf Filmsets. Ich könnte euch Geschichten über alle eure Lieblingsschauspieler erzählen, aber sie würden euch nicht sehr gefallen.«

Die beiden quiekten und luden ihn an ihren Tisch ein. Er sagte, er sei gerade in einem wichtigen Gespräch und würde sich vielleicht später zu ihnen setzen. Er starrte weiter auf sein Smartphone, nippte von seinem Drink und überlegte, was er als Nächstes tun sollte. Eine Welle von Abscheu durchflutete ihn. Abscheu vor diesen beiden dummen Mädchen am Nachbartisch. Abscheu vor einem Casting Director, der Madison allen Ernstes einen Job als Schauspielerin gegeben hatte, Abscheu vor dieser idiotischen Stadt, in der er lebte und in der es vor menschlichen Insekten wimmelte. Jay trank aus, stand auf und ging durch den Barbereich hinaus auf die Straße. Er hatte beschlossen aufzugeben, nach Hause zu fahren und etwas Zeit im Internet zu verbringen. Er hatte auf mehr gehofft, aber heute war nicht die Nacht dafür.

Ein Uber hielt auf der anderen Straßenseite und ließ eine Blondine in einem winzigen Rock und einer Art schulterfreiem Top aussteigen. Sie stand einen Moment schwankend auf dem Gehsteig, blickte auf ihr Handy und sah sich dann auf der Straße um. Er dachte, sie würde vielleicht in Richtung der Bar gehen, aber stattdessen drehte sie sich in die entgegengesetzte Richtung und stolperte den Gehsteig entlang.

Konnte es das sein?

Sie bog in eine Querstraße, und er folgte ihr mit gesenktem Kopf, für den Fall, dass es irgendwo Verkehrskameras gab. Sie waren in einem Wohngebiet, alte Gebäude im spanischen Stil, die früher einmal schick gewesen waren, aber jetzt belegt von Hollywood-Neuankömmlingen und Drogensüchtigen. Sie war rund zwanzig Meter vor ihm, aber sie blieb immer wieder stehen, um auf ihr Handy zu schauen, dessen Display einen zerzausten blonden Haarschopf und ein dick geschminktes Gesicht beleuchtete. Jays Herz raste. In seiner Lederjacke steckte ein Jagdmesser, das er vor mehr als einem Jahr auf einem Trödelmarkt gekauft hatte. Er schloss die Hand um den Griff, und ein beinahe sexueller Kitzel durchflutete ihn, eine pulsierende Empfindung wie von einer phantastischen Droge. Jetzt war er nur zehn Meter hinter ihr, im Bereich zwischen zwei Straßenlampen und im Schatten einer Reihe vertrockneter Palmen. Er beschleunigte seinen Schritt.

Der erste Hieb des Edelstahlschlagstocks traf ihn quer über dem rechten Ohr, brach sein Schläfenbein und ließ ihn zu Boden gehen. Eine Art Klingeln tönte durch sein Gehirn, und sein erster Gedanke war, dass die Polizei ihn erwischt hatte, auch wenn er noch nichts getan hatte. Dann spürte er wie ein warmer Strom Blut an seinem Hals hinab und in sein Shirt lief, und er bekam Angst.

Der zweite Schlag traf ihn etwa fünf Zentimeter über dem Ohr und mit sehr viel mehr Wucht. Er sackte zusammen und landete mit dem Gesicht auf dem Asphalt. Dieser zweite Schlag reichte, um ihn zu töten, aber der Schlagstock sauste noch einige Male auf seinen Kopf nieder, ehe sich der Täter raschen Schritts entfernte, vorbei an einem betrunkenen Mädchen, das in ihr Telefon sagte: »Ich stehe genau davor, was soll das heißen, es ist zu spät?«

VIER

Matthew Beaumont

Jay Coates

Ethan Dart

Caroline Geddes

Frank Hopkins

Alison Horne

Arthur Kruse

Jack Radebaugh

Jessica Winslow

I

Montag, 17. Oktober, 16:40 Uhr

Jay Coates aus Decatur, Georgia saß seit mehr als einer Stunde in dem Vernehmungszimmer auf der Polizeistation. Niemand hatte nach ihm gesehen, ihm Wasser angeboten oder ihm auch nur gesagt, warum er hier war. Zuvor war er in der Arbeit gewesen, und zwei uniformierte Polizeibeamte waren gekommen, um ihn zur Station zu eskortieren. Jay konnte sich nur vorstellen, was seine Kollegen jetzt dachten. Er wusste nicht, ob er sich ärgern oder irgendwie aufgeregt sein sollte. So oder so war er jedenfalls nicht glücklich, jetzt hier zu sein und zu warten, den Raum zu betrachten und dabei möglichst nicht in den Beobachtungsspiegel gegenüber von ihm zu blicken und sich zu fragen, wer dahinter sein mochte.

Um sich zu beruhigen, versuchte er die Abmessungen des Raumes zu schätzen und kam zu dem Schluss, dass er genau zwei auf drei Meter maß. Das war zu leicht gewesen, und er beschloss, eine weitere Denkaufgabe zu bewältigen und zu schauen, wie weit er mit der Fibonacci-Folge zählen konnte. Das hatte er vor Jahren auf dem College immer dann getan, wenn er in einem Kurs besonders nervös oder gelangweilt gewesen war. Er war bei 317.811, als die Tür krachend auf-flog und zwei Zivilbeamte hereinkamen, ein Mann in brau-nem Anzug, mit langen Armen und einer gefurchten Stirn, und eine jüngere Frau mit Kurzhaarschnitt, die sich an die Seite setzte. Der Mann im Anzug blieb stehen und lief ein wenig hinter dem Stuhl gegenüber von Jay hin und her, ehe er sagte: »Ich gebe Ihnen eine Chance, Coates, und nur diese eine. Wenn ich feststelle, dass Sie mich anlügen, nehme ich Sie wegen Behinderung der Justiz in die Mangel.«

Jay öffnete den Mund, um etwas zu sagen, aber der Polizist sprach weiter. »Ich werde persönlich dafür sorgen, dass Sie dafür in den Knast gehen. Und nicht zu knapp, verstanden? Und wenn Sie auch nur versuchen, mir heute in diesem Raum noch einmal eine Lüge aufzutischen, dann, bei Gott, wird es sehr unschön. Und falls Sie denken, Sie könnten so tun, als wüssten Sie nicht, worum es hier geht …«

Er schüttelte langsam den Kopf. Jay sah die Polizistin an, die teilnahmslos auf ihrem Stuhl saß und seinen Blick erwiderte.

»Tun Sie uns allen einen Gefallen, Coates«, sagte der Mann im Anzug, mit weicherer Stimme jetzt. »Ich werde Ihnen eine Frage stellen, und ich möchte, dass Sie mir die Wahrheit sagen.«

Jay, dessen ganzer Körper sich anfühlte, als würde er zerfließen, sah den Polizeibeamten an und nickte.

»Okay, Coates. Dann wollen wir mal. Eine schlichte Frage: Haben Sie am 15. September einen Brief erhalten? Enthielt dieser Brief eine Liste mit neun Namen, darunter Ihr eigener? Denken Sie nach, bevor Sie antworten, denn ich werde Sie kein zweites Mal fragen.«

Jay sah die Frau an, aber sie betrachtete träge ihren Handrücken, als würde der ganze Vorgang sie langweilen.

»Wieso schauen Sie zu ihr?«, sagte der Mann.

Jay sah ihn an und sagte: »Nein. Nein, ich habe keinen Brief erhalten.« Und beide Beamte sahen einander beinahe gleichgültig an, als er zusammenbrach und weinte.

2

Mittwoch, 19. Oktober, 13:15 Uhr

Als das Flugzeug in Sarasota landete, blätterte Sam Hamilton, der in der vorletzten Reihe saß, eine neue Seite in seinem Buch um. Er hatte es nicht eilig, mit eingezogenem Kopf unter dem Gepäckfach zu stehen und zu warten, bis alle vor ihm ausgestiegen waren. Er las gerade *Und dann gab's keines mehr* zum zweiten Mal seit dem Mord an Frank Hopkins. Nachdem er diese Reise nach Florida gebucht hatte, um Franks noch lebende Schwester zu besuchen, hatte er in Kennewicks einzigem Buchladen vorbeigeschaut, einer windschiefen Scheune voller gebrauchter Bücher, die unter dem etwas prätentiösen Namen Ragged Claws Books lief. Sam hatte mal gewusst, auf welches Gedicht dieser Name zurückging, es aber längst wieder vergessen. Er grüßte Charles Montgomery, den Besitzer und einzigen Menschen, der überhaupt in dem Laden arbeitete, und ging in die Krimi-Abteilung, wo er eine alte Taschenbuchausgabe von *Und dann gab's keines mehr* fand. Er wusste, er wollte das Buch nach Florida mitnehmen, aber nicht sein eigenes Exemplar.

Er war sich nicht sicher, ob es etwas half, das Buch noch einmal zu lesen, aber es gab ihm das Gefühl, aktiv etwas zu tun. Und er blieb dadurch gedanklich auf den Fall konzentriert. Die Frage, die er sich die ganze Zeit stellte und die sich wahrscheinlich alle stellten, die an dem Fall arbeiteten, war die nach der Verbindung zwischen den neun Leuten auf der Liste. In gewisser Weise war das auch eine der Fragen aus *Und dann gab's keines mehr*. Zehn Fremde werden auf eine

Insel gebracht und systematisch ermordet. Sie kennen einander nicht, sind sich nie begegnet, und doch werden sie zusammen in eine tödliche Situation gezwungen. Sam fand ihre Verbindung offensichtlich, dass sie nämlich genau in dem Moment geschmiedet wurde, in dem sie alle auf der Insel eintrafen. Und genauso war es mit den neun Leuten, die die Liste erhalten hatten und jetzt alle zum Ziel eines Mörders geworden waren.

Sam fragte sich, warum er so fixiert auf das Buch war. Der Mörder hatte es vielleicht nie gelesen, vielleicht nie auch nur davon gehört. Es war nicht so, als wären die neun Namen in einer Art Kinderreim enthalten. Und es gab einen großen Unterschied zwischen den Geschehnissen im Buch und dem, was jetzt geschah. Nämlich dass die Charaktere in dem Roman früh erkennen, dass der Mörder unter ihnen sein muss, da sonst niemand auf der Insel ist. Das war bei der Liste mit den neun Namen nicht der Fall, dennoch fragte sich Sam, ob der Mörder oder die Mörderin sich selbst auf die Liste gesetzt hatte. Mary Parkinson von der State Police zufolge war Alison Horne noch immer nicht ausfindig gemacht worden. Hatte das etwas zu bedeuten? Sein Bauchgefühl sagte Sam, dass dem nicht so war.

Die Person, die Sam interessierte, war Jack Radebaugh, einfach wegen seines Alters. Sechs der Leute auf der Liste waren Ende dreißig, Anfang vierzig, während zwei in ihren Siebzigern waren. Sam glaubte nicht, dass das sonderlich wichtig war, nur dass Frank Hopkins eben auf so ganz andere Weise getötet worden war als die übrigen vier Opfer. Nämlich so, dass er wusste, was geschah. Er hatte Schmerz und wahrscheinlich panische Angst empfunden. Alle andern waren von hinten angegriffen, erschossen oder im Schlaf erstickt worden.

Aber nicht Frank.

»Verzeihung, Sir.«

Sam hob den Kopf zur Stewardess und bemerkte, dass das Flugzeug beinahe leer war. Er entschuldigte sich und machte sich auf den Weg zum Ausgang.

Nachdem er seinen Mietwagen abgeholt hatte, fuhr er zu dem Motel auf Siesta Key, in dem er reserviert hatte, checkte ein und wechselte in leichte Chinos und ein hellblaues kurzärmliges Polohemd. Es tat gut, vorübergehend wieder in Tropenklima zu sein, die warme Luft war schwer von einem bevorstehenden Nachmittagsgewitter. Er hatte mit Cynthia Hopkins, Franks älterer Schwester, zweimal telefoniert, einmal, um ihr Fragen zu stellen, und einmal, um diesen Besuch zu arrangieren. Sie hatte ihm beide Male erklärt, dass sie schlecht höre und Schwierigkeiten beim Telefonieren habe, weshalb Sam diese Reise unternahm. Wahrscheinlich war es Zeitverschwendung, aber er hatte sich die beiden Tage trotzdem freigenommen und einen Flug von Portland nach Sarasota und zurück inklusive einer Übernachtung gebucht. Cynthia erwartete ihn um vier Uhr nachmittags, jetzt war es zwei, und sein Motel lag in fußläufiger Entfernung zu ihrem Haus. Er beschloss, einen Spaziergang zum Strand zu machen.

Um Punkt vier läutete Sam an der Haustür von Frank Hopkins' Schwester. Sie wohnte in einem Bungalow mit rosa Verputz, der unansehnliche Vorgarten bestand aus vertrockneter Erde mit ein paar Flecken gelbem Gras. Die Tür ging einen Spalt weit auf, und Cynthia Hopkins spähte heraus. Ihr rundliches Gesicht bestand nur aus Falten, und die Haut war von der Sonne geschädigt und fleckig.

Sam war sich nicht sicher, ob sie sich an die Verabredung erinnerte, deshalb sagte er: »Mrs. Hopkins, ich bin Detective Sam Hamilton. Wir haben telefoniert.«

»Ich weiß«, sagte sie, zog die Tür ganz auf und bat ihn herein. »Ich höre nicht mehr so gut wie früher, aber ich bin nicht vergesslich. Noch nicht, zumindest.«

Sie führte ihn durch das übermäßig warme Haus auf eine geschlossene Terrasse, wo sie ihm bedeutete, in einem Korbsessel Platz zu nehmen. »Was kann ich Ihnen anbieten?«, fragte sie.

»Nichts, es sei denn, Sie trinken selbst etwas.«

»Ich hätte sie für fünf Uhr herbestellen sollen, denn um diese Zeit genehmige ich mir gern einen Gin Tonic.«

»Lassen Sie sich von mir nicht aufhalten. Wir können so tun, als wäre es schon fünf.«

»Nein, ich warte lieber. In meinem Alter ist es wichtig, feste Rituale zu haben.« Sie setzte sich gegenüber von ihm in einen identischen Sessel und schlug ein Bein über das andere. Sie trug eine weiße Hose und eine geblümte Bluse unter einer rosa Strickjacke. Sam fand, dass sie Frank nicht sehr ähnelte. Zum einen war sie größer als er, wettergegerbter, das Gesicht beinahe affenartig vor lauter Falten.

»Es tut mir leid wegen Ihres Bruders«, sagte Sam.

»Danke«, sagte sie mit rauer Stimme, und Sam vermutete, dass die tiefen Furchen in ihrem Gesicht nicht nur von der Sonne Floridas kamen, sondern von einem Leben mit reichlich Cocktailstunden und Zigaretten.

»Standen Sie sich nahe?«

»Nein, wir standen uns nie sehr nahe, aber wir haben auch nie gestritten oder dergleichen. Ich war das stille, lernbegierige Kind, und er war gesellig wie unsere beiden Eltern. Sie alle liebten das Hotelgewerbe, und ich konnte mir nichts Schlimmeres vorstellen. Der Gedanke, irgendwo zu leben, wo ständig Gäste im Haus sind … Mit achtzehn zog ich nach Boston und fand eine Stelle bei Houghton Mifflin – das ist ein Verlag –, und dort lernte ich meinen Mann kennen. Wie ich war er mit wenig Gesellschaft zufrieden. Wir hatten keine Kinder, aber wir haben weiß Gott viele Bücher gelesen.«

»Ihr Mann ist …«

»Er starb 2003, nur ein paar Jahre, nachdem wir unseren Wohnsitz dauerhaft hierher nach Siesta Key verlegt hatten. Unmittelbar nach Patricks Tod hat mich Frank hier das einzige Mal besucht. Er versprach wiederzukommen, aber er hatte wohl nie die Zeit dafür. So ist das eben, wenn man ein Hotel führt. Haben Sie herausgefunden, wer ihn getötet hat, meinen Bruder?«

Sam war überrascht von der plötzlichen Frage. »Nein. Aber wer immer Ihren Bruder getötet hat, tötet auch andere Leute. Ihre Namen standen alle auf einer Liste.«

»Das überrascht mich nicht, denn ich hatte ein sehr schwieriges Telefongespräch mit einem anderen Polizisten, der eine Liste von Namen abgefragt hat, von denen mir keiner auch nur annähernd bekannt war.«

»Macht es Ihnen etwas aus, wenn ich Sie noch einmal frage?«, sagte Sam.

»Nach den Namen? Nein, aber ich bezweifle, dass meine Antworten anders ausfallen.«

Sam zählte die Namen auf – er hatte sie auswendig gelernt –, und sie schien bei jedem nachzudenken und erklärte schließlich, dass sie ihr nichts sagten.

»Ich hoffe, Sie sind nicht allein deshalb hier heruntergekommen«, sagte sie.

»Nein. Ich wollte Sie außerdem nach der Geschichte des Windward fragen, ob sie sich an irgendwelche Skandale in der Vergangenheit des Hotels erinnern, an außergewöhnliche Vorkommnisse.«

»Wenn Sie Vergangenheit sagen …«

»Es könnte etwas sein, das passiert ist, als Sie und Frank Kinder waren, oder auch etwas, das nicht so lange zurückliegt.«

»Lassen Sie mich kurz nachdenken. Wissen Sie was, vielleicht trinke ich diesen Gin Tonic heute ausnahmsweise doch ein wenig früher.«

»Wenn Sie mir sagen, wie Sie ihn mögen und wo alles ist, mixe ich Ihnen gerne einen, während Sie nachdenken.«

»Nur wenn Sie für sich selbst auch einen machen.«

»Mit Vergnügen«, sagte Sam, und sie wies ihm den Weg zur Küche. Er durchquerte das Wohnzimmer mit seinem Terrazzoboden und betrat den hellen Alkoven. Auf einer makellos sauberen Arbeitsfläche standen eine Flasche Gordon's Gin und eine Flasche Tonic Water. Er fand ein paar hübsche Highball-Gläser, machte zwei Drinks und trug sie zur Terrasse zurück.

»Das ist ein seltener Genuss«, sagte sie, »dass mir mein Abend-Cocktail von einem Mann serviert wird.«

Sam setzte sich wieder und trank einen Schluck. Er hatte Angst, dass er ihn zu stark gemacht hatte, aber Cynthia kostete ebenfalls und erklärte, er sei sehr gut.

»Ist Ihnen schon etwas eingefallen?«

»Aus der Geschichte des Hotels? Zwei Sachen, würde ich sagen. Beide sind passiert, als ich noch im Windward gewohnt habe, wir reden hier also von uralten Dingen.«

»Das spielt keine Rolle. Es interessiert mich.«

»Nun denn, der größte Skandal passierte, als ich achtzehn war, unmittelbar bevor ich wegging, um zu studieren. Das war im Sommer 1963. Zwei Gäste wohnten bei uns, ein Mann und eine Frau, und ich weiß noch, wie hinterher alle sagten, sie hätten von Anfang an nicht geglaubt, dass die beiden miteinander verheiratet waren, auch wenn sie es anscheinend so darstellten. Ich erinnere mich an nichts mehr von den beiden, obwohl ich damals gelegentlich an der Rezeption gearbeitet habe.« Sie hielt inne, um an ihrem Drink zu nippen, und ließ sich Zeit, als würde sie angestrengt nachdenken. »Sie waren ein Paar mittleren Alters, aber an dem Tag, an dem sie auschecken sollten, kamen sie einfach nicht aus ihrem Zimmer. Eine Reinigungsfrau öffnete die Tür und fand sie beide tot. Nach dem, was man sich damals erzählte, sah es aus, als hätte er sie mit einem Rasiermesser getötet und sich dann in der Badewanne die Pulsadern aufgeschnitten. Ich weiß noch, dass die Polizei kam und ein Haufen Journalisten. Und alle hatten unterschiedliche Meinungen darüber, was passiert war. Es war nicht klar, ob er sie ermordet und dann Selbstmord begangen hatte, oder ob es eine Art Selbstmordpakt war. Woran ich mich aber erinnere, ist, dass beide, wie sich herausstellte, mit anderen Partnern verheiratet waren.«

»Erinnern Sie sich an ihre Namen?«

»Ich wusste, dass Sie das fragen, und ich fürchte, nein. Ich kann Ihnen nur sagen, dass sie unter offensichtlichen Falschnamen eingecheckt haben. Etwas wie John und Jane Smith. An ihre richtigen Namen erinnere ich mich nicht, dafür aber an die Zimmernummer. Zweiundzwanzig. Es war eins der Zimmer im Altbau, der in den Siebzigern abgerissen wurde. Und ich glaube nicht, dass das Zimmer danach je wieder vermietet wurde.«

»Und Sie sind sich sicher, dass es 1963 war?«

»Ja, was das angeht, bin ich mir sicher, weil es das Jahr war, in dem ich aufs College gegangen bin.«

»Sie sagten, es gab einen weiteren Zwischenfall.«

»Dieser war nicht ganz so reißerisch, und wahrscheinlich erinnere ich mich nur daran, weil ich ein Kind war, als es passiert ist.« Sie trank noch einen Schluck von ihrem Drink, den Blick zur Decke gerichtet, als würde sie ihre Gedanken sammeln. »Und ich muss leider sagen, dass ich auch diesmal den Namen nicht mehr weiß, aber als ich etwa zwölf, dreizehn war, ist ein Mädchen, das im Windward gewohnt hat, in eine der Felsspalten am Fuß der Seemauer gekrochen und ertrunken, als die Flut kam.«

»Kannten sie es?«

»Nein. Frank war derjenige, der immer alle Kinder kennengelernt hat, die den Sommer bei uns verbracht haben. Ich war die meiste Zeit in meinem Zimmer und habe gelesen.

Ach, witzig, gerade wollte ich sagen, Sie sollten Frank wegen des Mädchens fragen, aber das können Sie natürlich nicht.«

»Nein«, sagte Sam und schwieg einen Moment, während Cynthia in ihrem Stuhl das Gewicht verlagerte. »Wenn Sie sagen, die Seemauer ...«, fuhr er dann fort.

»Die Mole am Kennewick Beach.«

»Wo Frank starb ...«

»Ja, natürlich. Der Zusammenhang ist mir gar nicht aufgefallen, aber es stimmt. Er muss ganz in der Nähe der Stelle gestorben sein, wo dieses arme Mädchen vor so vielen Jahren starb. Es war natürlich schrecklich. In gewisser Weise viel schlimmer als das Paar, das in dem Zimmer gestorben ist. Weil es ein junges Mädchen war und ein Unfall. Wenn so was heutzutage passieren würde, würden sie wahrscheinlich einen Maschendrahtzaun um die Mole ziehen und überall Warnschilder aufstellen. Aber damals ... Das Leben ging wohl einfach weiter.«

Sam blieb, bis die beiden ihre Drinks geleert hatten, und sie plauderten noch ein wenig darüber, wie Cynthias Kindheit im Windward gewesen war. Sie hatte ein gutes Gedächtnis, und er hörte ihren Erzählungen gern zu. Aber er war hungrig, und es zog ihn außerdem zu seinem Laptop im Hotel, damit er die beiden Zwischenfälle recherchieren konnte, von denen sie ihm erzählt hatte, deshalb brach er auf, sobald er konnte. Er hielt bei einem Fischrestaurant in einer Ladenzeile und trank einen weiteren Gin Tonic, während er auf seine Barsch-Tacos wartete, dann fuhr er mit dem Essen ins Hotel zurück, drehte die Klimaanlage auf und machte sich im Internet an die Suche, um herauszufinden, wie gut Cynthia Hopkins' Gedächtnis wirklich war.

3

Freitag, 21. Oktober, 20:22 Uhr

Caroline hatte geschrieben, sie hätte zu viel Arbeit zu erledigen, und ob sie vielleicht einen Abend mit ihren Gesprächen aussetzen könnten, und Ethan war zumute, als hätte sie ihm ein langes Messer in den Bauch gestoßen. Er schrieb zurück: *Klar, arbeite fleißig.* Dann grub er seine Jeansjacke aus und ging ins Casino el Camino. Dort war er schon eine ganze Weile nicht mehr gewesen, und genau das sagte Lauren, die Barkeeperin, zu ihm, als er einen Mule bestellte.

Officer Resendez hatte ihn gebeten, möglichst wenig Zeit an öffentlichen Orten zu verbringen, aber er war nicht ausdrücklich angewiesen worden, zu Hause zu bleiben. Und heute Abend war es ihm egal, obwohl er am Vortag – wie jeden Tag – den Namen Jay Coates gegoogelt und erfahren hatte, dass ein Jay Coates am Wochenende zuvor in Los Angeles ermordet worden war. Die Liste wurde kürzer.

Bei seinem dritten Mule entdeckte Ethan an einem Tisch im hinteren Teil des Lokals zwei Frauen, die ihm bekannt vorkamen. Er brauchte einen Moment, aber dann kam er dahinter, dass sie beide als Bedienung in einem Club arbeiteten, in dem er als Mitglied einer kurzlebigen Band namens Buckets öfters gespielt hatte. Er schlenderte hinüber, und sie forderten ihn auf, sich zu ihnen zu setzen. Er kaufte einen Krug Lone Star und rutschte auf die Bank. Eine Stunde, nachdem er sich gesetzt hatte, fiel ihm ein, dass er die Hübschere, Fülligere der beiden vor etwa zwei Jahren nach einem seiner Auftritte abgeschleppt hatte. Sie hieß Alicia, aber sie sprach den Namen mit vier Silben statt mit drei aus, und es schien, als erinnerte sie sich an ihre gemeinsame Nacht, denn sie presste ständig unter dem Tisch ihr Knie gegen seines.

Sie verließen das Lokal alle zusammen, als es schloss. Jennifer hatte bereits ein Lyft bestellt und stieg ein, kaum dass sie auf der Straße standen, und Ethan blieb mit Alicia zurück. Sie spazierten zu ihm nach Hause, während Ethan ihr von einem neuen Song erzählte, den er für eine Sängerin geschrieben habe, und vielleicht könnte sie ihn ein bisschen für ihn singen, wenn er ihr den Song auf der Gitarre vorspielte. Er hatte diese Anmache schon früher benutzt und geriet für einen kurzen Moment in Panik, weil er befürchtete, es könnte seinerzeit bei Alicia gewesen sein, aber falls es so war, ließ sie es sich nicht anmerken.

In seiner Wohnung drehte Alicia einen Joint, während er seine Gitarre stimmte und den Text ausdruckte, den er geschrieben hatte. Sie hatte tatsächlich eine hübsche Stimme, und der Song war besser, als er ihn in Erinnerung hatte. Sie spielten ihn ein paarmal, dann schmusten sie auf der Couch herum, und Alicia fragte ihn, ob er sich daran erinnerte, dass sie das schon einmal getan hatten. »Was glaubst du, warum ich an euren Tisch gekommen bin, um Hallo zu sagen?«, antwortete er.

Nachdem sie auf den Futon umgezogen waren und das Licht ausgemacht hatten, dachte Ethan zum ersten Mal, seit er nach Hause gekommen war, an Caroline. Er hatte plötzlich das Bedürfnis, allein zu sein, an seinen Laptop zu gehen und zu schauen, ob sie mit ihm skypen wollte. Er blickte zu Alicia und konnte im Licht des Monds, der durch das Fenster schien, gerade noch erkennen, dass ihr die Augen bereits zufielen. Ihr Atem roch stark nach Alkohol.

»Hey, Alicia«, sagte er, »ich gehe eine Platte auflegen. Schließ die Augen, aber schlaf mir nicht ein, okay?«

»Natürlich nicht«, sagte sie.

Er legte eine Platte von Rachael Yamagata auf und setzte sich für zwei Songs auf das Sofa. Als er ins Schlafzimmer zurückschlich, fand er Alicia zu seiner Freude auf dem Bauch liegend und leise schnarchend vor.

Er ging zurück zur Couch, klappte seinen Laptop auf und suchte nach einem Punkt auf halbem Weg zwischen Austin, Texas und Ann Arbor, Michigan. Es gab einige nette Hütten nahe dem Shawnee National Forest, die ihm so geeignet erschienen wie jeder andere Ort. Er schrieb Caroline:

Ich habe dich heute Abend vermisst. Wollen wir uns in den Rolling Brook Cabins in Makanda, Illinois treffen?

4

Caroline sah die Nachricht von Ethan und schrieb zurück: *Ja. Wann?*

Such du das Datum aus, schrieb er. *Ich habe immer Zeit.*

Caroline öffnete ihren Kalender, obwohl sie ihre Termine ziemlich genau kannte. Sie hatte am folgenden Wochenende Zeit und musste zwar noch eine Unmenge Arbeiten benoten, aber sie hatte an diesem Abend sehr viel geschafft und konnte unter der Woche noch zusätzliche Arbeitseinheiten einlegen. Bei dem Gedanken, Ethan von Angesicht zu Angesicht zu sehen, zog sich ihr Magen zusammen, aber es war nicht unbedingt ein schlechtes Gefühl. Sie sagte sich, falls es peinlich werden sollte, falls es keine körperliche Anziehung zwischen ihnen gab, konnten sie zumindest Freunde bleiben. So weit waren sie immerhin.

Treffen wir uns am Freitag?, schrieb sie.

Kann ich einrichten, schrieb Ethan zurück.

Caroline: *Es ist das Halloween-Wochenende.*

Ethan: *Ist das eine große Sache bei dir? Lieber ein andermal?*

Caroline: *Es ist eine große Sache für meine Studenten. Jede Menge sexy Outfits.*

Ethan: *Bist du auf eine Party eingeladen?*

Caroline: *Immer. Einer meiner Kollegen veranstaltet jedes Jahr etwas am Samstag um Halloween herum.*

Ethan: *Sollen wir dann ein anderes Wochenende nehmen?*

Caroline: *Himmel, nein. Dich zu treffen bedeutet, ich muss mir keine Gedanken wegen eines Kostüms machen.*

Ethan: *Nuttige Sylvia Plath.*

Caroline: *Hab ich vor zwei Jahren gemacht. Man würde sich daran erinnern. Wie sieht es bei dir aus? Party?*

Ethan: *Es gibt eine Party, auf die ich gehen könnte, aber ich würde viel lieber nach Illinois fahren.*

Caroline: *Das freut mich. Was wäre dein Kostüm gewesen?*

Ethan: *Heruntergekommener Rockstar. Jedes Jahr dasselbe.*

Sie schrieben sich noch eine Stunde hin und her, und am Ende hatte Ethan zwei Nächte in der Hütte für folgenden Freitag und Samstag reserviert.

Caroline ging zu Bett und versuchte, sich nicht den Kopf darüber zu zerbrechen, dass sie Ethan sehen, was er erwarten und wie es sein würde, mit ihm zusammen zu sein. Stattdessen zerbrach sie sich den Kopf darüber, wer auf Estrella und Fable aufpassen sollte, und darüber, wie gefährlich es war, wenn sie und Ethan sich am selben Ort aufhielten, wenn man bedachte, dass sie beide auf der Liste eines Killers standen. Vielleicht war es dumm, dass sie überhaupt versuchten, sich zu treffen. Aber einen Teil von ihr kümmerte es nicht oder zumindest nicht genug. Das Gefühl, das sie bei ihren Gesprächen mit Ethan hatte oder selbst wenn sie sich nur schrieben, war so intensiv, so befreiend, dass sie herausfinden musste, ob es anhielt, wenn sie sich persönlich begegneten. Manchmal fragte sie sich, ob sie jemals wirklich verliebt gewesen war. Ihr einziger ernsthafter Freund war Alec Gresham gewesen, den sie in Oxford kennengelernt hatte, als sie mit einem Fullbright-Stipendium dort gewesen war. Er war für zwei Jahre nach Amerika gezogen, um mit ihr zusammen zu sein, als sie in Ithaca ihren Doktor machte, und am Ende seines Aufenthalts hatten sie sich mehr wie beste Freunde als wie ein Liebespaar gefühlt. Nein, das stimmte nicht. Sie hatte ihn damals geliebt, und sie liebte ihn in gewisser Weise immer noch. Aber sie hatte bei ihm nie das empfunden, was sie jetzt plötzlich bei Ethan empfand. Ein Zitat aus *Vernunft und Gefühl* ging ihr ständig durch den Kopf: »Nicht Zeit oder Gelegenheit bestimmen die Intimität; es ist die seelische Veranlagung allein. Für manche Leute würden sieben Jahre nicht reichen, um sich gegenseitig kennenzulernen, und für andere sind sieben Tage mehr als genug.« War es das, was sie und Ethan verband – seelische Veranlagung? Oder vielleicht lag es nur an den Umständen, aber sie musste es so oder so herausfinden.

Am nächsten Morgen sprach sie mit Maeve, einer Professorin und ebenfalls Katzenliebhaberin, die sie kennengelernt hatte, und Maeve erklärte sich bereit, ihre Katzen über das Wochenende zu nehmen (»Kann nur sein, dass ich sie nicht mehr hergebe«), und dann sprach sie mit Officer Hanley, die für ihren Polizeischutz zuständig war. Officer Hanley sagte, sie werde dafür sorgen, dass Polizei vor der Rolling Brook Cabin in Illinois postiert wurde und sich mit den Einzelheiten wieder bei ihr melden. Am Ende des Gesprächs sagte sie noch: »Ziemliche Entfernung für ein Sex-Date«, und unterstrich den Satz, wie sie es oft tat, mit einem lauten Lachen.

»Das ist wahr«, sagte Caroline und unterdrückte das Bedürfnis, zu erwidern, dass es nicht direkt ein Sex-Date war, obwohl sie wusste, dass es so war.

5

Jack Radebaugh machte den Anruf aus dem komfortablen Bett in seinem hochpreisigen Hotelzimmer. Es tutete zweimal, dann wurde das Gespräch angenommen. »Hier Ellen Mercer.«

»Hallo, Agent Mercer. Hier ist Jack Radebaugh. Wir haben miteinander telefoniert, nachdem …«

»Hallo, Jack, ich weiß, wer Sie sind. Wie geht es Ihnen?«

»Gut. Alles in Ordnung. Aber Sie sagten doch, falls mir etwas einfällt … zu einer möglichen Verbindung …«

»Richtig.«

»Nun, die anderen Namen sagen mir noch immer nichts, aber ich habe ein wenig gegoogelt und gelesen, dass Frank Hopkins das Windward Resort gehörte. Stimmt das?«

»Ja.«

»Also, wenn ich mich nicht irre, aber ich bin mir ziemlich sicher, dann habe ich einmal im Windward Resort gewohnt. Es ist in Maine, oder?«

»Ja, richtig.«

»Das ist ungefähr tausend Jahre her, als ich elf war. Ich habe den Sommer mit meiner Familie dort verbracht.«

»Dann erinnern Sie sich also an Frank Hopkins?«

»Nein. Ich meine, ich glaube kaum, dass er das Hotel 1966 schon geführt hat.«

»Tatsächlich war er 1966 dort. Seine Eltern haben das Resort vor ihm geführt, und er hat sein ganzes Leben dort verbracht, soviel wir wissen.«

»Oh.«

»Es ist also sehr gut möglich, dass Sie ihm begegnet sind, als Sie dort waren. Sie dürften etwa im selben Alter gewesen sein.«

Jack trank einen Schluck aus der Mineralwasserflasche auf seinem Nachttisch. »Kann sein, dass ich ihn gekannt habe – es gab haufenweise Kinder in meinem Alter dort, aber ich kann mich wirklich nicht an ihre Namen erinnern.«

»Natürlich, das ist verständlich.«

»Es ist bestimmt reiner Zufall, aber Sie sagten …«

»Nein. Nein, natürlich. Ich bin sehr froh, dass Sie angerufen haben. Alles, was Ihnen einfällt, selbst wenn es ein Zufall ist, könnte hilfreich sein. Wie sieht es mit den anderen Namen aus?«

»Leider nein.«

»Nun, wenn Ihnen noch etwas einfällt …«

»Dann lasse ich es Sie wissen, versprochen.«

»Und noch etwas Jack. Ich wollte Sie noch einmal fragen, ob Sie es sich inzwischen anders überlegt haben, was Polizeischutz angeht. Selbst wenn es nur hin und wieder zu bestimmten Zeiten ein Zivilfahrzeug vor Ihrem Haus ist.«

»Im Augenblick bin ich auf Reisen, sie würden also ein leeres Haus bewachen. Aber die Antwort ist, dass ich gut ohne klarkomme. Danke für das Angebot, aber ich brauche keinen Schutz.«

Er hörte sie am anderen Ende seufzen. »Also gut. Danke, dass Sie mir wegen des Windward Resorts Bescheid gesagt haben. Und zögern Sie nicht, wenn Sie sich noch an etwas anderes erinnern. *Egal* was.«

Nach Beendigung des Gesprächs fragte sich Jack kurz, ob es richtig gewesen war, mit dem FBI Kontakt aufzunehmen, und ob er der Frau hätte erzählen sollen, was seiner Schwester im Windward Resort zugestoßen war.

Es klopfte an der Tür. Kurz vor seinem Anruf bei Agent

Mercer hatte Jack Essen aufs Zimmer bestellt, aber so schnell konnte der Zimmerservice bestimmt nicht sein. Er rutschte vorsichtig vom Bett – wenn er geschäftlich auf Reisen war, fühlte er sich immer besonders alt –, ging an die Tür und öffnete sie gerade weit genug, um einen klein gewachsenen Latino mit einem Tablett davor zu sehen, auf dem sein Cobb Salat und seine halbe Flasche Wein standen. Jack trug das Tablett an den Tisch vor dem einzigen Fenster des Zimmers, drei Glasscheiben nebeneinander, die einen Panoramablick auf flaches Farmland boten, so weit das Auge reichte. Eine tief stehende Sonne schien in das Fenster, aber in der Ferne sah Jack eine dunkle Wolke mit senkrechten Streifen darunter, wo ein Regenguss niederging. Eine Schrecksekunde lang hatte Jack nicht die geringste Ahnung, wo er sich befand, dann fiel ihm wieder ein, dass er am Stadtrand von Indianapolis war.

Er setzte sich und löste die Frischhaltefolie von seinem Salat. Das ganze Zeug, einschließlich dem gegrillten Hähnchen und dem Bacon, war eiskalt. Kein Wunder, dass es sofort gekommen war, da es eindeutig bereits fertig zubereitet im Kühlschrank gestanden hatte. Er schraubte den Verschluss von seinem Wein und schenkte sich ein Glas ein.

6

Die Rolling Brook Cabins machten von außen nicht viel her, aber innen grenzten sie an Luxus. Es sah aus wie in einem Katalog von L. L. Bean, Möbel aus dunklem Holz, Anglerdrucke an den Wänden und auf dem Bett eine weiße Decke mit roten, grünen und gelben Streifen. Es gab einen funktionierenden Kamin und zwei gepolsterte Loungesessel, und das Bad verfügte über eine tiefe Wanne.

Ethan war zuerst eingetroffen und hatte Caroline eine Nachricht geschickt, er habe bereits eingecheckt, und sie solle direkt in die Hütte kommen. Sie schrieb zurück, dass sie eine halbe Stunde entfernt sei. Er lief nervös auf und ab und überlegte, ob er noch Zeit für eine schnelle Dusche hatte, entschied sich aber dagegen. Er ging ständig ans Fenster und zog den Vorhang zurück, um zu sehen, ob Caroline schon angekommen war. Den Streifenwagen nahm er kaum wahr, obwohl sich der Beamte nach dem Einchecken bei Ethan vorgestellt hatte.

Er schaute in den Kühlschrank. Darin standen eine Flasche Weißwein und ein mit Plastikfolie bedeckter Obstteller als Willkommensgeschenk. Er ließ beides im Kühlschrank. In seinem Rucksack hatte er seinen One-Hitter mit ziemlich starkem indischen Hanf darin, aber er wollte nicht stoned sein, wenn er Caroline zum ersten Mal sah. Es erschien ihm wichtig.

Es klopfte an der Tür, und sein Herz hämmerte in der Brust. Er ging und öffnete, und da stand Caroline, größer, als er gedacht hatte, die Wangen gerötet, ein Lächeln im Gesicht.

»Ich bin nervös«, sagte sie.

»Ich bin auch nervös. Wieso?«

»Ja, wieso?«

Sie kam in die Hütte, stellte ihre Reisetasche ab, und sie umarmten sich. Es fühlte sich gut an, aber auch surreal, als hätte die Welt plötzlich eine zusätzliche Dimension erhalten, und Ethan beeilte sich, dem Gefühl gedanklich hinterherzukommen.

»Was sollen wir jetzt tun?«, fragte sie.

»Was möchtest du gern tun?«

»Ich habe zuerst gefragt.«

»Ich denke, wir sollten miteinander ins Bett gehen«, sagte Ethan. »Es ist mir egal, ob wir Sex haben oder so, aber ich möchte an deiner Seite liegen und dich berühren und küssen können.«

»Genau das möchte ich auch.«

Zwei Stunden später tranken sie im Bett den Wein und aßen das Obst, und beide waren gewaltig erleichtert, dass sie sich einander genauso nahe fühlten wie in den letzten Wochen. In regelmäßigen Abständen lachte einer von ihnen – oder beide – unvermittelt los.

»Wenn uns jetzt jemand sehen könnte ...«, sagte Caroline.

»Wäre mir egal. Ich bin so glücklich, hier bei dir zu sein.«

»Ich auch.«

Eine Stunde später lagen sie nebeneinander und sahen sich an, die Laken um ihre nackten Körper gewickelt. Beide waren erschöpft. »›Ich traf dich am Ende der Party‹«, sagte Ethan.

Caroline schaute einen Moment lang verwirrt drein, dann lachte sie.

»Du sagst ein Gedicht für mich auf.«

»Es ist das Gedicht, das du entdeckt hast.«

»Ja«, sagte sie. »›Ich traf dich am Ende der Party, die Drinks fast alle geleert.‹«

»Kannst du den Rest?«

»Teilweise, nicht alles. Gedichte aufsagen habe ich hinter mir.«

»Ich bin froh, dass wir das hier getan haben«, sagte Ethan.

»Überleg mal, auf was für eine seltsame Weise wir uns kennengelernt haben.«

»Ich denke die ganze Zeit daran.«

»Glaubst du, es war irgendwie Schicksal?«, sagte Caroline.

Nach kurzem Nachdenken sagte Ethan: »Nein. Ich glaube nicht an Seelenverwandtschaft, oder dass es für jeden von uns nur einen Menschen gibt, der genau zu uns passt. Ich glaube, es gibt viele für jeden, und manche Leute finden ihre Gegenstücke nie, andere finden dafür zwei oder mehr. Es ist Zufall.«

»Das sehe ich genauso. Ich glaube auch nicht an Seelenverwandtschaft, woran ich aber glaube, ist seelische Veranlagung.«

»Ach ja?«, sagte Ethan.

»In mancher Hinsicht sind wir uns nicht ähnlich, aber wir sind seelisch ähnlich veranlagt. Nur darum geht es, glaube ich, und ich bin sehr froh, dass wir das hier getan haben.«

»Ich auch. Und wenn sonst nichts, ist das das bequemste Bett, in dem ich jemals geschlafen habe.«

»Ha. Stimmt, oder?«

Sie fielen in einen tiefen Schlaf, unterstützt durch das Benzodiazepin, das durch den Korken in den Wein injiziert worden war. Keiner der beiden wachte von den Spritzen auf, die ihnen dann verabreicht wurden, erst eine wesentlich höhere Dosis desselben Benzodiazepins, danach eine tödliche Dosis Morphium. Caroline, die fast zwanzig Kilo leichter war als der Mann, in dessen Armen sie schlief, zuckte leicht in Krämpfen, als die Sauerstoffzufuhr in ihr Gehirn ausblieb, dann starb sie.

DREI

Matthew Beaumont

Jay Coates

Ethan Dart

Caroline Geddes

Frank Hopkins

Alison Horne

Arthur Kruse

Jack Radebaugh

Jessica Winslow

I

Samstag, 29. Oktober, 2:22 Uhr

Zwanzig Minuten später starb Ethan Dart auf dieselbe Weise wie Caroline Geddes.

ZWEI

Matthew Beaumont

Jay Coates

Ethan Dart

Caroline Geddes

Frank Hopkins

Alison Horne

Arthur Kruse

Jack Radebaugh

Jessica Winslow

I

Das Spiel der Saints hatte gerade angefangen, und Sam Hamilton machte sich ein Bier auf, obwohl er gar nicht beabsichtigte, sich vor den Fernseher zu setzen. Er war in seinem Arbeitszimmer, und der Fernseher war so laut eingestellt, dass er es mitbekommen würde, wenn sich etwas Entscheidendes tat. Eine ganze Wand des Raums war mit Fotos, Zeitungsausschnitten und Notizen in Sams Handschrift vollgehängt, die alle den Fall Frank Hopkins betrafen oder vielmehr den Fall der Neuner-Liste, wie er es für sich nannte. Seit seinem Besuch bei Franks Schwester Cynthia in Florida hatte Sam nicht nur wie besessen auf die regelmäßigen Updates durch Mary Parkinson von der State Police gewartet, sondern auch die beiden Zwischenfälle im Windward Resort recherchiert, von denen ihm Cynthia erzählt hatte. Und jetzt hatte er endlich etwas gefunden, das aussah, als könnte es der Schlüssel zu allem sein.

Erst hatte er sich auf den Mord / Selbstmord im Jahr 1962 konzentriert. Ein Mann namens Bart Knapp aus Portland, Maine hatte in einem Zimmer des Windward Selbstmord begangen, nachdem er seine Geliebte, eine Frau namens Betsy Sturnevan, ermordet hatte. Beide waren verheiratet, und beide arbeiteten in derselben Buchhaltungsfirma in Portland. Einzelheiten zu der Geschichte waren nicht schwer zu finden, da der Fall landesweit Aufsehen erregt hatte. Da offenbar kein Kampf in dem Zimmer stattgefunden hatte, und da bei beiden Verstorbenen Beruhigungsmittel und Alkohol im Blut gefunden wurden, lautete das offizielle Verdikt auf doppelten Selbstmord; man nahm an, dass Betsy sich die Pulsadern im Bett aufgeschnitten hatte, dann war Bart in die Badewanne gegangen und hatte das Rasiermesser bei sich benutzt. Betsy Sturnevans Familie wies diesen Urteilsspruch zurück und behauptete, Bart habe Betsy nicht nur ermordet, sondern sie gegen ihren Willen ins Windward gebracht, indem er sie mit Sedativen betäubte.

Es war eine Sensationsgeschichte, und Sam grub eine Reihe von Artikeln aus, die meisten aus einer damaligen Lokalzeitung, dem *Kennewick Star*. Keiner der Polizeibeamten, die mit dem Fall befasst gewesen waren, lebte noch. Aber sowohl Bart Knapp als auch Betsy Sturnevan hatten zum Zeitpunkt ihres Todes kleine Kinder gehabt, und Sam zog in Erwägung, sie zu suchen. Sie mussten inzwischen Anfang bis Mitte sechzig sein. Was ihn jedoch davon abhielt, war der Umstand, dass er nicht die geringste Verbindung zwischen einem der Liebenden und den Personen auf der Liste finden konnte. Letzten Endes kam er zu dem Schluss, dass es eine Sackgasse war.

Damit blieb noch das Mädchen, das draußen an der steinernen Mole ertrunken war. Als er *Windward Resort* und *Ertrinken* in eine Suchmaschine eingab, tauchte nur die Geschichte eines Teenagers namens Duane Wozniak auf, der im Jahr 2000 ertrunken war, als er von der Mole sprang. Sam las alles über den Vorfall, was er fand, aber offensichtlich war es ein Unfall gewesen, und er entdeckte keine Verbindung zwischen Duane Wozniaks Familie und einer der Personen auf der Liste. Viel mehr interessierte ihn, warum auch immer, die Geschichte, die ihm Franks Schwester erzählt hatte. Cynthia hatte gesagt, sie sei zwölf, dreizehn gewesen, als das Mädchen ertrank, und da sie außerdem ihrer Aussage nach 1963 achtzehn gewesen war, musste das Unglück 1957 oder 1958 passiert sein. Sam fand es logisch, dass er im Internet nichts über einen Todesfall durch Ertrinken im Windward Resort fand. Der Unfalltod eines Mädchens an einem Strand in Maine war bestimmt nicht von einer großen überregionalen Zeitung aufgegriffen worden, die später online archiviert wurde. Aber zweifellos musste die Geschichte in den lokalen Blättern erwähnt worden sein. Deshalb hatte Sam die letzten drei Tage triefäugig in der öffentlichen Bibliothek von Kennewick gesessen und Mikrofiches des *Kennewick Star* und des *Southern Maine Forecaster* durchgesehen, zwei Lokalzeitungen aus den Fünfzigern. Er war kurz davor aufzugeben, als er beschloss, die Suche auf Artikel aus den Jahren 1956 und 1959 auszudehnen. Und vor drei Stunden hatte er den Jackpot geknackt – ein Artikel im *Star* über das tragische Ertrinken von Faye Grant im Juli 1956. Sie war zehn Jahre alt gewesen und hatte den Sommer mit ihrer Mutter und ihrem Bruder im Windward gewohnt. Ein Polizeibeamter namens William Cable wurde mit der Aussage zitiert, es habe sich um einen Unfall gehandelt, Faye Grant sei wahrscheinlich in den Spalt am Fuß der Mole gekrochen und nicht mehr herausgekommen, als die Flut kam.

In einem der Artikel wurden die Namen von Fayes unmittelbaren Angehörigen erwähnt. Der Vater war John Grant, leitender Angestellter einer Versicherung, aus Hartford, Connecticut. Fayes älterer Bruder war vermutlich nach dem Vater benannt, denn das Blatt bezeichnete ihn als den »kleinen Jack Grant«, und die Mutter war Lily Grant, geb. Lily Radebaugh, ursprünglich aus Baltimore.

Als er das las, war Sam ein eiskalter Schauder über den Rücken gelaufen. Der »kleine Jack Grant« könnte sich heute Jack Radebaugh nennen. Wenn Faye seine Schwester gewesen war, dann hatte die Liste mit den neun Personen sicher etwas mit ihrem Tod zu tun. Wahrscheinlich ging es um Rache. Frank Hopkins, der im Windward Resort gewesen sein musste, als Faye starb, war in der Nähe der Mole ertränkt worden. Die anderen Namen auf der Liste, alles Leute, die zu jung waren, um bei Fayes Tod dabei gewesen zu sein … Sam hatte keine Ahnung, warum sie im Visier standen. Er konnte nur vermuten, dass sie irgendwie verwandt mit jemandem waren, den Jack für schuldig hielt. Vielleicht mit einem Elternteil. Vom Alter her würde es passen.

Nachdem er eine E-Mail mit jpegs aller relevanten Artikel an Detective Mary Parkinson von der State Police und Agent Ruth Jackson vom fbi geschickt hatte, studierte Sam nun seine Aufzeichnungen über die Familien der Opfer. Und alles begann sich zu fügen – es gab mehr Gemeinsamkeiten zwischen den Eltern der Opfer als zwischen den Opfern selbst. Sie waren alle weiß, gehörten zur Mittel- oder oberen Mittelschicht und ballten sich in Neuengland. Und da war noch etwas, etwas, das Sam schon eine Woche zuvor aufgefallen war: Die Liste mit neun Namen enthielt sechs Männer und drei Frauen. Er hatte darüber nachgedacht. Wenn Jack Radebaugh oder jemand anderer (es war möglich) die Kinder von Leuten ermordete, die seiner Ansicht nach am Tod seiner Schwester mitschuldig waren, dann würde er nicht nur versuchen, ihren Tod schmerzlos zu machen, sondern er würde vielleicht die Söhne als Opfer aussuchen, nicht die Töchter. Natürlich war Jessica Winslow ins Visier genommen worden, aber sie war ein Einzelkind. Und Caroline Geddes war zwar kein Einzelkind, aber ihr einziger Bruder lebte im Ausland. Sams Gedanken rasten, als er an den Kühlschrank ging und sich ein weiteres Bier holte, ohne auch nur einen Blick auf das Footballspiel im Fernseher zu werfen.

Als er in sein Arbeitszimmer zurückging, dachte er über Alison Horne nach, die nie ausfindig gemacht worden war. War sie bereits tot? Wahrscheinlich nicht, denn wenn sie gestorben wäre, hätte es einen Polizeibericht gegeben, eine Todesmeldung, irgendetwas, worauf das fbi aufmerksam geworden wäre. Natürlich konnte sie tot sein, und ihre Leiche war noch nicht gefunden worden. Aber dann hätte sie sicher irgendwer als vermisst gemeldet. Nein, Sam ging davon aus, dass sie noch lebte, und er fragte sich, wo sie war und ob sie wusste, in welcher Gefahr sie schwebte.

2

Jonathan Grant wollte Alison vom Flughafen eine Nachricht schicken, dass er wieder auf den Bermudas war und in einer halben Stunde beim Haus sein würde, aber dann beschloss er, es nicht zu tun. Er wollte sie überraschen, auch wenn er sie gut genug kannte, um zu wissen, dass sie nicht sehr auf Überraschungen stand.

Er sperrte die Tür zu dem Haus in der Church Folly Lane auf und rief laut »Hallo«, als er seine Schuhe auf der Fußmatte abstreifte. Es war still im Haus, und er dachte, Alison sei vielleicht unten in der Tobacco Bay oder spazieren gegangen. Aber dann erschien sie in einem langen weißen Nachthemd auf der Treppe, und einen bizarren Moment lang glaubte Jonathan einen Geist vor sich zu sehen.

»Ich bin wieder da«, sagte er.

Sie kam die Treppe herunter, umarmte ihn und sagte: »Ich freue mich«, dem sie sofort ein »Du hättest vorher anrufen können« hinterherschob.

»Ich dachte, ich überrasche dich. Du siehst dünn aus.«

»Oh«, sagte sie und blickte an ihrem durchscheinenden Nachtgewand hinab. »Das liegt wohl daran, dass ich mich von Joghurt und Obst ernähre. Ich bin wirklich froh, dass du wieder da bist.«

»Lass mich auspacken und duschen, dann können wir richtig essen gehen.«

Sie gingen ins Swizzle Inn, auch wenn sich Jonathan wie jedes Mal beschwerte, dass es inzwischen eine Touristenfalle sei, wo sie T-Shirts und Spezialitätengläser verkauften. Trotzdem hatte er einen Lieblingstisch dort, der noch frei war, und er bestellte eine Muschelsuppe als Vorspeise und dann die Leber mit Zwiebeln. Alison bestellte einen Salat.

»Erzähl mir von deiner Reise«, sagte sie.

»Ich habe mit alldem jetzt abgeschlossen.«

»Wie meinst du das?«

»Verpflichtungen. Geld. All das. Erzähl mir von der Insel. Wie ist es hier ohne mich?«

Alison trank einen Schluck von ihrem Rosé und sagte: »Ich dachte, es würde mir gefallen, aber so sicher bin ich mir nicht. Habe ich dir einmal erzählt, dass ich außersinnliche Wahrnehmungen habe?«

Er runzelte die Stirn. »Nein, ich glaube nicht.«

»Es ist keine große Sache, aber seit ich ein kleines Mädchen war, überkommen mich Kälteschauder, wenn mir etwas Schlimmes bevorsteht. Manchmal auch nachdem es passiert ist.«

»Erzähl mir mehr davon. Es interessiert mich.«

Sie erzählte ihm, wie sie gewusst hatte, dass ihre Großmutter sterben würde, bevor es geschah, und wie sie Missy Talbot an einem Freitagnachmittag im Schulkorridor begegnet war und eine Empfindung gehabt hate, als würde alle Wärme aus ihrem Körper gesaugt. Missy starb Samstagnacht, sie wurde aus dem Auto geschleudert, als ihr Freund bei der Heimfahrt von einer Party von der Straße abkam. Sie erzählte ihm nicht, dass sie dasselbe Kältegefühl gehabt hatte, als Jonathan sie gefragt hatte, ob sie nach ihrer Schicht auf ein Glas Wein mit ihm gehen wollte. Aber sie erzählte ihm, dass sie nach seiner Abreise, als sie allein im Haus war, von schlechten Gefühlen, kalten Gefühlen überflutet worden war.

»Es war nicht direkt wie eine Vorahnung. Erst dachte ich, schon, aber vielleicht liegt es einfach am Haus und daran, dass ich allein hier war ... Möglicherweise ist hier früher mal was passiert, das ich irgendwie gespürt habe ...«

»Das kann ich mir sehr gut vorstellen«, antwortete Jonathan und trank einen großen Schluck von seinem Gin Martini. »Das Haus hat einiges an Geschichte hinter sich. Wahrscheinlich schon aus der Zeit, bevor es meiner Familie gehörte.«

»Oder vielleicht war ich einfach nur einsam.«

Die Bedienung kam, um ihre Teller abzuräumen. Sie nannte Jonathan »Süßer.«

»Wie lange kommst du schon hierher?«, fragte Alison, nachdem die Bedienung wieder gegangen war.

»Mein ganzes Leben lang. Seit ich ein Kind war. Das ist ein altes Restaurant. Es existiert seit rund hundert Jahren.«

»Darf ich dir eine persönliche Frage stellen?«

»Natürlich.«

»Ich habe im Haus herumgestöbert, wie du weißt, Schränke durchgesehen, und ich habe noch mehr Bilder gefunden, die dich interessieren könnten. Und es geht mich zwar nichts an, aber mir ist aufgefallen, dass es von deiner Schwester nur Bilder gibt, auf denen sie sehr jung ist.«

»Sie ist sehr jung gestorben«, sagte Jonathan. »Habe ich dir das nicht erzählt?«

»Du hast mir erzählt, dass sie tot ist, aber ich weiß nicht, wann und wie es passiert ist.«

»Sie starb, als sie zehn war und ich zwölf. Es ist lange her.«

»Trotzdem, tut mir leid, das zu hören, Jonathan. Wie hieß sie?«

»Faye.«

»Wie ist sie gestorben?«

»Sie ist ertrunken. In Maine. Wir haben Familienurlaub in einem Resort in Kennewick gemacht. Es gab diese steinerne Mole am Strand, wie ein Wellenbrecher, und bei Ebbe konnte man alle diese Gezeitentümpel erforschen und die kleinen

Höhlen in den Lücken zwischen den Steinen. Sie wurde in so einer Höhle eingeschlossen, als die Flut kam, und so ist sie ertrunken.«

»Das ist ja furchtbar.«

»Das war es«, sagte Jonathan, und etwas in seiner Stimme ließ Alison annehmen, dass dieses Thema für ihn abgeschlossen war.

Zu Hause genehmigten sie sich noch einen Schlaftrunk im Wohnzimmer. Alison stand vor den Ölgemälden von Faye und Jonathan über dem Kamin und betrachtete sie.

»Sie war hübsch«, sagte sie wie zu sich selbst.

»Das war sie«, sagte Jonathan. Er stand mit einer Karaffe Whiskey in der Hand vor dem Tisch mit den Getränken.

»Wo habt ihr für dieses Bild Modell gesessen?«

»In West Hartford, wo wir aufgewachsen sind. Ich erinnere mich nicht an viel, ich weiß nur noch, dass meine Mutter auf Matrosenanzügen bestand, und ich war alt genug, damit es mir schrecklich peinlich war.«

»Ach, ihr seht süß aus in euren Matrosenanzügen. Der kleine Jonathan oder Johnnie … Wie wurdest du damals genannt?«

»Meistens Jack.«

»Oh. Wann hat sich das geändert?«

»Als ich es geändert habe, würde ich sagen.«

»Als ich klein war, nannten mich alle Ali. Alle bis auf meinen Vater, der immer Alison sagte, und ich kam mir erwachsen und wie etwas Besonderes vor. Als ich aufs College gegangen bin, habe ich mich überall als Alison vorgestellt, und dabei ist es bis heute geblieben.«

»Das war bei mir ganz ähnlich«, sagte er, »nur dass ich meinen Namen offiziell geändert habe. Meine Eltern sind beide nicht gut mit dem Tod meiner Schwester umgegangen, besonders mein Vater, der beschloss, dass es das Beste wäre, so zu tun, als hätte sie nie existiert. Ich habe ihm das im Grunde nie verziehen, seine Schwäche, und sobald ich konnte, habe ich meinen Namen in Radebaugh geändert, der Mädchenname meiner Mutter. Heute kennen mich manche Leute als Jack Radebaugh und andere, so wie du, als Jonathan Grant. Mich interessiert mein Name nicht mehr. Das ist alles Schnee von gestern.« Jonathan stellte die Karaffe auf den Tisch. Er hatte sein Glas nicht gefüllt.

»Dieser Name kommt mir so bekannt vor«, sagte Alison und blickte nachdenklich ins Leere.

»Welcher? Mein Name?«

»Ja. Der Nachname. Nein, der ganze Name. Jack Radebaugh.«

»Ich habe einmal ein Buch geschrieben, das unter diesem Namen veröffentlicht wurde.«

»Was für ein Buch?«

»Über Wirtschaft. Es hat sich sehr gut verkauft, aber …«

»Nein, das ist es wahrscheinlich nicht.« Sie setzte sich in einen Sessel, der mit blauem Stoff mit winzigen weißen Ankern bezogen war.

Er betrachtete sie und fragte sich, ob sie sich daran erinnern würde, wo sie den Namen Radebaugh schon gesehen hatte, ob sie sich überhaupt noch an die Liste erinnerte, aber nach einem Schluck von ihrem Wein lächelte sie und sagte: »Heute ist Halloween.«

»Ich weiß. Gefällt dir mein Kostüm?«

»Was stellst du dar?«

»Einen Mann im Winter seiner Jahre.«

Sie schob die Unterlippe vor. »Herbst vielleicht, aber nicht Winter. Himmel, ich bin todmüde. Sollen wir zu Bett gehen?«

»Ja, lass uns zu Bett gehen.«

3

Jack Radebaugh – den Alison Horne und einige andere Leute als Jonathan Grant kannten, der Name, den man ihm bei seiner Geburt gegeben hatte – ging vorsichtig den knarrenden Flur entlang zu dem Zimmer, das früher, vor vielen Jahren, das seines Vaters gewesen war. Er betrat den schmalen Einbauschrank, der nach Zeder und Staub roch und langte nach oben, wo das Kaliber-22-Gewehr von zwei Nägeln festgehalten hing. Er nahm es an sich, vergewisserte sich, dass es geladen war, und ging zurück ins Schlafzimmer. Alison schlief auf der Seite, eine Hand unter der Wange. Er stand über ihr, ein wenig besorgt, die Kugel könnte sie selbst aus kürzester Entfernung verletzen, bevor sie sie tötete. Er hatte von Kugeln gehört, die von Schädelknochen abprallten, aber das war sicherlich sehr selten. Er bezweifelte, dass es passieren würde, wenn er das Gewehr richtig ansetzte.

Vielleicht hätte ich ihr etwas in den Drink geben sollen, damit sie nicht plötzlich aufwacht, dachte er, so wie er Caroline Geddes und Ethan Dart erst mit Medikamenten betäubt hatte. Aber er sagte sich, dass er sich keine Sorgen zu machen brauchte. Er kannte Alison Horne und wusste unter anderem über sie, dass sie einen tiefen Schlaf hatte. Er wappnete sich. Die Mündung der Waffe war fünf Zentimeter von Alisons Kopf entfernt. Er liebte sie nicht – er war sich nicht sicher, ob er überhaupt irgendwen aufrichtig liebte, zumindest niemanden, der gegenwärtig auf diesem Planeten lebte –, aber er mochte Alison ganz gerne.

Er dachte an die Zeit vor einem Jahr zurück, als er zum ersten Mal in dieses fürchterliche Steakhouse gegangen war, in dem sie als Hostess arbeitete, nur um einen Blick auf sie zu werfen. Zu diesem Zeitpunkt hatte er alles bereits vollständig geplant, war sich aber immer noch nicht gänzlich sicher, ob er es durchziehen würde. Er hatte die Liste mit den neun Namen geschrieben – neun potenzielle Opfer, die nicht ahnten, dass sie dazu bestimmt waren zu sterben. Der Privatdetektiv, den er angeheuert hatte, hatte ihm Akten mit ausführlichen biographischen Informationen über sie alle ausgehändigt. In gewisser Weise war es ein Test gewesen, Alison Horne leibhaftig kennenzulernen; er wollte sehen, wie es ihm damit ging, Gott zu spielen. Er saß in seinem besten Anzug an der Theke, beobachtete sie am Hostess-Pult und versuchte sich vorzustellen, wie es sich anfühlen würde, ihr Leben zu beenden. Er dachte an Grace, sein einziges Kind, die jetzt etwa in Alisons Alter gewesen wäre, wenn ihr nicht ein Jahr nach ihrem Collegeabschluss ein Betrunkener ins Auto gefahren wäre. Sie war auf dem Heimweg von der Arbeit gewesen, von der Abendschicht in einem noblen französischen Restaurant. Sie hätte nicht kellnern müssen, vor allem, da sie einen Job bei der Zeitung in Ithaca bekommen hatte, bei der sie in ihrem letzten Studienjahr ein Praktikum absolviert hatte; davon abgesehen hätte ihr Jack mit Freuden Geld gegeben, wenn sie noch welches gebraucht hätte. Aber sie hatte immer auf ihre Unabhängigkeit Wert gelegt, und sie liebte die Arbeit als Kellnerin, seit sie in ihrem ersten Jahr an der Highschool einen Job bei einem Cateringunternehmen in New Jersey bekommen hatte. Und er erinnerte sich, dass sie ihm erzählt hatte, sie würde an einem Abend als Bedienung mehr verdienen als in einer ganzen Woche bei der Zeitung.

Sie war außerordentlich hübsch gewesen, seine Tochter, und Jack hatte sich vorgestellt, dass die Männer, die im Salt

Bistro speisten, sie bemerkten. Und er hatte sich Sorgen gemacht, was passieren könnte, wenn sie spätabends das Restaurant verließ und zu ihrem Wagen ging. Aber die Dinge, über die wir uns Sorgen machen, sind nicht die Dinge, die letzten Endes passieren. Der betrunkene Fahrer überquerte vier Fahrspuren, ohne ein anderes Auto zu streifen und rammte dann Graces GTI mit solcher Wucht, dass sie eine Leitplanke durchbrach, sich zweimal überschlug und auf dem Parkplatz einer Ladenzeile auf dem Dach landete. Sie war weniger als eine Minute von ihrer Wohnanlage entfernt gewesen.

Als er Alison in dem Steakhouse beobachtete, fragte sich Jack, ob sie, wie seine Tochter, gern dort arbeitete. Irgendwie bezweifelte er es. Sie ging auf die vierzig zu, wie er wusste, aber sie war immer noch sexy genug, um in dem knappen Oberteil und dem engen Lederrock eine gute Figur zu machen. Sie ertappte ihn, wie er sie beobachtete, und lächelte ihn strahlend an. Vielleicht sollte er sie näher kennenlernen, falls möglich. Ich überlege, diese Frau zu töten, dachte er, also wäre es richtig, sie erst kennenzulernen, aus rein logistischen, aber auch aus moralischen Gründen. Natürlich war ihm klar, dass er nicht die Absicht hatte, seine übrigen Opfer kennenzulernen, aber die hatte er auch nicht direkt vor der Nase, nahe genug für ein Lächeln.

Er war noch mehrere Male in dem Steakhouse gewesen und hatte sie schließlich gefragt, ob sie ein Glas Wein mit ihm trinken gehen wollte. Und dann hatte er ihr vorgeschlagen, seine Geliebte zu werden. Es war leicht gewesen, und außer ihrer Schönheit und ihrem Restaurant-Job hatte nichts Jack an seine Tochter erinnert. Alison war nur ein beliebiger Mensch, der allein auf der Welt war, wie wir alle. Kein besonders guter und kein besonders schlechter. Er wollte ihr nichts tun, aber er wollte sie töten. Sie war ein kleines Rädchen in einem ungeheuerlich komplexen System, und er musste eine Korrektur vornehmen. Er stellte Karma im Universum wieder her.

Er richtete den Lauf des Gewehrs sorgfältig auf ihren Hinterkopf und drückte ab.

EINS

Matthew Beaumont

Jay Coates

Ethan Dart

Caroline Geddes

Frank Hopkins

Alison Horne

Arthur Kruse

Jack Radebaugh

Jessica Winslow

I

Dienstag, 1. November, 15:45 Uhr

Anstatt wie geplant vom Saint George's Airport auf den
Bermudas nach Portland, Maine zu fliegen, hatte Jack
Radebaugh sein Ticket umgebucht und saß nun in einem
halb vollen Airbus A320 im Landeanflug auf den Bradley
International Airport. Er wusste, es war möglicherweise ein
katastrophaler Fehler, vor allem, da er so kurz vor dem Ende
stand, aber es war ihm plötzlich egal. Er hatte beschlossen,
für eine Stunde, höchstens zwei nach West Hartford zurück-
zukehren und sich dann auf den Weg nach Maine zu machen.
Auf diese Weise konnte er wenigstens seinen eigenen Wagen
nehmen.

In Jacks Kopf lief dieser Tage die reinste Diashow ab, ohne
dass er sie steuern konnte. Bilder, Gedanken und Fixierun-
gen trommelten blindwütig auf ihn ein, aber er hatte gelernt,
damit zu leben, und es half auch zu wissen, dass er diese
Gedanken bald auslöschen würde wie die Kerzen auf einer
Geburtstagstorte.

Ein Taxi brachte ihn vom Flughafen nach West Hartford.
Bei sich zu Hause wechselte er rasch in Kleidung, die dem
kalten, böigen Wetter angemessener war. Er holte einige Gegenstände aus seiner Reisetasche, die er von den Bermudas
mitgebracht hatte, und ging in den Keller hinunter, wo er
ein paar weitere Dinge hinzufügte, die ihm helfen würden,
mit seinem hiesigen Nachbarn fertig zu werden. Das war der
wahre Grund, warum er nach West Hartford zurückgekehrt
war. Seit dem Abendessen mit seiner reizenden Nachbarin

Margaret und ihrem hochnäsigen Hurensohn von Mann vor mehr als einem Monat hatte er ständig an die beiden gedacht und davon phantasiert, was er mit Eric gern tun würde. Vielleicht weil ihn Margaret mit ihrem langen Haar, dem schlanken Hals und ihrer Schüchternheit an seine Schwester erinnerte. Oder vielleicht auch einfach, weil sie ein guter Mensch war und Eric nicht. Und vielleicht dachte er, dass er Margaret ebenso gut noch einen letzten Gefallen erweisen konnte, jetzt, wo er so kurz vor der Vollendung seines Lebenswerks stand. Kannte er überhaupt ihren Nachnamen? Er erinnerte sich nicht daran, ihn je gehört zu haben. Woran er sich allerdings erinnerte, war, dass er über ihren Teilzeitjob in der Bibliothek mit ihr gesprochen hatte. »Ich arbeite Montag bis Mittwoch an den Abenden«, hatte sie gesagt. »Und manchmal den ganzen Sonntag. So ziemlich der schlimmste Dienstplan.« Vielleicht hatte er sich ihre Arbeitszeiten gemerkt, weil er diese Sache von Anfang an geplant hatte.

Nachdem er das Zuhause seiner Kindheit ein letztes Mal abgesperrt hatte, ging Jack zum Haus seiner Nachbarn und läutete. Was würde er tun, wenn Margaret aufmachte? Vermutlich würde er einfach sagen, dass er für eine Weile verreiste und gekommen sei, um Lebwohl zu sagen. Es würde merkwürdig aussehen, aber welche Rolle spielte das alles in allem noch?

Wie die Dinge lagen, machte Eric auf. Er trug weite Shorts und ein ärmelloses T-Shirt. Seine Haut glänzte vor Schweiß, als hätte er Sport gemacht, aber er hielt auch eine Dose Bier in der Hand.

»Entschuldigen Sie die Störung, Eric, aber ist Margaret zu Hause?«

Eric blinzelte ein paarmal, und Jack nahm an, er versuchte sich an seinen Namen zu erinnern. Dann fiel er ihm offenbar ein, und er sagte rasch: »Tut mir leid, Jack, sie ist arbeiten. In der Bibliothek.«

»Ach so, na, macht nichts«, sage Jack. »Ich wollte sie nur etwas fragen, aber ...« Er hielt inne, dann sagte er: »Vielleicht können Sie es mir beantworten. Dürfte ich für ein paar Minuten reinkommen?«

Eric zögerte, und Jack wartete, ohne seine Miene oder seine Haltung zu verändern und ohne sich zu entschuldigen, und schließlich sagte Eric. »Kommen Sie rein, Mann. Möchten Sie ein Bier?«

Jack trat in die Diele. »Nein, danke. Wie gesagt, fünf Minuten Ihrer Zeit ist alles, was ich brauche.«

Eric führte Jack ins Wohnzimmer und deutete auf einen Sessel. Jack setzte sich und rückte seine Jacke so zurecht, dass er in die rechte Tasche greifen konnte. Nachdem Eric seine Bierdose auf den Kaffeetisch zwischen ihnen gestellt hatte, setzte er sich ebenfalls, mit einem merkwürdigen Ausdruck im Gesicht. Jack brauchte einen Moment, um dahinterzukommen, was dieser Gesichtsausdruck bedeutete, aber dann hatte er es. Es war so, dass Eric noch nicht wusste, was er von seinem neuen Nachbarn halten sollte. War Jack ein abgewrackter alter Mann, oder hatte er noch Einfluss als gut vernetzter Bestsellerautor? Eric versuchte ihn einzuordnen, damit er wusste, wie er ihn behandeln sollte.

»Ich will gleich zur Sache kommen, Eric«, sagte Jack. »Ich möchte Ihre Zeit nicht verschwenden, und ich weiß nicht, wann Margaret zurückkommt.«

»Nicht so bald.«

»Hier ist also meine Frage. Ich wollte sie ihr stellen, aber jetzt frage ich Sie stattdessen. Wie kommt es, dass ein anständiger, liebenswerter Mensch wie Margaret bei einem gottverdammten Arschloch wie Ihnen landet?«

Ein verlegenes Lächeln breitete sich langsam auf Erics verknittertem Gesicht aus, während er sich bemühte, die Frage zu verdauen. »Ist das Ihr Ernst?«, fragte er schließlich.

»Ob das mein Ernst ist? Ja, ich würde es gern wissen. Ich

meine, vermutlich erinnert Margaret Sie an Ihre Mutter, die wahrscheinlich von Ihrem Vater tyrannisiert wurde und umgekehrt möglicherweise, ansonsten verstehe ich nicht, warum sie sich Ihren Scheißdreck gefallen lässt.«

Eine tiefe Röte stieg in Erics Gesicht. »Hey, Jack«, sagte er. »Ich habe schon vermutet, dass Sie sich armseligerweise in meine Frau verknallt haben, aber jetzt weiß ich es mit Bestimmtheit. Wie wär's, wenn Sie verdammt noch mal aus meinem Haus verschwinden, bevor ich Sie eigenhändig raus-werfe?«

Jack lächelte. Er griff in die Tasche seines Gänsedaunen-Parkas und zog den Kaliber-44-Revolver heraus, denselben, mit dem er Matthew Beaumont vor einer gefühlten Ewigkeit in einem Vorort von Boston erschossen hatte. Er richtete die Waffe auf Erics Brust.

»Wie heißen Sie mit Nachnamen, Eric? Ich glaube, ich kenne ihn nicht.«

Eric war wie erstarrt, den Blick auf den Revolver gerich-tet. Sein Kiefer bewegte sich, als würde er auf etwas kauen. »Ähm«, sagte er schließlich.

»Ich werde Sie töten, Eric, und es spielt keine Rolle, ob ich Ihren Nachnamen weiß oder nicht, ich war nur neugierig.«

Erics Blick wanderte von dem Revolver zu Jacks Gesicht. »Warum?«, fragte er.

»Warum ich Sie töten werde, oder warum ich Ihren Nach-namen wissen will? Ich werde Sie töten, weil Sie ein Tyrann und ein Feigling sind, und ich mag Sie nicht. Zufällig sind Sie außerdem mit einer Frau verheiratet, die ich mag. Sie zu tö-ten wird also ihr Leben verbessern, und wahrscheinlich auch das Leben einer ganzen Menge anderer Leute. Ich töte Sie auch, weil Leute töten etwas ist, was ich inzwischen recht gut beherrsche, und ich dachte, ich könnte diese so spät in meinem Leben erworbene Fähigkeit noch einmal anwenden. Ich sehe Ihnen an, dass Sie verwirrt sind, deshalb mache ich es einfach: Sie werden sterben, weil ich will, dass Sie sterben.«

»Hören Sie, Jack, wenn es um Margaret geht … Wenn Sie in sie verliebt sind oder so, wir können darüber reden. Ich meine, großer Gott …«

Jack war kurz versucht, diese Unterhaltung in die Länge zu ziehen, diesem Mann die ganze Geschichte zu erzählen, alles, was er die letzten zwei Jahre seines Lebens geplant hatte. Und was er erreicht hatte. Der Gedanke, wie ein Superschurke in einem James-Bond-Film über seinen Plan zu monologisieren, war verlockend, aber Eric hätte nicht wirklich zugehört. Er überlegte wahrscheinlich bereits fieberhaft und im Adrenalinrausch, wie er sein Leben retten konnte. Also schoss Jack ihm mitten in die Brust und sah zu, wie Eric auf der makellos weißen Couch zusammensackte, einen verblüfften und gequälten Ausdruck im Gesicht.

Nachdem er aufgestanden war und sich mit einem Blick durch die Vorderfenster vergewissert hatte, dass niemand auf der Straße vorbeigegangen war und den Schuss gehört hatte, kauerte sich Jack vor Erics leblose Gestalt und fühlte mit zwei Fingern am Hals nach einem Puls. Da war keiner. Erics Handy lag neben der Bierdose auf dem Tisch. Es war gesperrt, aber das spielte keine Rolle. Man konnte auch auf einem gesperrten Handy jederzeit die Notrufnummer wählen. Er steckte das Handy in seine Brusttasche, dann verstaute er die Waffe in seiner Reisetasche und verließ das Haus. In der Diele blieb er kurz stehen und warf einen Blick auf den Stapel ungeöffneter Post auf einem niedrigen Tischchen. Das oberste Kuvert war an Margaret Hutchinson adressiert, das darunter an Eric Miles. Er fragte sich, ob Margaret ihren Mädchennamen behalten hatte. Es würde ihr das Leben erleichtern, da sie ihren Führerschein und ihre Bankkonten nicht ändern musste.

Als er eine Meile von seiner Straße in West Hartford entfernt war und an einer roten Ampel hielt, wählte Jack die 911, gab die Adresse von Margaret Hutchinson und Eric Miles an und sagte, dort sei ein Mann erschossen worden. Das Mindeste, was er tun konnte, war, Margaret den Anblick ihres toten Mannes zu ersparen, wenn sie von ihrer Schicht in der Bibliothek nach Hause kam. Er warf Erics Handy aus dem Wagenfenster, als er in Richtung Norden auf die Interstate 84 bog.

Für die meisten Leute war es ein ganz normaler Dienstag. Er dachte an seine Frau und fragte sich, was sie wohl gerade tat. Chardonnay trinken und ihr geliebtes Vorabendprogramm im Fernsehen schauen. Entweder *Jeopardy!* oder die PBS *NewsHour*. Sie würden ihr sicher einen Besuch abstatten, sobald sie herausfanden, was er getan hatte, oder? Sie würden sie befragen, vielleicht sogar herausfinden wollen, ob sie ihm in irgendeiner Weise geholfen hatte. Zumindest würde man sie nach seinen Beweggründen fragen. Vielleicht erwähnte sie das Glioblastom, und wie sich seine Persönlichkeit nach der Diagnose und der Therapie verändert hatte. Ihm gegenüber hatte sie schließlich oft genug davon angefangen, überzeugt, dass sich etwas in ihm verändert hatte. Und wahrscheinlich hatte sie recht. Er hatte sich nach dieser Tortur tatsächlich ein wenig verändert. Ihm war nicht nur seine eigene Bedeutungslosigkeit, sondern die aller Menschen auf der Welt bewusst geworden. Und ja, das war etwa um die Zeit gewesen, als er angefangen hatte, davon zu phantasieren, die Kinder der Piratengesellschaft zu töten, um Gerechtigkeit herzustellen.

Er fragte sich, ob seine Frau auch von ihrer einzigen Tochter erzählen würde, und dass sie im Jahr nach ihrem Collegeabschluss gestorben war. Er hatte sich auch damals verändert, aber das war zu erwarten gewesen. Zum zweiten Mal hatte er die Erfahrung machen müssen, dass sich die Welt mit Freuden seiner jungen und schönen Bewohner entledigte. Es gab keine Ordnung, nur Chaos. Er hatte die Liste erstellt, um Ordnung zurückzubringen, aber seine Frau würde diesen Zusammenhang niemals herstellen, und er bezweifelte, dass es sonst jemand tat.

Es war schon spät, als er auf den halb leeren Parkplatz des Windward Resorts bog. Er trat in die frische, salzige Luft hinaus und wurde von der Traurigkeit übermannt, die der Geruch der Küste immer mit sich brachte.

Die junge Frau an der Rezeption nahm seine Personalien auf und lächelte ihn so unbedarft an, dass sich Jack ziemlich sicher war, dass sie nicht angewiesen worden war, nach jemandem Ausschau zu halten, der unter dem Namen Jonathan Grant eincheckte. Er fragte, ob sie eine Gezeitentabelle hatte, und sie wühlte in einer Schublade herum, bis sie schließlich eine fand.

»Gehen Sie fischen, Mr. Grant?«

»Nein. Ich gehe nur an den Strand.«

»Es ist schön um diese Jahreszeit. Leer.« Sie sah ihm direkt ins Gesicht, aber er nahm wahr, dass ihr Blick kurz an die Seite seines Schädels huschte. Normalerweise kämmte er sein Haar so, dass es die weiße Narbe von der Gehirnoperation vor drei Jahren verdeckte, aber er hatte es vergessen, bevor er das Hotel betrat.

Er nahm die Treppe in den ersten Stock und ging den schmuddeligen Flur entlang zu seinem Zimmer. Als Kind war er geblendet gewesen vom Luxus in diesem Resort, oder vielleicht hatte es auch nur daran gelegen, dass er sich in so jungen Jahren frei bewegen durfte in dem Hotel mit seinem geräumigen Speisesaal, der schwach beleuchteten Lounge und den endlosen Fluren. Jetzt wirkte alles nur abgenutzt und traurig. Auf den Korridoren roch es nach Dosensuppe und Desinfektionsmittel.

In seinem Zimmer, wo der Geruch noch schlimmer war, studierte er die Gezeitentabelle und stellte fest, dass um

1:49 Uhr Ebbe sein würde, und um 7:53 Flut. Perfekt. Damit blieb ihm zwar nicht viel Zeit, um zu tun, weswegen er hergekommen war, aber es genügte. Er brach das Siegel einer Flasche Macallan 25 auf und goss etwas in ein Wasserglas aus dem Badezimmer. Dann setzte er sich an den Schreibtisch und schrieb seinen Brief.

Kurz nach Mitternacht füllte er den Rest des Scotchs in einen Flachmann aus Sterlingsilber um, den er seit dem College besaß, und verließ das Hotel durch den Hintereingang, der zum rückwärtigen Parkplatz führte. Der kalte Wind pfiff immer noch über den menschenleeren Asphalt. Jonathan trug wasserdichte Stiefel und flanellgefütterte Jeans, dazu einen dicken Fischerpullover unter seinem Parka. Er hatte Kälte immer gehasst, und trotz seines Vorhabens war er wegen der Außentemperatur besorgt. Er kramte die Wollmütze aus der Tasche und setzte sie auf, dann überquerte er zielstrebig die Micmac Avenue und ging in Richtung der steinernen Mole.

Die Nacht war klar, der Himmel von Sternen übersät und der Mond dreiviertel voll. Er hatte keine Schwierigkeiten, den Weg über den dunklen Strand zu finden, trotz des feuchten Winds, der an seinem Parka zerrte. Als er zur Mole kam, riskierte er es, kurz seine Taschenlampe zu benutzen, um die Stelle zu finden, wo seine Schwester vor mehr als fünfzig Jahren dem Tod überlassen worden war. Er hatte sie schon mal ausgekundschaftet, als er hier auf Frank Hopkins gewartet hatte. Er konnte sich nicht hundertprozentig sicher sein, dass es der richtige Ort war, aber er kam ihm sehr nahe, ein Spalt im Fuß der Steinmauer, gerade groß genug, damit sich ein Erwachsener durchzwängen konnte. Er betrachtete ihn nun, ein Gezeitentümpel reflektierte den Mond, und etwas huschte fort, als er seinen Stiefel auf den feuchten Sand setzte.

Er kramte die Tabletten aus der Vordertasche seiner Jeans und spülte sie mit dem restlichen Whiskey hinunter. Dann

ging er auf die Knie und zwängte sich unter die mit Seegras bedeckten Felsen, bis er eine Stellung gefunden hatte,
die nicht direkt bequem, aber auch nicht schmerzhaft war.
Es war eigentlich okay, so in die Dunkelheit der Felsen
geschmiegt zu sein, selbst als das eiskalte Wasser hereinzu-
strömen begann und dann wieder hinaus und ihm gelegentlich ins Gesicht spritzte. Er konnte das Salzwasser auf den
Lippen schmecken. In seinen Ohren toste es, da das Wasser
jeden verfügbaren Hohlraum um ihn herum füllte. Etwas,
eine Krabbe vielleicht, berührte seinen Nacken. Er schloss
die Augen und dachte an Faye. Er war sehr müde. Das Rauschen des Wassers, wenn es in die Höhle eindrang und dann
wieder hinausfloss, hatte etwas beinahe Beruhigendes. Her-
einrauschen. Hinausrauschen.

Er hatte erwartet, stärker zu frieren, aber er tat es nicht.
Vielleicht lag es daran, dass er vor dem Wind geschützt war.
Oder die Tabletten und der Scotch taten ihre Wirkung. Er
betrog natürlich, indem er dafür gesorgt hatte, dass er be-
wusstlos war, wenn die Flut stieg. Faye hatte diesen Luxus
nicht gehabt. Aber er war kein Mensch ohne Fehler. War es
nie gewesen.

KEINES MEHR

Matthew Beaumont

Jay Coates

Ethan Dart

Caroline Geddes

Frank Hopkins

Alison Horne

Arthur Kruse

Jack Radebaugh

Jessica Winslow

I

Freitag, 2. Dezember 17:13 Uhr

Sam Hamilton ließ sich auf einem Hocker an der Bar der Windward Lounge nieder und bestellte ein Shipyard-Craftbier.

»Ah, hallo, Sam«, begrüßte ihn Shelly und blickte zu ihm hoch, während sie sein Bier einschenkte. »Schön, ein vertrautes Gesicht zu sehen. Dieses Jahr ist im Dezember Touristensaison.«

»Ach ja?«

»Die Schaulustigen sind in Scharen unterwegs.«

»Und was erzählen Sie ihnen?«

»Hängt von meiner Stimmung ab. Meistens erzähle ich ihnen die Wahrheit – dass ich ihn nicht gesehen habe in der Nacht, in der er hier war. Aber nur zum Spaß habe ich ein paar Leuten erzählt, er sei hier gewesen und hätte der ganzen Bar Drinks spendiert. Ich meine, wo er doch vorhatte, zur Mole runterzugehen und sich zu ertränken, hätte er das ruhig tun können.«

»Das wäre großzügig gewesen.«

»Ja. Genau das sage ich immer. Du kannst es nicht mit ins Grab nehmen, also kannst du deinen Mitmenschen genauso gut ein paar Drinks spendieren. Bleiben Sie zum Abendessen?«

»Das habe ich noch nicht entschieden«, sagte Sam.

»Na, hat ja keine Eile. Das Gericht des Tages ist Felsenbarsch, und Thomas sagt, er ist sehr gut.«

Shelly ging ans andere Ende der Theke und schenkte

einem Paar mittleren Alters zwei Gläser Wein ein. Als sie zurückkam, sagte Sam. »Korrigieren Sie mich, wenn ich mich irre, Shelly, aber es gibt immer noch eine Bibliothek hier im Hotel, oder?«

»Eine Bibliothek?«

»Ja. Wo man sich umsonst Bücher aussuchen und leihen kann.«

»Ach so, ja. Natürlich. Im zweiten Stock.«

Er trank einen großen Schluck von seinem Bier und konnte es plötzlich kaum erwarten, nach oben zu gehen und in der Bibliothek zu stöbern. Ihm war eben erst eingefallen, dass sie existierte, ein Raum mit Bücherregalen bis zur Decke, alle voller gespendeter Bücher. Frank Hopkins' Vater, Murray, der ursprüngliche Besitzer des Windward Resorts, hatte sie vor langer Zeit gegründet – es gab ein verblasstes handgemaltes Schild, auf dem etwas wie *Onkel Murrays Büchernische* stand. Sam wusste nur davon, weil er vor ein paar Jahren gelegentlich eine Nacht mit einer geschiedenen Immobilienmaklerin im Windward verbracht hatte. Sie weigerte sich – aus Gründen, die er nie verstand –, in seine Wohnung zu kommen, aber sie traf ihn im Hotel, blieb nur eine Stunde und ließ ihn dann mit einem Zimmer für die Nacht zurück, das er eigentlich nicht brauchte. So hatte er Onkel Murrays Bibliothek entdeckt, die aus einer Zeit stammte, als das Windward tatsächlich noch eine Art Resort gewesen war, in das Familien für einen Monat kamen oder den ganzen Sommer blieben.

Am letzten Abend seines Lebens hatte Jack Radebaugh in Zimmer 207 augenscheinlich eine Art Notiz oder Brief verfasst. Auf dem Schreibtisch hatten ein Kugelschreiber und einige Bögen leeres Papier gelegen. Was er jedoch geschrieben hatte, war noch nicht gefunden worden. Die derzeitige Theorie lautete, dass er es zur Mole mitgenommen hatte und es mit der Flut ins Meer gespült worden war. Aber Sam hatte viel über diese Theorie nachgedacht, und sie leuchtete ihm nicht ein. Wenn er eine Art Brief verfasst hatte, ein Geständnis vielleicht, warum hatte er ihn nicht einfach im Hotelzimmer zurückgelassen? Es sei denn, natürlich, er hatte wie der Mörder in *Und dann gab's keines mehr* das Bedürfnis verspürt zu erklären, was er getan und warum er es getan hatte, aber dann das Schreiben versteckt. Im Buch versiegelt der Mörder den Brief in einer Flasche und wirft sie ins Meer. Hatte Jack Radebaugh dasselbe getan? Oder hatte er das Schreiben auf andere Weise versteckt?

Da Sam den Roman von Agatha Christie in den letzten Wochen zweimal wieder gelesen hatte, wusste er wieder, dass der Mörder hin und her gerissen war: Er wollte zum einen ein perfektes Rätsel hinterlassen, aber er wollte andererseits, dass seine Kunstfertigkeit allgemeine Anerkennung fand. Sam dachte ständig darüber nach. Er hatte viel über Jack Radebaugh in Erfahrung gebracht, seit man dessen Leiche in einem Hohlraum am Fuß der Mole am Kennewick Beach entdeckt hatte. Alle seine Opfer, mit Ausnahme von Frank Hopkins, waren Kinder früherer Gäste im Windward Resort, und auch wenn die Daten noch nicht gänzlich bestätigt waren, waren alle Eltern während ihrer Zeit dort selbst noch Kinder gewesen, damals ungefähr, als Jacks Schwester Faye ertrunken war. Es war Daniel Horne, der Vater von Alison Horne, der sich noch am besten an Fayes Ertrinken erinnerte. Er hatte den ermittelnden Detectives des FBI erzählt, dass es damals eine Gruppe von Kindern gab, die sich die Piratengesellschaft nannte, und dass Faye und Jack ihr beide angehörten.

»Dasselbe noch mal?«, fragte Shelly, die Hand am Zapfhahn.

»Im Augenblick nicht, aber ich komme später wieder. Ich muss mich in der Bibliothek umsehen. Ist sie abgeschlossen?«

»Normalerweise nicht. Was sollte jemand stehlen? Ein Buch?«

Die Tür zur Bibliothek war offen, und Sam tastete an der Wand hinter der Tür nach einem Lichtschalter. Das Licht ging flackernd an und erhellte den fensterlosen Raum, der nicht viel größer als ein typisches Hotelzimmer war. Einige mit Kunstleder gepolsterte Clubsessel standen auf dem burgunderroten Teppichboden verteilt. Es roch nach modrigen Büchern und noch modrigerem Bodenbelag.

Er beschloss, sich im Uhrzeigersinn durch die Regale zu arbeiten. Er wusste nicht genau, wonach er suchte, aber er hoffte, es zu wissen, sobald er es sah. Ein Buch über Ertrinken, vielleicht, oder über Piraten. Natürlich war es ein Schuss ins Blaue, aber vielleicht hatte Jack Radebaugh tatsächlich ein Geständnis geschrieben und dann beschlossen, es irgendwo zu verstecken, wo es wahrscheinlich nicht gefunden wurde. Im ersten Regal standen belletristische Hardcover, wie auf einem verblassten handgeschriebenen Schild ausgewiesen. Die Bücher waren alphabetisch nach Autoren geordnet, meist Schriftsteller, die vor vierzig oder fünfzig Jahren populär gewesen waren. Jede Menge James A. Michener und Leon Uris. Eine ganze Reihe Bücher von Catherine Cookson. Hier und dort was Zeitgenössischeres, etliche John-Grisham-Romane und massenweise Stephen-King-Hardcover.

Er ging von Belletristik weiter zu historischen Werken, dann zu Biographien. Danach kam ein vollgestopftes Regal mit Taschenbuchromanen, hauptsächlich Thrillern und Liebesromanen. Unter Büchern von Ross Macdonald entdeckte er ein Taschenbuch mit dem Titel *Unter Wasser stirbt man nicht*, zog es heraus und blätterte es durch. Nichts.

Dann kam ihm Agatha Christie in den Sinn. Er brauchte eine Weile, aber er fand ein Fach weit oben in einem Regal, das rund zwölf ihrer Bücher enthielt. Und da war es: *Zehn kleine Negerlein*. Er zog das Taschenbuch heraus, schüttelte es und blätterte es durch – auch hier nichts.

Im letzten Regal standen Kinderbücher, zumindest in den

tieferen Fächern. Sam ging in die Hocke und überflog die Titel. Viel Nancy Drew und Hardy Boys, dazu sogar ein paar Bücher mit den Bobbsey-Zwillingen. Die Bilderbücher hatten so schmale Rücken, dass es schwerfiel, alle Titel zu lesen, und Sam überging einige. Viele der Bücher waren ihm aus seiner eigenen Kindheit vertraut, darunter eins von Enid Blyton, *Fünf Freunde erforschen die Schatzinsel*, das ihn in das Haus seiner Großmutter in Yorkshire zurückkatapultierte, die eine riesige Blyton-Sammlung hatte. Er zog das Buch heraus – und fragte sich, wie es nur in Maine gelandet war –, blätterte darin und war sogleich wieder von der Geschichte gefesselt, aber dann sagte er sich, dass er weitersuchen musste. Aus welchem Grund auch immer, aber Sam glaubte, dass er hier in der Kinderbuchabteilung den Brief am ehesten finden würde, nachdem er ihn bei Agatha Christie nicht gefunden hatte. Gut möglich, dass Faye Grants Tod die gesamte Mordserie ausgelöst hatte, und ihr Bruder Jack war damals erst zwölf Jahre alt gewesen. Sam suchte weiter.

Er hatte mehrere Bücher herausgezogen, alles, was aussah, als könnte es 1956 bereits dort gestanden haben, und er wollte schon aufgeben, als er einen Buchrücken entdeckte, der ihm vertraut war. Walt Disney's *Peter Pan*. Einer seiner Cousins aus Alabama hatte es als Kind besessen. Es war das Buch zu einem Trickfilm, und Sam hatte in jungen Jahren alles geliebt, was mit Peter Pan zu tun hatte. Und es ging um Piraten. Nicht nur das, zu den Dingen, die Sam nie vergaß, gehörte, wie Captain Hook Tiger Lilly zu töten versucht, indem er sie in einer steigenden Flut ertränkt. Sams Herz schlug ein wenig schneller, als er sich an dieses Detail erinnerte.

Er zog das Buch aus dem Regal und schlug es auf. Drei gefaltete Bögen Papier rutschten heraus und landeten vor seinen Füßen.

An wen auch immer,

ich nehme an, dass irgendjemand eines Tages diesen Brief lesen wird. Vielleicht wird dieser erste Leser ein scharfsinniger Polizeibeamter oder FBI-Agent sein oder eine Mutter vielleicht, die viele Jahre in der Zukunft dieses Buch bei einem Ramschverkauf erwirbt und dieses Stück vergessener Geschichte darin findet.

Wer Sie auch sind, ich entschuldige mich im Voraus sowohl für meine Handschrift als auch für das Thema dieses Schreibens. Aber es war mir ein Anliegen zu erklären, warum ich so gehandelt habe, wie ich es tat. Vielleicht, um zur Aufklärung der Geschichte beizutragen, oder vielleicht wollte ich es schlicht mir selbst erklären, indem ich es niederschreibe. Ich hoffe wohl, dass eines Tages jemand diese Worte liest, aber wenn nicht, werde ich es nie erfahren.

Lassen Sie mich beginnen.

1956 fuhr meine Mutter mit meiner Schwester Faye und mir für die Monate Juli und August ins Windward Resort. Wir wohnten damals in Hartford, und mein Vater kam uns an den meisten Wochenenden besuchen. Damals pflegten noch einige Familien diese Art von ausgedehntem Urlaub, aber es war eine Sitte, die bald aus der Mode kommen sollte. Heutzutage kann man nicht zwei Monate Urlaub machen, wenn beide Eltern berufstätig sind.

Für Faye und mich war es ein himmlischer Sommer. Das Resort lag direkt am Strand, und wir durften nach Belieben herumstreifen, solange wir unsere Mutter zum Lunch und dann wieder zum Abendessen trafen. Es gab zahlreiche andere Kinder, die ebenfalls den Sommer über blieben, und wir bildeten bald eine eingeschworene Gruppe. Ich erinnere mich mehr an die Gefühle, die zu dieser Zeit meines Lebens in mir hervorgerufen wurden, als an den konkreten Alltag. Ich war ein zwölfjähriger Junge, der nie allzu viele Freunde gehabt hatte. Jetzt hatte ich ungefähr zehn.

Wir waren eine ganz schöne Bande. Ich hätte mich natürlich nicht mehr an die Namen erinnert, zumindest nicht an alle, aber als die Leseratte, die ich war, hatte ich mir angewöhnt, ein Tagebuch zu führen. Mehr ein Notizbuch im Grunde, voller Zeichnungen, Listen, Entwürfe und Pläne. Und in diesem Sommer hatte ich mein Notizbuch offenbar mit in die Bibliothek im zweiten Stock des Windward gebracht, wo sich die neu gegründete Piratengesellschaft nach dem Abendessen immer traf, denn dort schrieb ich alle ihre Namen unter die Titelzeile »Piratengesellschaft Windward Resort«.

Jack Grant
Meg Gauthier
Danny Horne
Gary Winslow
Deborah MacReady
Wayne Coates
Art Kruse
Paula Shepherd
Frank Hopkins

Unter dieser Namensliste hatte ich eine Zeile freigelassen und dann den Namen meiner Schwester, Faye Grant, hingeschrieben, gefolgt von dem Zusatz Lehrling. Die Mitglieder der Piratengesellschaft waren noch nicht bereit, einer Zehnjährigen die volle Mitgliedschaft zu gewähren.

Ich weiß nicht mehr, ob wir uns schon Piratengesellschaft nannten, bevor irgendjemand das Peter-Pan-Buch herauszog, um es anzusehen. Woran ich mich aber erinnere, ist, dass wir uns alle ein wenig zu alt fühlten, um uns Piraten zu nennen, deshalb fügten wir die »-gesellschaft« an, damit es anspruchsvoller klang. Und ich weiß auch noch, dass etliche von uns in dem Buch blätterten und dass

Wayne log und uns einreden wollte, er hätte den Film im Sommer zuvor gesehen, obwohl wir alle wussten, dass er seit Jahren in keinem Kino mehr gelaufen war.

Woran ich mich nicht mehr erinnere, ist, wer die Idee hatte, wir könnten Faye in unsere Gesellschaft einführen, indem wir sie fesselten und bei Ebbe in diese geheime Höhle am Fuß der Mole setzten. Jemandem musste es beim Anschauen des Peter-Pan-Buchs eingefallen sein, denn auf diese Weise hatte Captain Hook versucht, Tiger Lily zu töten. Ich werde nie die Illustration vergessen, wie Tiger Lily mit Mühe den Kopf über Wasser hält, während Peter Pan und Captain Hook mit ihren Säbeln fechten. Es ist ein Bild, das sich für alle Zeit in mein Unterbewusstsein eingebrannt hat.

Aber irgendwer kam auf die Idee.

Wenn Faye die steigende Flut überlebte, wie es Tiger Lily getan hatte, dann würde sie ein vollwertiges Mitglied der Piratengesellschaft werden.

Und wir alle, jeder einzelne von uns, waren uns einig, dass es ein perfekter Plan war. Wir erzählten es ihr bei einem unserer Geheimtreffen in der Bibliothek, und sie war sofort damit einverstanden, die Prüfung zu absolvieren. Ich glaube, oder vielmehr, ich weiß, dass sie mit allem einverstanden gewesen wäre, um ein vollwertiges Mitglied unserer Gruppe zu werden.

In meinem Gedächtnis spielte sich all das an einem einzigen Tag ab, aber ich bin mir dessen nicht sicher. Was ich noch weiß, ist, dass Wayne Coates eine Gezeitentabelle hatte und uns mitteilte, dass während des Nachmittags, wenn wir alle bis zum Abendessen am Strand sein durften, Ebbe herrschen würde. In meiner Erinnerung war es ein bedeckter Tag mit Regengüssen, und wir hatten den Strand praktisch für uns allein. Danny hatte ein Stück Seil mitgebracht, das er in einer halb versunkenen Hummerfalle gefunden hatte, aber Faye wollte sich nicht fesseln lassen. Eins der Mädchen, ich würde sagen, es war Meg, sagte zu Faye, sie müsste nicht gefesselt werden, aber um die Aufnahmeprüfung zu bestehen, müsste sie bis zum allerletzten Moment in der Höhle bleiben, bis das Wasser über ihren Kopf stieg, und erst dann dürfte sie herauskommen.

»Wenn du auch nur eine Minute früher herauskommst, merken wir es, und du wirst nie eine Piratin.«

Das sind die Worte, an die ich mich erinnere, und ich weiß auch noch, dass wir alle sie wiederholten, und Faye stand mit großen Augen da in ihrem lose sitzenden Badeanzug, spindeldürr, die langen Haare auf den zerbrechlichen Schultern klebend, und nickte eifrig, weil sie die älteren Kindern unbedingt zufriedenstellen wollte.

Wir bildeten einen Kreis um sie und trichterten ihr alle gemeinsam ein, dass wir den ganzen Sommer nicht mehr mit ihr reden würden, wenn sie zu früh auftauchte, wenn sie in Panik geriet und die Höhle verließ, bevor die Flut sie erreichte.

Niemand von uns sagte etwas anderes.

Niemand sagte ihr, dass es nur ein Spiel war.

Niemand lächelte sie meiner Erinnerung nach auch nur an oder zwinkerte ihr zu, um sie wissen zu lassen, dass es nicht ernst gemeint war.

Wir sahen alle zu, wie sie in die Höhle kroch, während das Wasser bereits anfing, die Ritzen und Gezeitentümpel am Fuß der Steinmauer zu füllen. Sie legte sich auf den Rücken, die Hände an den Seiten.

Und dann vergaßen wir sie und rannten lachend davon. Es hatte inzwischen richtig zu regnen begonnen, also gingen wir ins Spielezimmer im Hotel und machten den ganzen Nachmittag lang Brettspiele.

Erst um die Cocktailstunde fragte meine Mutter, ob ich

wüsste, wo Faye sei. Ich antwortete natürlich, ich wüsste es nicht, und gab rasch an die anderen Piraten weiter, dass niemand etwas darüber sagen sollte, was wir mit meiner Schwester gemacht hatten. Ich muss mir zu diesem Zeitpunkt bereits Sorgen gemacht haben, wegen Faye meine ich, aber aus irgendeinem Grund dachte ich, sie werde schon wohlauf sein und sich vielleicht irgendwo verstecken, um uns alle in Schwierigkeiten zu bringen.

Es sprach sich schnell herum, dass Faye vermisst wurde, und mehrere von den Erwachsenen durchkämmten das Gelände des Resorts und den Strand und suchten nach ihr. Meine Gruppe traf sich in dem halb gefüllten Speisesaal, und wir gelobten alle, niemals ein Wort zu sagen.

Erst nach Einbruch der Dunkelheit fanden sie ihre Leiche, immer noch in der kleinen Höhle. Die Flut ging bereits wieder zurück.

Das ist sechzig Jahre her, und ich habe nie vergessen, was ich und die anderen Kinder ihr angetan haben. Wir mögen ihr nicht wie zunächst geplant die Hände auf den Rücken gefesselt haben, aber unsere Worte hatten dieselbe Wirkung.

Mein ganzes Leben lang habe ich an Faye in ihren letzten Augenblicken gedacht, und wie es für sie gewesen sein muss, allein in der steigenden Flut zu sterben. Ich frage mich, ob sie versucht hat, unter den Felsen herauszukommen, oder ob sie entschlossen gewesen war, bis zum letztmöglichen Moment zu warten, weil sie hoffte, die älteren Kinder zu beeindrucken, die schon gar nicht mehr an sie dachten. Oder vielleicht war sie so ausgekühlt, als sie dort im kalten Wasser des Atlantiks lag, dass sie ihre Muskeln nicht mehr bewegen konnte. Und ich frage mich, an wen sie dachte, als sie starb. An unsere Eltern, stelle ich mir vor. Unsere Mom. Oder vielleicht war ich es, an den sie dachte, ihr großer Bruder, der wusste, wo sie war. Vielleicht wartete sie darauf, dass ich kam und sie rettete.

Vor zwei Jahren beauftragte ich einen Privatdetektiv damit, nach den Mitgliedern der Piratengesellschaft zu suchen. Überraschenderweise lebten sie alle noch, und bis auf Frank Hopkins hatten sie alle Kinder. An diesem Punkt begann sich ein Plan abzuzeichnen. Ich war alt genug, um zu wissen, dass es keine Gerechtigkeit auf der Welt gab. Schlechte Menschen kommen ständig ungestraft davon. Und unschuldige Menschen leiden entsetzlich. Meine eigenen Eltern waren nach Fayes Tod nie mehr dieselben, nicht einmal annähernd. Sie hatten den Glauben an die Welt verloren, und ich weiß nicht, ob einer von ihnen jemals wieder echte Freude empfand. Ich kam zu dem Schluss, es wäre die beste Bestrafung – die einzige Strafe – für die Leute, die für den Tod meiner Schwester verantwortlich waren, wenn sie ebenfalls ein Kind verloren.

Es ging nicht einfach um Rache. Es fühlte sich nach etwas Größerem an. Karma vielleicht. Ich hatte das Geld, und ich hatte den Willen zu tun, was im natürlichen Lauf der Dinge niemals passieren würde. Ich konnte die Welt in einem kleinen Maßstab in Ordnung bringen.

War es fair, dass diese Leute wegen einer einzigen unbedachten Handlung, die sie im Alter von zehn oder elf Jahren begingen, ein Kind verlieren sollten? Natürlich nicht. Aber das Leben ist selten fair zu irgendwem. Es war nicht fair zu meinen Eltern, denen ihr geliebtes Kind genommen wurde, und es war auch nicht fair zu mir. Ich habe meine eigene Tochter verloren, als sie auf dem Sprung zu einem glücklichen Leben war, und jetzt hat sich mein Gehirn in vielfältiger Weise gegen mich gewandt. Ich bin mir sicher, meine Ex-Frau wird Ihnen alles darüber erzählen.

Es gefiel mir nicht, diese acht unschuldigen Menschen zu töten, aber ich entschied, dass es nicht anders ging. In der langen Geschichte der Menschheit auf diesem Planeten war mein kleiner Vergeltungsakt winzig, ich weiß, aber es war zumindest etwas. Und wenn Sie sagen, dass zweimal Unrecht nicht Recht ergibt, dann gehören Sie vermutlich zu den Menschen, denen nie ein Unrecht widerfahren ist.

Ich bekomme einen Krampf in der Hand, und es ist bereits nach Mitternacht, deshalb werde ich mich mit dem Rest kurzfassen. Wenn Sie viele Millionen Dollar verdient haben, öffnen sich eine Menge Türen für Sie. Ich werde keine Namen nennen, aber mein Geld hat mir nicht nur Informationen erkauft, sondern auch die Überwachung aller meiner Zielpersonen. Ich wusste, wo sie sein würden, und wann sie dort sein würden. Ich kannte ihre Schwächen und Stärken. Und ich war in der Lage, ihnen einen schmerzlosen Tod zu erkaufen. Mit Ausnahme von Frank Hopkins. Ihn habe ich in unmittelbarer Nähe von Fayes nassem Grab ertränkt und ihm sogar ihren Namen ins Ohr geflüstert, als er starb.

Matthew Beaumont war Debbie MacReadys Sohn. Sie war ein verhuschtes Ding, das kaum etwas sprach, allerdings erinnere ich mich an ihr beinahe hysterisches Kichern, als Faye unter den Felsen schlüpfte, der ihre letzte Ruhestätte werden sollte.

Matthew war selbst ziemlich wohlhabend, und ich hielt es für möglich, dass er einen privaten Sicherheitsdienst anheuern würde, nachdem er die Liste erhielt. Aus diesem Grund habe ich ihn sehr früh erledigt. Das war ich, der ihm in dem Wald in Dartford in den Rücken schoss. Er sah ganz friedlich aus auf der ockerfarbenen Matte von herabgefallenen Kiefernnadeln.

Arthur Kruse jr. war Art Kruses Junge, und ich hatte durch meine Quellen erfahren, dass sich Art bereits von seinem Sohn abgewandt hatte, weil er schwul war. Nicht überraschend, denn ich erinnere mich an Art als das Mitglied der Piratengesellschaft, das sich am meisten für faschistische Ideen begeisterte. Er war schwer enttäuscht, als wir als Gruppe beschlossen, Faye nicht zu fesseln. Sein Sohn Arthur schien nach allem, was ich hörte, ein anständiger Mensch zu sein, und ich erwog ernsthaft, den Vater und nicht den Sohn zu töten, aber das hätte meinem Plan widersprochen. Und wenn ich etwas gern habe im Leben, dann ist es Ordnung. Immerhin stellte ich sicher, dass Arthur einen schmerzlosen Tod starb, im Schlaf, während die Polizei sein Haus bewachte. Eine Quelle, die ungenannt bleiben soll, versorgte mich mit dem Kanister Kohlenmonoxid und dem ausgeklügelten Zeitschalter.

Nachdem ich Arthur Kruse getötet hatte, reiste ich nach Albany, wo ich beabsichtigte, eine Sprengvorrichtung an Jessica Winslows Wagen anzubringen. Doch sobald ich dort war, wurde mir klar, dass sowohl ihr Townhouse als auch ihr Wagen sorgfältig bewacht wurden. Sie war immerhin FBI-Agentin. Ich erkannte, dass ich einen Fehler gemacht hatte – ich hätte sie früher töten sollen.

Jessica war die Adoptivtochter von Gary Winslow, dem ältesten Mitglied der Piratengesellschaft, und ich habe oft gedacht, er hätte derjenige sein müssen, der uns von unserem Treiben abbringt. Oder ich, natürlich. Aber wir haben alle auf Gary gehört, und ich erinnere mich – wobei es möglicherweise eine falsche Erinnerung ist –, ihn einmal sagen zu hören, dass wir zwar Piraten seien, aber die gute Sorte Piraten.

Ein Leben als erfolgreicher Geschäftsmann und Berater hat mich viele Dinge gelehrt, darunter, dass man nicht alles selbst machen kann und manchmal Experten anheuern muss. Genau das habe ich getan, um Jessica zu erledigen. Ich schäme mich ein wenig zuzugeben, dass ich diesen speziellen Tod in Auftrag gegeben habe, aber ich wusste, dass sie die Stadt verlassen hatte und meine Chancen sie zu finden und zu töten, ohne aufgehalten oder erwischt zu werden, gering waren. Ich habe viel Geld dafür bezahlt, dass es richtig gemacht wurde.

Jay Coates zu töten war vergleichsweise leicht, und das habe ich wieder selbst übernommen. Ich hatte genug über ihn erfahren, um zu wissen, dass er nicht weit vom Stamm seines psychopathischen Vaters gefallen war. Ich erinnere mich, mit wie viel hämischer Freude Wayne Coates den Initiationsritus verfolgte, zu dem wir meine Schwester gezwungen haben. Und ich weiß noch, dass er selbst später an diesem schrecklichen Tag noch fröhlich und guter Dinge blieb, als uns allen längst klar war, dass etwas furchtbar schiefgelaufen war.

Das FBI hat den richtigen Jay Coates nie ausfindig gemacht. Ich frage mich, ob er die Liste überhaupt erhalten hat, denn ich hörte, dass sich ein Jay Coates in Georgia gemeldet und behauptet hatte, er hätte eine bekommen. Es spielt so oder so keine Rolle, aber es hat dazu geführt, dass es eine meiner leichteren Aufgaben war, Jay zu töten. Ich folgte ihm an einem Samstagabend durch Los Angeles und wartete einfach auf eine günstige Gelegenheit, und wenn ich es mir nicht eingebildet habe, hat er seinerseits jemandem nachgestellt. Einer jungen betrunkenen Frau, der er von einer Bar gefolgt war. Habe ich möglicherweise verhindert, dass diesem Mädchen etwas Schreckliches zugestoßen ist, indem ich Jay getötet habe? Vielleicht warf das Karma, das ich der Welt zurückgab, bereits eine Dividende ab.

Caroline Geddes war die Tochter von Meg Gauthier (mein erster Kuss, ebenfalls in diesem Sommer), und Ethan Dart war der Sohn von Paula Shepherd, der Ruhigsten von unserem Haufen. Wie seltsam, dass die Liste Caroline und Ethan kurz vor dem Ende zusammengebracht hat.

Ihre Tode zu arrangieren, war nicht leicht. Aber ich wusste vorab, dass sie in Makanda, Illinois sein würden, und dann war es nur eine Sache von zwei sehr großen Bestechungssummen, eine an einen örtlichen Polizeibeamten und eine an eine Angestellte in den Rolling Brook Cabins, die mir einen Generalschlüssel gab. Der anstrengendste Teil war, unter dem Bett der beiden zu liegen und ihre letzten gemeinsamen Momente mitzuerleben. Aber wie bei Arthur Kruse stellte ich sicher, dass weder Caroline noch Ethan irgendwelche Schmerzen litten. Und ich weiß mit Bestimmtheit, wie glücklich sie in ihren letzten Augenblicken waren. Vielleicht habe ich ihnen einen Gefallen getan, ihr Leben an diesem Punkt zu beenden. Wer weiß, wovor ich sie bewahrt habe: eine niederschmetternde Trennung? Eine bittere Scheidung? Der Verlust eines Kindes? Ich habe sie mit Sicherheit vor irgendetwas bewahrt. Glück ist immer nur ein vorübergehender Zustand.

Und Alison Horne war natürlich die Tochter von Danny Horne. Nicht nur hatte Danny mitgeholfen, Fayes Tod einzufädeln, als er zwölf war, er sollte schließlich auch seine eigene Familie für eine geschmacklose Liebesaffäre verlassen. Ich frage mich, was Danny davon halten wird, wenn herauskommt, dass sein alter Freund aus Kindertagen eine Affäre mit seiner Tochter hatte, bevor er sie auf den Bermudas ermordet hat.

Es tat mir natürlich leid wegen Alison. Die Zeit auf den Bermudas mit ihr war ein Vergnügen. Ich wollte seit Jahren mal wieder dorthin, und es war nett, das alte verwunschene Haus durch ihre Augen zu sehen. Und es war schön, ihr von meiner Schwester erzählen zu können, davon, was ihr zugestoßen war. Vermutlich werden die Psychologen da draußen sagen, dass ich genau das die ganze Zeit tun wollte, dass mein gesamter Plan eine ausgefeilte Art war, der Welt von meiner Schwester zu erzählen. Sie werden sagen, dass ich erwischt werden wollte, und vielleicht stimmt auch das.

Ich weiß, ich lasse Fragen zurück, die in diesem Brief nicht beantwortet werden. Etwa, wieso ich mir die Mühe gemacht habe, den Brief an mich selbst zu schicken und dann dem FBI Informationen über das Windward Resort zu geben. Ich weiß im Grunde keine Antwort auf diese Frage, ich kann nur sagen, dass es sich richtig anfühlte. Ich habe mich des Todes meiner Schwester genauso schuldig gemacht wie die andern, und ich habe es verdient auf der Liste zu stehen, so wie ich verdiene, was in Kürze mit mir geschehen wird.

Vielleicht fragen Sie sich, wieso ich überhaupt diese Liste geschrieben und sie an die Opfer geschickt habe. Es hat meine Aufgabe erschwert und sie in ihren letzten Stunden mehr Angst erleben lassen, aber wiederum kann ich nur antworten, dass es mir richtig erschien. Der Tod dieser Menschen war ein Versuch, Ordnung in eine chaotische Welt zu bringen, und die Liste selbst war einfach ein Teil dieser Ordnung. Und auf dieser Liste zu stehen, hat ihnen nur etwas verraten, was sie bereits hätten wissen müssen: dass der Tod uns alle ereilen wird.

Und was ist mit Eric Miles, meinem Nachbarn in Hartford? Alles, was ich über ihn sagen werde, ist, dass er es verdient hat zu sterben, mehr als die meisten von uns. Stellen Sie sich mich als Müllmann vor, der nur seinen Job erledigt und die am Straßenrand abgestellten Müllsäcke einsammelt. Eric war einfach ein Stück Abfall, das mir zufällig vor die Füße geweht wurde. Es machte keine große Mühe, ihn mit auf meinen Müllwagen zu werfen.

Ich denke, meine Zeit ist um, und ich werde Sie nicht mit weiteren Selbstreflexionen langweilen. Ich werde diesen Brief an einem angemessenen Ort verstecken, dann meinen restlichen Whiskey mit hinaus zur Mole nehmen. Ich werde bald mit Faye vereint sein. Ich meine nicht im Himmel, denn ich glaube nicht, dass so ein Ort existiert. Ich meine jenen anderen Ort. Das kalte Nichts, das uns alle erwartet, wenn wir diese Welt schließlich verlassen.

Mögen eure Götter euren Seelen gnädig sein.

Jack Radebaugh, geb. Jonathan Borland Grant
21. Juni 1944 – 2. November 2014

EINS

Matthew Beaumont

Jay Coates

Ethan Dart

Caroline Geddes

Frank Hopkins

Alison Horne

Arthur Kruse

Jack Radebaugh

Jessica Winslow

I

Sonntag, 19. März, 5:14 Uhr

Sie hörte schon so lange Stimmen – manche kannte sie, andere nicht –, dass sie ihr nichts mehr bedeuteten. Aber dann fingen einige der Stimmen an, zu ihr durchzudringen, und eine von ihnen sagte: »Sie hat gerade die Augen geöffnet.«

Oder vielleicht hatte sie es geträumt.

Sie war wieder in der Dunkelheit, aber da hatte ein Licht aufgeblitzt.

Zu den Dingen, die sie an der Dunkelheit mochte, gehörte, dass es keinen Schmerz gab.

Aber dann hörte sie eine Stimme, die sie erkannte – die Stimme ihrer Mutter –, die Worte schwebten in ihren Kopf, und sie erinnerte sich, dass sie früher einmal die Augen geöffnet hatte. Also versuchte sie wieder, sie zu öffnen, und dieses Mal war da nichts als Dunkelheit und das Geräusch von Maschinen. Das Geräusch des Raums, in dem sie sich befand, und der tat, was Räume eben tun.

Als sie das nächste Mal Stimmen hörte und eine Hand auf ihrem Arm spürte, öffnete sie die Augen wieder, und diesmal blickte ein Gesicht zu ihr zurück. Sie kannte es nicht, aber es lächelte. Das Gesicht einer Frau, dunkle Sommersprossen entlang dem Haaransatz, eine rasiermesserfeine Narbe am Kinn. »Na, Sie, hallo«, sagte die Frau.

Später waren so viele Gesichter um ihr Krankenbett herum, dass es sie froh und müde zugleich machte, sie nur anzusehen. Ihre Mutter war an ihrer Seite und hielt ihre Hand.

»Bin ich tot?«, fragte sie. Ihre Stimme war kratzig und klang, als gehörte sie ihr nicht. Alle Leute im Raum lachten, einige weinten allerdings auch.

»Na ja, Sie waren nah dran.« Das kam von ihrer Ärztin. »Woran erinnern Sie sich noch?«

Sie schüttelte langsam den Kopf und suchte nach den Worten, die ihre Erinnerung erklären würden. Schließlich sagte sie: »Ich arbeite beim FBI.«

»Das ist richtig, Schatz«, sagte ihre Mutter.

Viel später kamen zwei Leute zu Besuch, an die sie sich von der Arbeit erinnerte. Es war ein guter Nachmittag, sie wusste nicht, wo ihr der Kopf stand vor Erinnerungen, und auf ihren Beinen lag ein Strahl Sommerlicht und wärmte sie.

Die Frau hieß Ruth Jackson, und sie hatte ein rundes Gesicht und eine tiefe Stimme. Der Name des Mannes war Aaron Berlin, und er wippte ständig auf den Zehen. Sie wusste, dass sie und der Mann mehr als Kollegen gewesen waren. Ihre Erinnerung spielte ihr wahllos Bilder zu – wie sie beide sich aus Bettlaken wanden und sehr laut lachten; wie der Mann an ihre Tür hämmerte, weil er eingelassen werden wollte.

»Sie sehen gut aus«, sagte Ruth Jackson.

Ein paar sarkastische Bemerkungen gingen ihr durch den Kopf, aber sie verwarf sie und sagte: »Danke. Sie auch. Ihr Anzug gefällt mir.«

Ruth lächelte, und neben ihr wippte Aaron auf den Zehen, die Hände in den Taschen.

»Ihre Ärztin sagt, Sie erinnern sich mit jedem Tag an mehr.«

»Erst heute Morgen ist mir die ganze siebte Klasse in einem Aufwasch wieder eingefallen. Es war schrecklich.«

Ruth lachte, und ihr fiel ein, wie sehr sie es liebte, andere Leute zum Lachen zu bringen. »Das tut mir leid«, sagte Ruth. »Erinnern Sie sich nur an Dinge, die lange zurückliegen?«

»Könnt ihr beide euch setzen?«, sagte sie. »Ich unterhalte

mich gerne, aber Aaron, du machst mich wahnsinnig, wenn du ständig so auf und ab wippst.«

Beide lachten diesmal, und sie dachte, dass sie es zum Teil aus Erleichterung taten. Dann setzten sie sich auf Plastikstühle, Ruth blieb ihr am nächsten.

»Was wissen Sie noch darüber, warum Sie hier sind?«

»Ich weiß, dass auf mich geschossen wurde. Ich weiß nicht, warum.«

»Hm.« Ruth runzelte die Stirn und blickte zur Decke, als überlegte sie, was sie als Nächstes fragen sollte.

»Erinnern Sie sich an eine Liste?«

»Ich erinnere mich, dass mich jemand nach einer Liste gefragt hat, aber das war hier, in diesem Bett. Jemand anderer hat mich gefragt, aber jetzt weiß ich nicht mehr, wer das war.«

»Wahrscheinlich ich. Wahrscheinlich habe ich Sie danach gefragt, als Sie noch nicht bereit waren. Aber die Liste hat mit dem Grund zu tun, warum Sie hier sind.«

»Oh, dann erzählen Sie bitte. Niemand sagt mir etwas. Ich denke ständig, ich haben einen schrecklichen Fehler gemacht.«

»Sie haben nichts falsch gemacht.«

Sie richtete sich ein wenig in ihrem Bett auf, die Bewegung ließ sie in rascher Folge blinzeln. »Also, erzählen Sie mir die Geschichte von der Liste, und warum ich hier bin. Ich möchte es hören.«

»Sind Sie sicher?«

»Ja, ich bin mir sicher.«

»Okay. Ich werde es Ihnen in groben Zügen erzählen, und sagen Sie bitte Bescheid, wenn Sie müde werden, oder wenn es Ihnen zu viel wird.«

Ihre Arme kribbelten, und sie holte tief Luft. »Fangen Sie einfach an. Ich muss es hören. Was für eine Geschichte ist es?«

»Keine schöne, würde ich sagen«, antwortete Ruth.

»Aber auch nicht nur schlimm«, platzte Aaron heraus und rutschte auf seinem Stuhl nach vorn.

Ihr Blick wanderte zwischen den beiden hin und her, sie wollte die Geschichte hören und gleichzeitig nicht hören.

»Gut«, sagte Ruth. »Sie ist nicht nur schlimm. Aber ich höre jetzt auf, darüber zu reden, sondern erzähle sie einfach, okay, Jessica? Auf diese Weise können Sie selbst urteilen.«